庫

「信濃の国」殺人事件

内田康夫

徳間書店

目次

プロローグ

「あなたは、自分の生まれ育った県（都・道・府）の歌を歌うことができますか？」

こんな風に訊《き》かれて「イエス」と答えられる人はどれくらいいるだろう。現に、私は東京生まれで、人生の大半は東京で生活してきたけれど、「東京都歌」がどういうものであるのか、歌ったことはもちろん、聴いたこともない。もっとも、遠い昔、子供のころに聴いた歌で「むらさき匂《にお》へる　武蔵《むさし》の野辺に」という歌詞で始まる「東京市歌」の記憶があるが、それは戦前のことだし、たぶん廃止されてしまったにちがいない。

全国、どこの都道府県にも、かならずその自治体が制定した歌があるはずだ。しかし、概していえば、おそらく、どの歌も面白味に欠けるものばかりではないだろうか。少なくとも、ほかの土地に行って、堂々と歌えるような代物ではなさそうだ。それが証拠に、いろいろな会合に出て、「これは、ぼくの生まれた○○県の県歌です」と歌う場面にお目にかかったことは、ついぞない。国体など、郷土対抗のスポーツ大会の応援でも、そういう歌を歌っているのを見た記憶がないほどだから、そこの住民のあいだですら、あまりポピュラーではないということなのだろう。ましてや、ほかの都道府県の人間が、その歌を聴く機会は滅多になく、歌うなどということは金輪際、考えられない。

ところが、ここに唯一の例外がある。県民のほとんど全員が知っていて、しかも、いついかなる場所でも、堂々と胸を張って歌うことができる――という県歌が存在するのだ。

いや、そればかりではない。この歌は県外の人々の間でも、好んで歌われる。忘年会の余興に、香川県出身の人がこの歌を歌うのを聴いたことがある。彼は早稲田大学グリークラブのOBで、合唱曲のレパートリーに、チャンと入っているのだそうだ。いわば、青春歌謡として浸透しているということである。

さて、その歌とは『信濃《しなの》の国《くに》』――長野県の県歌である。

旅行好きの人や山登りの好きな人にとって、ただでさえ、「信州信濃」「長野県」という言葉には、ある種の感慨を呼び起こされる響きがあるにちがいない。

槍《やり》、穂高、白馬、赤石といった南北アルプスの山々をはじめとする、数えきれないほどの名峰や峡谷――。軽井沢、菅平《すがだいら》、八ケ岳、戸隠《とがくし》などの高原に広がる避暑地――。そして山間《やまあい》のいたるところに湧《わ》く温泉――。けだし信濃の国――長野県は、老若男女を問わず旅情をそそる観光のメッカである。

たぶん、この書を手にされたあなたにも、青春の日に信濃路を旅した、甘酸っぱい思い出があるかもしれない。それとも、いまがまさに、テニスのラケットやスキーを抱えて、信州へ出掛けようとしている青春まっただ中なのかもしれない。だとすれば、たぶんあなたも、旅先やキャンプ場で、一度や二度、この歌を聴いたことがあるはずだし、これから聴くことになるはずである。私がはじめてこの歌を聴いたのも、戸隠高原でキャンプを楽しんでいる時だった。近くでキャンプしている若者の集団が、キャンプファイヤーを囲んで歌いだしたのである。「信濃の国は十州《じっしゅう》に、境連《さかいつら》ぬる国にして……」という、分かりやすく、朗々とした歌い出しに始まるこの歌の、勇壮でしかも、いかにも日本的な優しさを感じさせるメロディーは、たちまち私の心を虜《とりこ》にした。

その後、何度となくこの歌を聴く機会に恵まれた。一度などは結婚披露宴に、新郎の友人がスピーチ代わりに歌うのを聴かされ、そのあまりの長さに、聴いているこっちの方が気がひけたほどであった。

長野県歌『信濃の国』は、もともとは明治三十二年に小学校唱歌として発表されたものである。作詞は松本中学校（現・松本深志《まつもとふかし》高校）と長野尋常師範学校（現、信州大学）の教諭を勤めた浅井洌という人で、作曲は長野師範に在職したことのある著名な作曲家・北村季晴《すえはる》である。全部で六連からなる長い歌詞だが、北村は詩のもつ雰囲気をあざやかに活《い》かして、現代にも通じる名曲に創《つく》り上げた。

詩はほぼ文語体で綴《つづ》られているので、やや難しく感じられるけれど、当時としてはまずまず平易な文体であったと思われる。それにも増して、長野県の地理・歴史・産業を巧みに歌い込み、しかもそれぞれの事象に愛着と誇らしさを喚起させる内容は親しみやすく、優れたメロディーとあいまって、たちまち県民の間に浸透した。

ちなみに、冒頭の二連の歌詞をご紹介しよう。

一、信濃の国は　十州に
　　境連《さかいつら》ぬる　国にして
　聳《そび》ゆる山は　いや高く
　　流るる川は　いや遠し
　松本　伊那《いな》　佐久《さく》　善光寺

四つの平《たいら》は　肥沃《ひよく》の地
海こそなけれ　物《もの》さわに
万《よろ》ず足《た》らはぬ　事《こと》ぞなき

二、四方に聳ゆる　山々は
御嶽《おんたけ》　乗鞍《のりくら》　駒《こま》ケ岳《たけ》
浅間は殊《こと》に　活火山
いずれも国の　鎮《しず》めなり
流れ淀《よど》まず　ゆく水は
北に犀川《さいがわ》　千曲川《ちくまがわ》
南に木曾川《きそがわ》　天竜川
これまた国の　固《かた》めなり

メロディーをお聴かせできないのが残念だが、たしかにこの歌には、聴く者を魅《ひ》きつけるものがある。『信濃の国』を歌う長野県人の顔には、いかにも信州に生まれてよかった——といわんばかりの、憎らしいほどの陶酔感が漂うのである。

昭和二十三年、長野県に分県運動の嵐《あらし》が吹き荒れた。

長野県の分県運動というのは、明治九年に、それまでの筑摩《ちくま》県と長野県が合併して、現在の長野県ができた時から、折にふれて持ち上がる病根のようなものであったらしい。

地図で見るとよく分かるが、長野県は広いだけでなく、急峻《きゅうしゅん》な地形によって、各地域が分断されている。長野市などを中心とする北信地区、上田・小諸《こもろ》市などを中心とする東信地区、松本・塩尻《しおじり》市などを中心とする中信地区、諏訪《すわ》・飯田《いいだ》市などを中心とする南信地区——の四地区に分かれ、それぞれの地域が固有の文化圏を形成しているといってもいい。とりわけ、北・東信地域と中・南信地域とは、八ケ岳連峰から北へ連なる千五百メートルクラスの山々によって隔離され、北と南を結ぶ平坦《へいたん》路としては、わずかに、犀川沿いの国道一九号線があるのみである。

明治九年の合併までは、北・東信地区は長野県、中・南信地区は筑摩県——として分割されていたのも、この地形を見るかぎり、肯《うなず》けるものがある。

ところが、両県が合併し、県都が北信の長野市に定まって以来、中・南信——とくに松本市の不満は絶えることがなかった。

松本市はシンボル・松本城によって代表されるように、歴史的にも、産業、文化の面でも、信濃の中核都市と呼ばれるに相応《ふさわ》しい存在だ。しかも地理的に見ても、長野県の中央にあり、北に偏《かたよ》って位置する長野市よりも有利な条件を備えている。合併すれば、当然、県都は松本に——と考えるのも無理がない。その不満が、明治・大正・昭和と、燻《くすぶ》りつづけたあげく、敗戦、民主化という時代背景を得て、一気に噴き出したといっていい。

松本、諏訪地区選出の県会議員を中心に、分県の実現を目指す運動は着々と進められた。当時の県会議員定数六十の内、半数にあたる三十名は中・南信から出ていたから、議長一名を出している北・東信選出議員を数の上で上回り、議案が可決されるのは間違いない——と目論《もくろ》んだのである。中・南信議員は数度にわたる会合を開いて結束を固め、盟約を交わして、いよいよ県議会に乗り込んだ。

もちろん、この動きは県民にも伝わり、分県問題審議の行方は重大関心事として注目を集めた。わけても、長野市のある北・東信地域の住民は絶対反対の立場で、連日、議会前に押し掛け、デモ行動を展開した。分県派の攻勢が思ったより強硬であることがはっきりするにつれ、緊張し、興奮した市民が、推進派議員の登庁を阻止しようとして、警察官と衝突する騒ぎであった。

分県問題特別委員会は五対一（反対派委員の内、四名は退場）で案件の上程を可決、いよいよ本会議の審議にかけられることになった。

本会議が開催されるや、議場は賛否両論が入り乱れ、怒号が飛び交った。傍聴席は常に満員で、議場に入りきらない聴衆は議会の外に溢《あふ》れた。

議案審議も大詰めを迎え、誰《だれ》の目にも分県派の優勢は動かしがたいものと映った。なにしろ、前述したように、議員の数は議長を除くと、三十対二十九、採決すれば分県派が有利なのは明らかである。議場には一種の悲壮感が漂う中で、松本市選出の前島議員が、分県派を代表して最後の弁論を行なっていた。前島は分県派のリーダーとして、つねに運動の先頭にあった。明治以来の地元の悲願が、いままさに実現しようとする瞬間を前に、さしも、雄弁家である彼の声も上《うわ》ずっていた。

その時である。とつじょ、議場の外から腹に響くような歌声が聞こえてきた。『信濃の国』の大合唱である。

信濃の国は十州に
　境連ぬる国にして
聳ゆる山はいや高く
　流るる川はいや遠し……

歌声はたちまち傍聴席に感染し、係員の制止にもかかわらず、全員が立ち上がり、合唱に和した。それればかりではない、やがて、議員の口も動きだし、中には興奮のあまり、涙を流して歌うものも少なくなかった。

前島議員は壇上で絶句した。思いもかけぬアピールであった。幼い頃《ころ》から愛唱した歌のメロディーや歌詞が、胸の奥底までしみ入った。自分がとてつもない過ちを犯そうとしているのではないか——という気持ちが湧いてきた。

松本　伊那　佐久　善光寺
　四つの平は肥沃の地
海こそなけれ物さわに
　万ず足らはぬ事ぞなき……

分県が成立すれば、その瞬間から、この歌は生命を失ってしまう。分県によって得る物と失う物と、そのいずれに価値があるのか、前島の自信は揺らいだ。やがて再開された演説での前島の舌鋒《ぜっぽう》は鈍り、論調はトーンダウンした。同志との固い盟約も、もはやどうでもいいことのように思えてきた。

長野県の分県問題は、やがてなし崩しのように消滅してしまう。それにはいろいろなファクターが作用したには違いないが、それでも、「信州は一つ――」のムードづくりに果たした、県歌『信濃の国』の役割が大きかったことは否定できないという。

とはいえ、長野県の抱える問題自体が解消したわけではない。現実に、長野市は高速道路が通らない県都――という汚名を冠せられている。それは中央自動車道の岡谷《おかや》以北の建設がいっこうに進まないことによっている。

長野市と松本市を結ぶ国道一九号線と、並行して走る国鉄篠《しの》ノ井《い》線は、ともに犀川沿いの隘路《あいろ》であり、ちょっとした大雨のたびに不通になる代物だ。一九号線にかかる橋の袂《たもと》からスキーバスが転落、二十五人の死者を出した事故のことは記憶に新しい。それにもかかわらず、交通網の整備のために用地買収にかかろうとすると、頑強な抵抗に出くわして、挫折《ざせつ》したり停滞したりする。それらのことが、いまもなお続く、北信と中信の物心両面における対立の所産だとする説は、必ずしも否定できない。

第一章　孤独な花嫁

1

牧田祐三編集局次長から小諸《こもろ》支局転勤の話を持ち出された時、噂《うわさ》は本当だった――と中嶋英俊《ひでとし》は思った。

中嶋に直接、「局次長はきみを敬遠しているらしい」と言ったのは、資料室の大林老人である。

「どうしてですか?」

「いや、わしはよく知らんが、そういう噂を耳にした。彼は見掛けによらず、なかなかの策士だからな、気をつけた方がいい」

「はあ……」

中嶋は憮然《ぶぜん》とした。消息通の大林老人が言うのだから、ある程度の信憑性《しんぴょう》はあるし、それに、中嶋自身、まんざら思い当たることがなくもなかった。

大林には「シミ」という渾名《あだな》がある。「シミ」とは「紙魚」――つまり本の虫という、多少、揶揄《やゆ》をこめた褒《ほ》め言葉なのだが、入社したての頃《ころ》、中嶋は大林の顔のいたるところに浮き出た、老人性のシミのことをいうのかと思い、ずいぶん失礼な渾名をつけるものだ――と、ひとごとながら腹が立った。

大林は太平洋戦争が始まる以前に、給仕として入社し、夜間学校で苦学して、一時期は信州毎朝きっての辣腕《らつわん》記者といわれたという伝説がある。定年退職と同時に資料室係の嘱託として再雇用された。若い頃は肩で風を切る、颯爽《さっそう》とした男振りだったそうだが、ひねもす書棚の谷間にうずくまっているような現在の姿からは、往時の雄姿など、想像するべくもない。

無類の博学で、かなりの論客《ろんかく》として鳴らした大林が、論説委員にもなれず、「飼い殺しの居候《いそうろう》」とカゲ口を叩《たた》かれる身分に甘んじているのは、社内の中堅幹部に敬遠されたためだ――という説がある。真偽のほどははっきりしないのだが、大林は牧田局次長あたりが策謀の中心人物と目しているらしい。

若い頃苦労しただけあって、大林は若い社員の面倒見は、いささか鼻につくぐらい懇切丁寧で、欲しい資料があると、こっちが持て余すほど、徹底的に調べ出してくれる。人間そのものは悪くないのだが、そういう生い立ちだけに、牧田のようなエリートに対しては、いくぶん僻《ひが》んだ見方をするのは、やむを得ないことなのかもしれない。

その点を割り引くと、まるまる信じるわけにはいかないという気もしたが、「大阪でなにかあったそうじゃないか」と追い討ちをかけられると、（そうかもしれないな――）と思えてくるのだった。

大阪支社には中嶋は半年前までいた。そのまた半年前までは、牧田が大阪支社次長であった。たしかに、大阪時代、中嶋と牧田はあまりうまくいっていたとはいえない。いや、むしろ犬猿の仲に近い――と周囲は見ていた。ことあるごとに、激しく議論し合う二人だったことも事実だ。

中嶋は仕事となると、前後の見境もなく夢中になる性格だ。地方紙の出先機関などというものは、通信社から送られるネタのフォローアップを大過なくやっていれば、ほぼ勤まるとしたものだが、中嶋はそういう微温湯《ぬるまゆ》的な勤務にあきたらずに、しばしばスクープを狙《ねら》って動き回った。その結果、取材先とのトラブルが絶えなかった。

牧田は何度となく、中嶋に注意した。最初のうちは、「きみの熱意は買うが……」というような、柔らかな表現だったが、中嶋の独走が度重なるにいたって、心底、怒った。

「そういうことでは、とても面倒見切れないな。本社へ報告するが、それでもいいかね」

「お好きなように、どうぞ」

中嶋としても、そうムキになって反抗する気はなかったのだが、牧田とはどういうわけか、まるで天敵のように、顔を見ると突っ掛かっていきたくなってしまう。つい、売り言葉に買い言葉で、険悪なことになった。

しかし、本当に牧田が、中嶋のあれこれをあげつらって本社に報告したかどうかは定かではない。それからまもなく牧田は本社の編集局次長に納まって、中嶋との問題は、棚上げされた。

（やれやれ――）と中嶋は思った。おそらく牧田もそう思ったことだろう。だが、それも束《つか》の間《ま》、今度は中嶋が本社へ転勤ということになった。しかも、編集局管理部――つまり、牧田の直属という位置だ。

しかし、ともかく本社勤務というのは悪くない。それに、これを機会に結婚しようという相手も決まっていた。中嶋は当分おとなしくする覚悟で長野へ戻った。

管理部というセクションは、大阪時代のような無鉄砲をするチャンスに恵まれない点も、この際、中嶋にはむしろよかったかもしれない。

それに、偏見を捨てれば、牧田は管理者として有能な人物であることも認めざるを得なかった。もともと、牧田は社の幹部としての将来を約束されているような人間だから、ものの考え方や行動が穏健になるのはやむを得ないことなのだ。大阪時代の中嶋のような突っ張りにはさぞ手を焼いたことだろう——と、中嶋は自分が当事者であることを忘れて、牧田に同情した。

そういうわけで、牧田が自分に対して遺恨《いこん》を抱いているなどという噂に対しては、そんなのは大阪時代の亡霊みたいなものだ——と、笑い捨てるぐらいの雅量《がりょう》はできているつもりだった。

ところが、現実に牧田に「小諸行き」を切り出されると、自分の思い込みが嗤《わら》うべきものであったことを思い知らされたような気がした。

「なぜぼくが小諸へ行かなければならないのです」

中嶋は頭から突っ掛かった。

そこは社の近くの小料理屋にひとつだけある座敷で、社の連中が時々密談めいた会合などに使う。そういう場所を選んで話をするというのも、いかにも策士がやりそうなことで、中嶋は気に入らなかった。

第一、中嶋はその晩から明後日いっぱいまで有給休暇を取っている。理由はもちろん、大阪からやってくる花嫁を迎えるためだ。そのことは牧田も知らないわけではない。いや、むしろ知っているからこそ、「じゃあ、今夜は空いているんだな」と誘いをかけたのだ。おめでたいことに、中嶋は牧田が祝いのひとつも言ってくれるものとばかり思って、ノコノコついてきた。その自分の馬鹿《ばか》さかげんにも腹が立った。

「三年ぶりに大阪から帰って、またすぐに小諸とは、承服できません」

中嶋の声は部屋の外に筒抜けだ。

「おい、静かに話せよ」

さすがに牧田も不機嫌そうに窘《たしな》めた。

「もちろん大阪から帰ってきた時点では、こういうことになる予定はなかったさ。しかし、小諸の宮下が入院したのは、きみだって知っているだろう。誰《だれ》かが行かにゃならんのだよ」

「だからって、ぼくを選んだ理由はなんなのです？」

「そんなことは私の口から言うべき筋合のものではないよ。とにかく上の方で決まったことだ。不満かもしれないが、この際、了解してもらいたい」

「そんな一方的な……、冗談じゃありませんよ」

「おい、そういう言い方はないだろう。社だって、冗談や酔狂で人事を決めているわけじゃない」

「なら、悪意があってそうしたとしか思えませんね」

「悪意?……、どういう意味だ」

「個人的な恣意《しい》がはたらいたということですよ」

「個人的――とは、誰をさしているんだ」

「はっきり言わせてもらえば、次長、あなたの意志でそうなったのではありませんか?　あなたがぼくを敬遠しているという、もっぱらの噂ですよ」

「馬鹿な!……」

「馬鹿とはなんです!」

店から内儀《おかみ》が飛んできて、「お客さんがびっくりするじゃありませんか。静かにしてくださいよ」と怒った。

「喧嘩《けんか》なら、表へ出てやってください」

「申し訳ない」

牧田は謝った。牧田は常連だが、中嶋はまだ一度しかきたことがない。そのためか、内儀は悪いのは中嶋――と決めつけたらしく、中嶋の方だけを睨《にら》みつけた。その時の内儀の心証が、のちのち、警察の対応に影響を与えている。

2

結局、話は結論が出ないままで終わった。牧田は時計を見て、「もう一人、八時に会う約束があるので」と、店を出たところで別れて行った。

中嶋の借家は善光寺の裏手、箱清水《はこしみず》という所にある。少し遠いがのんびり歩くには適当な距離ともいえた。それにしても長野の街は夜が早い。ここよりももっと鄙《ひな》びた須坂《すざか》市で生まれ育ったくせに、不夜城のような大阪で暮らしてきたせいか、八時を過ぎるとほとんど街灯だけになってしまうこの街に、中嶋はなかなか馴染《なじ》めないでいる。

月もなく、風もなく、いやな酒を飲んだせいか、九月も今日で終りだというのに、やけに蒸し暑かった。どこかで飲み直そうかという気にもなれずに、人気のない裏道をトボトボと辿《たど》った。

中嶋は午後九時前には自宅に着いている。借りたばかりの一軒家で、家財道具もろくなものはない。庭が広いだけが取柄の古い家だが、その分、独りでいるには寂しすぎる。

しかし、明日からは妻と呼ぶ女がこの家にいるのだ、と思うと、悪い気はしない——。いや、牧田の話を聴くまでは、そのはずであった。そこへ、降って湧《わ》いたような転勤話である。中嶋がむかっ腹を立てたのも、無理のないことではあった。

誰に訊《き》いたって、不当な転勤だと言うにちがいない——と中嶋は信じた。「これは牧田次長の遺恨人事だ」と声を大にして訴えるつもりであった。

ムシャクシャした気持ちと、明日やってくる「嫁」への期待感とが入り雑《ま》じって、なかなか寝つかれなかったが、明け方近くになって、ようやく眠りに落ちた。

夢の中に牧田が現れた。この野郎——と思った時、自分の両手が牧田の首を絞めているのに気付いた。牧田はニタニタ笑っている。いくら力を入れても、平気な顔だ。デスクの上の電話が鳴って、牧田は「おい、電話だ」と言った。

目が覚めると、部屋の隅で電話が鳴っていた。

（しまった、遅刻か——）

この際、失点はまずい。慌てて時計を見ると、まだ八時前だ。

（畜生、誰だいま時分——）

這《は》っていって受話器を取ると、青木健夫《たけお》の声がいきなり飛び出した。

「おい、牧田次長が死んだぞ」

一瞬、中嶋はまだ夢のつづきかと思った。

「聴いているのか？」

「ああ、聴いている」

「次長が死んだんだよ。それも、どうやら殺されたらしい」

「殺された？……」

中嶋はドキッとして、反射的に自分の手を見た。

「死因は何だ？　絞殺か？」

「それはまだ分からん。けさ、水内《みのち》ダムに死体が浮いているのを、通りがかりの人が見つけて、引き上げてみたら牧田次長だったそうだ。その時点で警察から社に連絡が入ったから、おそらく、いま頃は検視の最中だろう」

早口でまくしたてて、ふと気付いた。

「おい、いま絞殺かって訊いたけど、どうしてなんだ？」

「ん？　そんなこと言ったか。べつに意味はないよ」

まさか夢で見たとも言えない。

「現場は水内ダムのどの辺りだ？　おれもすぐに行くよ」

「いや、これから行ったって、片づいたあとだろう。それより社へ行った方がいい」

電話を切ったあと、中嶋はあらためてゾーッとした。両方の掌《てのひら》に、なんだか牧田の首の温《ぬく》もりが残っているような気がする。

休暇をとったことなど、すっかり忘れて、いつもより三十分も早く出社したが、それにもかかわらず、ほとんどの顔触れは出揃《でそろ》っていた。切れぎれに入ってくる情報を繋《つな》ぎ合わせて、なんとか真相を把握《はあく》しようと努力するのだが、捜査が端緒についたばかりの現段階では、警察の方もガードを固めているにちがいない。

その内に、テレビ局やら同業他社の取材が押し掛けてきて、社内は異様な雰囲気になってきた。

十時すぎ、中嶋のデスクに総務部から社内電話が入った。すぐ第三応接室へ来るようにという。一瞬、いやな予感がしたが、案の定、応接室には明らかにそれと分かる刑事が二人、総務部の課長と向かい合いに座っていて、中嶋の顔をジロリと見上げた。

「こちら、県警の刑事さん。きみに訊きたいことがあるそうだ」

課長はそれだけ伝えると、あとは知らんよと言いたげに、さっさと室《へや》を出ていった。

刑事は型通りに中嶋の素性を確かめてから言った。

「中嶋さんは、昨夜、牧田さんと一緒だったそうですね」

「ええ、一緒に食事をしました」

「どこです？　その店は」

中嶋は例の小料理屋の名を言った。

「そこを出たのは、何時頃でした？」

「八時少し前だったと思います」

「それからどうしました？」

「家へ帰りましたよ」

「牧田さんと一緒に？」

「まさか……。牧田次長とは店の前で別れました。次長は八時に人と会う約束があるとかで、時間を気にしていましたよ」

「誰と会うとか、言ってませんでしたか？」

「いや、言ってません」

「牧田さんと別れたあと、中嶋さんは誰かと会いましたか？」

「いいえ」

「お宅へ帰ったのは何時頃です？」

「九時頃じゃないかと思います」

「九時……というと、店を出てから一時間ですか。お宅はたしか、箱清水でしたね。

ちょっと時間がかかりすぎじゃありませんか？」

「のんびり歩いて帰りましたからね。しかし、もう少し早かったかもしれない。時計をちゃんと見たわけじゃありません」

「お宅には、どなたかいましたか？」

「いや、独り者ですから」

「分かりました」

刑事は立ち上がった。

「また何かお訊きすることがあるかもしれないので、きょう一日、居場所をはっきりしておいてください」

一応、そう釘《くぎ》を刺しはしたものの、意外なほどあっさり引き上げた。

だが、それから一時間もしない内に、今度は直接、管理部の部屋に現れた。

「ちょっと参考までにお訊きしたいことがあるので、署の方まで一緒にきてください」

いわゆる任意同行というやつだ。

「どういうことですか？」

さすがに中嶋も気色《けしき》ばんだ。同僚が周りにいることも、意識にあった。

「いや、それは署の方でお話ししますよ」

刑事は無表情で言った。そういう顔をした時の刑事は、テコでも動かないことを、中嶋は知りすぎるほど知っている。

「しかし、仕事がありますからねえ」

「おや、中嶋さんはたしか、休暇を取っているとお聴きしましたが?」

(あっ、そうか――)

意表を衝《つ》かれた。完全に失念していた。

時計を見ると、まだ「花嫁」のくる時間までは、だいぶ間がある。

「分かりました。ではご一緒しましょう」

無理に肩をいからせて歩いたが、内心はしょげかえっていた。

3

県境の長いトンネルに入って、まもなく眠ったらしい。車掌の陽気なアナウンスに気がつくと、列車は左手に谷を望む斜面を走っていた。

「……まもなく見えてまいりますのが、寝覚《ねざめ》ノ床《とこ》です。花崗岩《かこうがん》が激流の浸食をうけて、あのような奇怪な景観を造り出しました。寝覚ノ床には古くから浦島太郎の伝説があります。浦島太郎が竜宮城から帰ってきたあと、故郷の様子がすっかり変わってしまっていたので、故郷を出て諸国めぐりをしている途中、この寝覚ノ床を見つけ、あまりの景色のよさに、この村に住み着いてしまったのです。太郎は毎日、釣りをしたりして、まるで竜宮城にいるような楽しい暮らしをしていました。ある日、村の人たちに竜宮の話をしているうちに、ふとお土産にもらった玉手箱のことを思い出して、乙《おと》姫《ひめ》さまの言いつけを忘れ、うっかり箱を開けてしまったのです。そのとたん、太郎は白髪のおじいさんになってしまった。それが寝覚ノ床の名前の由来だということであります……」

気のきいたサービスというべきなのか。それとも、この場合は、それこそ寝覚めの悪い騒音というべきなのか、馬《ま》淵《ぶち》洋《よう》子《こ》は重い頭をひと振りして、窓の外を眺めた。

緑の山襞《やまひだ》の底に白い花崗岩の谷がある。ところどころに水面が顔を覗《のぞ》かせていた。車掌の説明のような「激流」は見えない。上流にダムでもできて、昔ほどの水流はなくなったせいなのだろうか。それでも、風景そのものは美しかった。

（とうとう信濃へ来た――）という想《おも》いが湧いた。もう後戻りはできないのだ――と自分に言いきかせながらの旅であった。

ガイドのアナウンスはまだ続いていた。

「……この辺りは木曾路《きそじ》のなかでもとくに難所といわれたところで、谷川に面した断崖《だんがい》には、藤蔓《ふじづる》でつくった桟《かけはし》がいたるところにかかり、昔の人はそれを伝いながら歩いたのだそうです。芭蕉《ばしょう》がここを通って、『桟やいのちをからむ蔦《つた》かづら』という俳句を詠《よ》んだことで有名になりました。長野県歌『信濃《しなの》の国』の一節に、さきほどの寝覚ノ床と一緒に、木曾の桟が歌いこまれていますので、つたない歌ではございますが、ご披露させていただきます」

まさか国鉄はそこまでやれとは命令していないだろうから、よほど仕事熱心か、それともこういうことが好きな人間にちがいない。車掌は呼吸を整えて歌いだした。

「尋ねまほしき園原《そのはら》や、旅の宿りの寝覚ノ床、木曾ノ桟かけし世も、心してゆけ久米《くめ》路橋《じばし》……」

『信濃の国』の歌は、全般的には勇壮なメロディーだが、ここの部分だけは優しい調子に変化して、それがまた、この歌の雰囲気を作っている。歌詞ははっきり憶《おぼ》えていないけれど、洋子もメロディーは知っていた。大阪にいる頃、中嶋英俊がよく歌って聴かせてくれた。歌っている時の、中嶋の陶酔したような顔を思い出す。歌い終わると、きまって、「いい歌だろう」と同意を求めた。その少年のような表情が、洋子は好きだった。

「新聞記者なんか、やめとけ」

大阪市内長堀《ながほり》で特許事務所を開いている洋子の父は、業界紙の記者などとの付き合いがあるせいか、そういう職業にあまりいいイメージを抱いてなく、洋子の話を聴くと、頭ごなしに言った。

「生活は不規則やし、夜遊びばっかしして、ろくな者はおらん。苦労するのが見えとる」

そうかもしれない——と、洋子自身、そう思った。デート時間にまともにきたことはないし、すっぽかされることも珍しくなかった。腹が立って、何度、もうこれっきりにしよう——と思ったか知れない。

だが、翌日になってノコノコやってきて、新聞の紙面を指差して「これ、おれのスクープなんだ」と、得意そうに手柄話を喋《しゃべ》りまくる、あの顔を見ていると、（勝てへんなあ——）と、決心が鈍ってしまうのだった。

「長野の本社に戻ることになった」

思い詰めた顔で言った時、洋子は中嶋が別れ話を切り出すのかと思った。もっとも、べつに肉体関係があるわけでもないのだから、「別れ話」というのは大袈裟《おおげさ》かもしれない。

洋子の方が（この人、奥手なのかしら？——）と疑うほど、中嶋はそういう意味での誘いをかけたことがなかった。誘われれば、あるいはその気になったかもしれないのに——と思うこともあったし、中嶋自身、衝動に駆られているのがありありとわかるような場合もあった。

しかし、結局、二人は「清い関係のまま」であった。いまとなっては、それがよかったということか——と思う一方で、中嶋の淡泊な付き合い方の意味がそこにあったのかと悟って、洋子はなんだか心の底まで冷え冷えしたような気分がした。

「長野へ来てはもらえないだろうか」

中嶋がそう言った時は、だから洋子は少し面食らった。

「長野へ？　何でやの？」

間の抜けた返事をした。

「いや、つまり、その、結婚してくれないかという意味だよ」

中嶋は唇を尖《とが》らせて、怒ったように言った。洋子は急に心臓がドキドキした。（えっ？　えっ？　もう一回言って——）と、言葉にならない言葉を、胸の中で発した。

しかし、中嶋はそれっきり押し黙って、相変わらず怒った顔をしている。

行きつけの喫茶店で、その時間は空いていることも知っていた。二人の周りには客の姿はなかった。

「いいんだ、いますぐでなくても。明後日、向うへ発《た》つことになっている」

諦《あきら》めたように、中嶋はボソッと言った。明後日――という切羽《せっぱ》詰まったタイムリミットが、言い出すまでの中嶋の苦悩を物語っていた。

（あほやな、なんでいまごろになって――）

「それじゃ、帰ろうか……」

伝票をとって立ち上がった。

「行くわ……、行きます、長野へ……」

コントロールのつかない、高調子の声で、洋子は言った。カウンターの店員がびっくりして、こっちを見た。

「ほんと？　行ってくれるの？」

中嶋は座り直そうとして、テーブルの上のコップを倒した。

「あほやなあ……」

洋子はこぼれた水を拭《ふ》こうと、バッグから取り出したティッシュペーパーで、無意識に涙を拭《ぬぐ》っていた。

4

「やめろ！」

とつぜん、叫び声があがった。

洋子のところから五つぐらい前の座席で、老人が立ち上がった。どこにあるとも知れぬスピーカーに向かって、両の拳《こぶし》を振り上げ、怒鳴っている。

「……くる人多き筑摩《つかま》の湯、月の名に立つ姨捨山《おばすてやま》、しるき名所と風雅士《みやびお》が、詩歌《しいか》に詠《よ》みてぞ伝えたる」

むろん、車掌の耳には老人の抗議は届かない。老人の怒声の間に歌い終えて、今度はうって変わって、とり澄ました、事務的なアナウンス口調になった。

「まもなく木曾福島です。次は木曾福島、木曾福島……。お降りの方はお忘れ物のないようお支度願いまあす」

老人は遣り場《やば》のない怒りをぶちまけるように、周囲を睨《ね》め回した。血走った、狂気を思わせる目だ。隣に座っている息子ぐらいの歳《とし》の男が立って、老人の肩を抱くようにして、何か言った。老人はしぶしぶ頷《うなず》いて、座席に沈みこんだ。

（あのおじいさんも、眠りを妨げられたクチかしら？――）

洋子は気の毒でもあり、おかしくもあった。何もそんなに怒鳴らなくてもいいのに――と思った。

木曾福島を出ると、しだいに風景が開けてきた。列車は速度を増しながら、松本《まつもと》平《だいら》へと入ってゆく。盆地を囲む険しい山並みは、まぎれもなく「信州」を実感させてくれた。写真でしか見たことのない日本アルプスが、すぐ目の前に連なっている光景は、感動的であると同時に、心細い気持ちをかきたてる。

例の老人は松本で降りた。連れの男が周囲の人々に詫《わ》びを言い言い、老人の肩を抱えるようにして通路を去っていった。

塩尻《しおじり》から終着の長野までは約一時間。午後二時少し過ぎの到着だった。

プラットホームに来ているはずの中嶋を探して、洋子はキョロキョロと周りを見回したが、それらしい姿はない。

（またこれやわ――）

先が思いやられる、と悲しくなった。

「失礼ですが、中嶋洋子さんですか？」

背後からバリトンが言った。振り向くと、細身の三つ揃《ぞろ》いのスーツを着た若い男が、額の汗を拭いながら、覗き込むように体を倒して、こっちを見ている。

「いえ、あの、馬淵洋子ですけど」

言ってから、「あっ」と気がついた。

「でも、これから中嶋さんところへゆく、その……」

言い淀《よど》んでいると、向うが先に思い当たった。

「あ、これは失礼。まだ名前は変わってはいないのですね」

照れ臭そうに笑って、頭を掻《か》いた。

「じつは、中嶋に頼まれて、お迎えにきた者です。青木といいます」

「そうでしたの。すみません、お世話になります、洋子いいます、よろしくお願いいたします」

青木は遠慮する洋子の荷物を一つ持って、先に立って歩きだした。それが癖なのか、そう長くもない脚でさっさと歩く。洋子は遅れまいとして、時折、小走りになった。

改札口を出ると、タクシー乗場へは行かずに、駅前の広場を突っ切って角の喫茶店に入った。

二階の窓際の席に座ると、お寺のような形をした長野駅がよく見える。

ウエートレスに「ミルク、つめたいやつ」と注文して、青木は「何にしますか」とぶっきらぼうに訊いた。そういうところは中嶋とよく似ている。長野の男は皆、こんな風にそっけないのかしらん——と洋子は思った。

コーヒーを頼んでおいて、改めて、「お忙しいところ、どうもすみませんでした」と挨拶《あいさつ》をした。

「あの、信州毎朝の方ですの？」

「ええ、そうです。中嶋と同期に入社して、同じ編集局にいます」

だとすると、青木は当然、中嶋と同い年ということなのだろうけれど、見た感じでは、まだ大学を卒業したばかり——といった印象の、少年ぽさが残っている。こっちをまともに見る時には、眩《まぶ》しそうな目になるのが、微笑《ほほえ》ましかった。

「中嶋さん、仕事で来られないのですか？」

洋子はやや非難めいて、言った。花嫁がはるばるやって来るというのに、出迎えられない事情とは、どういうものなのか。

「はあ……」

青木はちょっと躊躇《ためら》ってから、やむを得ないといった思い入れをみせて、

「じつは、中嶋は、ある事件のことで、現在、警察の事情聴取を受けているのです」

「事情聴取？……」

洋子は息を飲んだ。

「というと、何か事件でも起こしたのでしょうか？」

「いや、中嶋が事件を起こしたというわけではないですがね、一応、参考人として調べられているようです」

「あの、どういう事件なんですの？」

「じつは、会社の僕たちのセクションの上司が死んだのです。牧田次長というのですが、ご存じでしょう」

「ええ、大阪におられた方でしょう？　お名前だけはお聴きしてます。そうですか、その方が亡くなられたのですの」

「そうなんです。けさがた、死体がダムに浮いているところを発見されまして。警察の発表によると、どうやら他殺らしいのですね。まだ状況がはっきりしませんが、ただ、牧田次長と最後に会っていたのが中嶋でして、それでいろいろと話を訊かれているというわけです」

「じゃあ、容疑者になっているんですか？」

「えっ？　いや、とんでもない、ただの事情聴取ですよ」

青木はムキになって言った。その様子が、かえって、中嶋の立場の悪さを暗示しているように洋子には思えた。青木は「事情聴取」と言っているが、事情聴取と訊問《じんもん》の区別は、洋子にははっきり判別できない。とにかく警察に拘束されて調べられている――という事実だけが目前にあった。

「その騒ぎがあったもんで、中嶋はあなたの到着をすっかり失念してしまいましてね、ついさっき、思い出して、『嫁さんが来てしまう』と大慌てに慌てて、僕に駅へ迎えに行ってくれと頼んだのです」

青木は洋子の危惧《きぐ》を敏感に察知したのか、わざとおどけた喋り方をしているが、洋子は全身の力がスーッと抜けてゆくような気がした。

「そんなに心配することはありませんよ。いまごろはきっと、会社へ戻っているにちがいない。僕、ちょっと電話してきます」

青木はそそくさと立って、電話をかけに行った。

しかし、電話の結果は思わしいものではなかった。青木は憂鬱《ゆううつ》そうな顔で戻ってきて、「まだでした」と、済まなそうに言った。

「中嶋はまだ警察にいて、それで、社の方に連絡があって、僕にあなたを警察の方へお連れするようにということでした」

「警察へ、ですの……」

洋子はいよいよ不吉な予感を抱いた。

「そしたら、参りましょう。どういうことなのか、早く知りたいですわ」

言いながら、洋子は立ち上がっていた。

5

牧田は検死の結果、紐《ひも》様のものによる絞殺と断定され、長野中央署には、すでに「水内ダム殺人事件捜査本部」の看板が下がっていた。殺人事件ということと、朝からの事情聴取が終わらないということから、中嶋の立場がきわめて容易ならぬものであることを推測させる。

青木と洋子は貧弱な応接室のような、取調室のような部屋に案内された。しばらく待たされてから、刑事らしい男に連れられて、中嶋英俊が現れた。洋子の顔を見て、「やあ」と手を上げたが、元気がない。

洋子は立ち上がって、何か言おうとしたが、声が出なかった。

「迎えに行けなくて、申し訳ない」

中嶋はペコリと頭を下げて、洋子と向かい合いに座った。刑事は部屋に留まって、窓の外を見ている。つまり監視づきなのだ。

「まったく、えらい目に遭《あ》っちゃってね」

中嶋はいかにも消耗した——といわんばかりに、首を振り、顔を顰《しか》めて、刑事の後ろ姿を睨《にら》んだ。

「昨夜、牧田次長に会ったことが分かっている、最後の人間が僕なんだとさ。しかも、次長と僕は飲み屋で怒鳴りあったのだから、始末が悪い」

「そしたら、中嶋さん、犯人かと疑われていやはるの？」

「そうでもないのだろうけど、ほかに誰もそれらしい人物が浮かばないもんで、警察も困っているんじゃないかな。アリバイを証明しろなんて、無理難題を言ってるんだ」

「証明でけへんの？」

「うーん、なにしろ、昨日までは一人ぼっちだったからねえ。こんなことなら、もう一日早く、きみに来てもらえばよかった」

中嶋は冗談めかして言うが、洋子はちっとも笑う気分にはなれない。

「そういうわけで、まだしばらくかかりそうなんだ」

中嶋は深刻な顔になって、言った。

「それで、ひと足先にうちへ行っていてくれないか。場所は青木が知っている。な、たのむよ」

青木に向かって言い、青木は「うん」と頷《うなず》いた。

中嶋は洋子に家の鍵《かぎ》を渡すと、刑事を催促するようにして、部屋を出て行った。早く取調べを済ませて、洋子と二人きりになりたいのだ。しかし、洋子は中嶋の後ろ姿に、なんだか、刑場に引かれる罪人のような、心許《こころもと》なさを感じてしまった。

青木の案内で、善光寺裏の中嶋の借家へ辿《たど》り着いた時には、もう夕刻近くになっていた。閑静には違いないが、ずいぶん寂しい感じのところだ。洋子にしてみれば、中嶋が戻ってくるまでのあいだ、青木に一緒にいてもらいたかったのだが、さすがに、若い「嫁さん」と一つ屋根の下にいるわけにもいかず、青木は洋子を送り届けると、さっさと帰って行った。

中嶋の家は、簡単な什器《じゅうき》類のほかは、台所用品もろくに揃《そろ》っていない。夕食の支度をしようにも、道具も材料もなく、かといって、買物に出掛けている間に中嶋が帰ってきたり、電話がかかったりすることを考えると、家を空けるわけにもいかず、結局、中嶋が買い溜《た》めておいたインスタントラーメンを啜《すす》るしか方法がなかった。

その夜遅くなって、中嶋は帰ってきた。

「逮捕するかどうか、ギリギリのところだなんて言いやがった」

悔しさを笑顔で誤魔化して、言った。

「担当の安岡という警部が、まるで分からず屋でね。一方的におれを犯人と決めつけるような口のきき方をしやがる。まだ若いくせに、横柄《おうへい》なんてもんじゃないんだ。あいうヤツが、無実の死刑囚をデッチ上げるに違いないと思ったね」

顎《あご》の張った顔に、いつもの精悍《せいかん》さがなく、消耗しきった様子だ。

「それにしても、よりによって、きみを迎える日にこんなことが起きるなんて、まったくツイてないよなあ。ほんとに申し訳ない」

中嶋は畳に手をついて謝った。

「ええのよ、あなたのせいじゃないもの」

「それはそうだけど、しかし、僕の不徳の致すところだからねえ。昨日、あんな風に口論なんかしなければよかったのだ」

「なんで喧嘩したの?」

「喧嘩っていうわけじゃないのだが、次長から、いきなり小諸行きを持ち出されたもんで、僕もカッとなっちゃったんだな。ようやく本社に戻って、きみとの生活が始まろうっていう矢先だろ、次長の悪意みたいなものを感じたものだから」

「小諸って、あの、島崎藤村《とうそん》の、小諸なる古城のほとり——の?」

「ああ、そうだよ。そこの支局詰めを命じられたんだ」

「いいじゃない、小諸でもどこでも。わたしはかまわないわ」

「ふーん……、きみがそう言ってくれるのはありがたいが。しかし、折角、本社勤務になったばかりで、支局行きとはねえ」

「仕方ないわよ、誰かが行かなければならないのでしょう?」

「あははは、次長と同じようなことを言うなあ」

「それに、わたし、そんな贅沢《ぜいたく》は言ってられへんもの」

洋子は涙ぐんだ。

「父がね、出て行くなら、二度とこの家の敷居を跨《また》ぐなって……」

「そうか……、やっぱり、お父さんは認めてくれないのか……」

中嶋は唇を嚙《か》んだ。

「しかし、いずれは分かってくれるさ。僕もご挨拶に行くよ。なに、門前払いを食わされたって、玄関の前に座り込んでやる。頑固さなら負けやしない」

中嶋はとっておきのブランデーを出してきて、テーブルの上にグラスを二つ並べた。

「それじゃ、とりあえず、今夜は二人だけの結婚式といこうか」

おたがいのグラスが触れあって、ブランデーを一気に飲み干すと、沈滞していた血液が体中を走りだした。

「前途多難だけど、僕も頑張る。きみもよろしく頼むよ。次長が死んだ以上、小諸行きもお流れだろうしね」

中嶋はテーブルを廻《まわ》って、洋子ににじり寄った。洋子の両肩に手を当てると、引き寄せた。洋子は自然に躯《からだ》が前に倒れ、中嶋の膝《ひざ》の上に抱かれるような姿勢になった。

6

翌日、中嶋は須坂の実家へ洋子を連れて行った。実家には両親と長兄夫婦の家族、全部で六人が住んでいる。家業は古くからの材木商で、この近辺ではなかなかの家柄だ。それだけに、中嶋の唐突な結婚には抵抗があったらしい。

「家の連中が何か不愉快なことを言っても、気にするなよ」

中嶋は訪問の前に、あらかじめ断りを言っている。

「平気よ。どっちみち、もう後戻りはできないのですもの」

洋子は強がりを言ったものの、やはり不安だった。後戻りできない——というのは、むしろ自分自身を励ます言葉であった。

母親はふっくらした顔の、どちらかといえば穏和な感じだが、父親と兄は、商売柄のせいか、しきたりにやかましそうなタイプに見えた。

「ご両親とお目にかかれないのは残念です。こちらには来られないのですかな？」

父親はにこりともしないで言った。

「そのことは、説明したじゃないか」

中嶋が言うと、「お前に訊いているのじゃない」と一蹴《いっしゅう》した。

「父はこの結婚に反対なものですから」

洋子は正直に応えた。

「ほう、なぜ反対なのです？」

「父は新聞記者が嫌いなのです」

「なるほど。しかし、それなら無理に一緒になることはないでしょうに」

「でも、結婚するのは父ではなく、わたしですから」

「そういったもんではないでしょうが」

父親は鼻白んだように言った。

「結婚となれば、当人同士ばかりでなく、親同士の付き合いだって始まるのですからな。わしは新聞記者の息子を誇りに思いこそすれ、嫌いだなどとは考えたこともない。あんたのお父さんがそういう気持ちでいる以上は、うまくお付き合いできそうにないでしょうに。もう少しお考えが変わるまで、待った方がいいのではないですか？」

「お父さん！」

たまりかねて、中嶋が割って入った。

「お父さんのことは関係ないよ。何度言ったら分かるんだ」

「関係ないことあるか。それじゃ、わしも関係ないと言うのか」

父親の剣幕に、中嶋は一瞬、たじろいだ。洋子は中嶋がどういう答えを言ってくれるのか、息を飲むような想いでみつめた。

「そりゃ、結婚する以上、皆に祝福してもらえば、それに越したことはないけどさ、しかし、最終的には、結婚は本人同士の合意が問題なんだからね。そのことは憲法で保障されているし」

「生意気言うんでない、何が憲法だ。憲法が飯を食わしてくれるか？　憲法が住む家や家財道具の面倒を見てくれるか？　まだ青二才のくせに、一丁前の口をきくな！」

「中嶋さんは青二才じゃありません！」

洋子は夢中で叫んだ。

「わたしはともかく、中嶋さんは立派なおとなです。中嶋さんが自分で決めたことを、ほかの人がとやかく言う権利はないと思います。たとえお父さんだって、です。わたしたち、面倒見ていただかなくても、二人だけでやっていけます。ね、そうでしょう?」

見返った視線の先で、中嶋は大きく、頼もしく「うん」と頷いてくれた。それを見た途端、洋子は涙が止まらなくなった。

「ふん、大阪の女は気が強いと聴いておったが、まったくだなや」

父親は面白くもない顔で立つと、奥の部屋へ行ってしまった。兄は終始、黙りこくっていたが、最後にひと言、「まあ、しっかりやるんだな」と、誰にともなく言って、仕事場の方へ出て行った。

取り残された母親は、オロオロして、中嶋に「どうしたらいいのかねえ」などと言うばかりである。

「その内に分かってもらえるよ。いまは彼女の親父《おやじ》さんが、息子を嫌っていることに反撥《はんぱつ》して、臍《へそ》を曲げているだけだ。心配しなくても大丈夫」

母親を宥《なだ》めて、中嶋は席を立った。もうしばらくいてくれ、と引き留めるのを振り切るようにして、二人は中嶋の実家を出た。

「いよいよ二人きりになったね」

中嶋はチラッと家の方を振り向いて、笑いながら言った。

「その分、きみを大事にするからね」

洋子はさっきの中嶋を真似《まね》て、大きく頷いた。笑うつもりが、また涙になった。

長野市箱清水の家に帰ると、家の前の道路に駐《と》まっていた車から男が二人降りてきて、玄関を入ろうとする中嶋に声をかけた。

「ちょっと済みません。中嶋さんですね？」

振り向いて、中嶋は相手の素性がすぐに分かった。

「警察、ですか？」

「はあ、そうです。じつは、たびたびで申し訳ありませんが、もう一度署の方へ来ていただきたいのです」

「またですか、もう話すことはないのですがねえ。いったいどういうことなのかなあ」

「詳しいことは自分らには分かりません。とにかく署の方でお話しください」

言葉は丁重だが、彼等《かれら》の意志が有無を言わせないものであることは分かりきっていた。中嶋は苦笑して、洋子を見た。

「じゃあ、ちょっと行ってくるから、晩飯の支度でもしていてくれる？」

「ええ……」

洋子は無理に笑顔を作った。

中嶋が車に乗せられて去ってから、ふと気がつくと、道路の少し先の辺りに四人の女が屯《たむろ》して、こっちを窺《うかが》っていた。洋子の視線を感じると、さっと向うを向いたが、その動作がかえって胡散臭《うさんくさ》い。明らかに中嶋のことを噂している気配だ。それは、中嶋が警察に連れ去られたことに対してなのか、それとも、若い女を引き込んだことに対してなのか、洋子には推測するすべもない。なにしろ、この家に来て、まだ隣近所に挨拶もできずにいるのだ。

洋子は姿勢を正すと、大股《おおまた》に、女たちの方へ向かって歩きだした。

女たちの前で止まり、精一杯の笑顔を作って「今日は」と頭を下げた。この「襲撃」には驚いたに違いない。女たちは戸惑って、てんでんばらばらに挨拶を返した。

「昨日、大阪からきました。中嶋の家内です。何も分かりませんので、よろしゅうお願いいたします」

「こちらこそ……」

四人の女の中で、いちばん煩《うるさ》そうなのが、一歩前に出て訊いた。

「いつご結婚なさったの?」

「昨日です」

「あら、そう……。で、お式はどちらで？」

「家で、二人きりで挙げました」

「まあ……」

開いた口が塞《ふさ》がらない——といった、オーバーな表情をしてみせた。それから声をひそめるように、前屈《まえかが》みになった。

「中嶋さん、警察に呼ばれたんですか？」

「ええ、そうです」

「何かありましたの？」

「よく知りませんけど、ある事件のことで、いろいろ聴かれているのだと思います。彼の上司が亡くなったものですから」

「あーら、そう、じゃあ、やっぱりあの事件なんですねえ」

四人の女たちは、たがいに頷きあっている。

「奥さんもたいへんですわねえ」

何がたいへんなのか、よく分からないけれど、「奥さん」と呼ばれたことで、洋子はドキドキしてしまった。自分でも顔が赤くなるのが分かった。中嶋英俊の妻である——という実感が、はじめて湧いてきた。中嶋に対しては、もはや傍観者ではなく、一心同体、一蓮托生《いちれんたくしょう》の関係なのだ――と覚悟が定まった。

女たちに場所を訊いて、洋子は近くのスーパーへ出掛け、夕食の準備に取り掛かった。ステーキ用の上等の肉とワインを仕入れ、中嶋の帰宅を待った。

だが、中嶋は昨日よりもさらに遅い、深更になってから、疲れきって戻ってきた。

「どうだったの？」

洋子が訊くと、いきなり、「何も訊くな」と怒鳴った。畳の上にひっくり返って、「もう、うんざりだ」とも言った。

警察で、八時間近くも質問攻めにあったのだから、中嶋にしてみれば当然の気持ちなのだが、洋子ははじめて中嶋の怒りを浴びて、ショックだった。

黙って台所へ立って、ステーキを焼きにかかったが、涙が溢《あふ》れてきて、周章《あわ》てて玉《たま》葱《ねぎ》を刻みはじめた。その内に背後に気配を感じて振り向くと、中嶋が立っていた。

「ごめん、怒鳴ったりして」

中嶋は洋子の頭を抱えるようにして、涙の筋が垂れている頬《ほお》に口づけをした。

牧田次長の急死によって、中嶋の小諸行きは当然、見送られるものと思ったのだが、人事は既定の方針だったとみえ、事件から三日後、中嶋に正式の辞令が出された。

もっとも、社としては中嶋を本社勤務にしておきたくない理由が生じたためかもしれない。とにかく、毎日のような警察の召喚《しょうかん》であった。警察は目下、最大の重要参考人として中嶋英俊をマークしている。中嶋以外にめぼしい対象が現れないのだから、やむを得ないといえばやむを得ないのだが、そのために中嶋は仕事ができない状況に追い込まれた。いや、中嶋本人ばかりか、社としても、こうしょっちゅう刑事やマスコミが出入りしたのでは、業務に差し支えるし士気にも影響する。この際、渦中の人物を隔離する目的も多少はあったことは確かだ。

中嶋は抵抗はしなかった。若干、敵に後ろを見せるような気もしないではないが、捜査本部から少しでも遠い方が気が休まる——と、なるべくいい方に解釈することにした。

十月五日がちょうど日曜日で、その日に中嶋夫婦は引っ越しした。荷物は大してなく、小型トラック一台で済んだ。青木が手伝いにきて、「なんだ、これだけか」と拍子抜けしたが、それでもマイカーで小諸までついてきてくれた。

小諸の支局は駅前通りに面している。一階が事務所で二階が住居、体裁よくいえば職住接近ということになる。

車が小諸市内に入って行く辺り、左手に山、右手に川を望んで、洋子は遥《はる》けくも来つるものか——と思った。

「いちばん向う側に見えるのが、浅間山だ。あの川は千曲川《ちくまがわ》……」と中嶋は教えた。

まさに島崎藤村の詩の世界が眼前に展開している。洋子は藤村の詩は好きだけれど、まさかその詩に描かれた土地に暮らすようになるとは思ってもみなかった。

小諸は想像していたより、さらに小さな街で、洋子は本心を言えば心細かったが、口では「きれいなところね」と褒《ほ》めた。

「ああ、いいところだよ。懐古園《かいこえん》という城址《じょうし》公園があってね、藤村が逍遥《しょうよう》したところだ。明日にでも行ってみよう」

中嶋も、自分の気持ちを引き立てるように、陽気な声で言った。

午前中に引っ越しを終え、昼飯を一緒にしたためると、青木は社に出るということで、慌ただしく引き上げた。いよいよ二人だけの生活が始まる——という実感が、ひしひしと押し寄せてきた。

午後は、家の掃除やら、家財道具の整理やらで過ごした。心細さはともかくとして、新婚生活の楽しさもあって、洋子はついはしゃいだ。

だが、その明るさも長くは続かなかった。夕方近く、長野から捜査本部の刑事が二人やってきて、しばらく遠出しないように、と中嶋に釘《くぎ》を刺して行った。それでいっぺんに、憂鬱がぶり返した。

「どこまでつきまとうつもりなんだ」

中嶋は彼等の後ろ姿に向けて、聞こえよがしに言った。刑事の若い方が、ジロリと振り向いた。

翌日から、中嶋は支局の業務に入った。信州毎朝の支局は各市町単位に一つずつあり、それぞれ一名が勤務しているといってもいいほどの規模だ。小諸支局は小諸市と隣の北御牧《きたみまき》村が守備範囲である。佐久市には佐久支社があるが、こことても二名が詰めているにすぎない。

宮下という前任の支局員が病気で入院したために、中嶋が来るまでの間、佐久支社から応援が出てカバーしていた。その引き継ぎやら、市役所や警察への挨拶回りに忙殺され、中嶋はしばらく席の温まる間もなかった。

もっとも、中嶋は元来が外向性の男で、一日中飛び回っている方が性にあっていたから、町の人間ともたちまち親しくなって、いくつものニュースソースを開拓した。

洋子も積極的に近所付き合いを拡《ひろ》げる努力をした。新聞記者というのは、ある種のエリートと目されていて、地元の人々の接し方は好意的なものだった。大阪から嫁に来たということに対しても、多分に同情的で、なにくれとなく面倒見がいい。このぶんなら、なんとか寂しくなくやっていけそうな気持ちが湧いてくるのだった。

第二章　恵那山《えなさん》トンネル

1

中央自動車道西宮線を伊那《いな》から名古屋方面へ向かうと、飯田《いいだ》を過ぎた辺りから坂道にかかり、やがて西の山中に突っ込んでゆく。その行く手、岐阜《ぎふ》県との県境に立ち塞《ふさ》がるように聳《そび》えているのが恵那山《えなさん》である。三千メートル級の高山がゴロゴロしている中部山岳地帯だから、あまり目立つ存在ではないが、それでも標高は堂々、二千二百メートル近い。

平安期からある古い街道は恵那山の鞍部《あんぶ》・神坂《みさか》峠（標高約千六百メートル）を越える難所であった。近代になっても、恵那山トンネルができるまでは、国道は山塊を大きく迂回《うかい》していたのを、中央道最大の難工事の結果、愛知、岐阜方面へは、この区間にかぎって言えば、十分の一の距離に短縮された。

岐阜県へ抜ける大小二つのトンネルは、手前の短いのが「網掛《あみかけ》トンネル」、その先のが「恵那山トンネル」で全長十二キロにもおよぶ。もっとも、ドライバーたちはこの二つを区別せず、ワンセットで恵那山トンネルだと思い込んでいる者が多い。

十月八日の午後十一時頃《ごろ》、名古屋のトラック運転手・笹野嘉男《ささのよしお》は新潟県上越市から鮮魚を運んでこの付近にさしかかった。

恵那山トンネルは工事中で、トンネル区間が時速四十キロの一車線走行に制限されていた。長距離の深夜便で、笹野は疲労を感じていた。前の車のテールランプを見ながらノロノロ運転を続けていると、まるで催眠術をかけられたように眠気を催してくる。笹野は我慢できなくなって、本道を逸《そ》れ、道路公団の用地に乗り入れた。通常は立ち入り禁止区域だが、危険防止のためなら文句も言われないだろう――と思った。

それでも、なるべく人の目につかない場所を選ぼうと、隅の方へ車を転がして行った。車を駐《と》めると、笹野は外へ出て植え込みへ向かって小便をした。

放尿の最中に、笹野は目の前の植え込みの奥に、人間らしいものが横たわっていることに気がついた。

かすかな明りの中で、最初はアベックか何かかと思ったが、どうもそうではないらしい。気ぜわしく放尿を終えて、少し迂回して近づき、覗《のぞ》き込むと、男が倒れているのであった。

うつ伏せになって、四肢をだらしなく投げ出した格好は、ひと目でただごとではないことを思わせた。

「見た瞬間、死んでいると思いましたよ」

後に、警察の事情聴取に対して、笹野運転手はそう語っている。とにかく、いっぺんに眠気が覚めて、笹野は付近の公団事務所へ駆け込み、警察に通報した。


所轄の飯田警察署は殺人・死体遺棄《いき》事件と断定、直ちに捜査本部を開設した。

長野県警察本部に飯田署からの連絡が入ったのは十月九日の未明である。捜査一課長の宮崎は本事件の捜査主任に竹村岩男警部を派遣することに決めた。竹村が本庁に来る前は飯田署勤務だったことを勘案したものであることはいうまでもない。

おかげで、竹村と彼のスタッフは熟睡の最中を叩《たた》き起こされ、暁闇《ぎょうあん》の中を、パトカーで遠い県境まで運ばれることになった。

「この道を通るたびに、県の道路行政はどうなっているのかと、腹が立ってしようがないのですよ」

竹村の隣で吉井部長刑事がボヤいた。吉井は竹村より五つ年上の四十二歳——厄年である。竹村にとっては頼りになる補佐役だが、口やかましいのがタマにキズで、部下や、報道関係の連中からは「ボヤキの吉チョー」と渾名《あだな》されている。

「道は細いし、年がら年中、どこかで工事をやっている」

国道一九号線は、長野から松本まで、ほとんど犀川《さいがわ》沿いに屈曲しながら進む。片側一車線で、重い荷物を積んだトラックの後ろにつこうものなら、イライラのし通しだ。しかも、吉井が言うとおり、道路の老朽化と酷使が祟《たた》るのか、かならず数箇所で工事にぶつかる。サイレンを鳴らしっぱなしにしても、いつもの半分程度のスピードしか出せない。

「まあまあ、愚痴を言いなさんな」

竹村は笑った。

「そう急がなくたって、現場は逃げやしませんよ。第一、警察の人間がおカミのやることを批判しちゃまずいんじゃないかい」

「いや、わたしは一住民として言ってるんですよ。なあキノさんよ、あんただってそう思うよな?」

吉井は助手席の木下刑事に訊《き》いた。「思いますよ」と木下も同意した。

「だいたい、中央自動車道が岡谷《おかや》からこっちへ、ちっとも延びてこないというのがおかしいじゃありませんか。これはあきらかに地域的な差別ですよ」

「そんなこと言うけどな」と、竹村も黙っているわけにはいかなくなった。

「おれは伊那の出身だが、県南の者は逆に、県北の連中に差別されていると思い込んでいるぞ。たとえば、県職員の八割は県北出身者で占められているそうじゃないか。公共事業なんかも県北の業者優先で、県南の方にはなかなか回ってこないと聞いている」

「それはないでしょう」

長野市郊外の松代《まつしろ》出身の吉井は、心外そうに口を尖《とが》らせた。

「中・南信は諏訪《すわ》も飯田も、中央自動車道が開通しているじゃないですか。松本には飛行場だってあるし。それにひきかえ、長野市ときたひには、どこへ出るったって、細々とした道路を利用するしかないのですからね。観光シーズンになると、国道一八号なんか、至る所、十キロぐらいの渋滞《じゅうたい》はザラですよ」

「しかし、それは建設省なんかの、国の行政が悪いのであって、長野県内部の問題ではないのだろう？」

「いえいえ、国や県は造りたくても、岡谷とか松本とか、あの辺りの連中が地域エゴ丸出しで、邪魔をしているんですよ」

「そんな滅茶《めちゃ》くちゃな……」

竹村は笑い出したが、吉井は真面目《まじめ》くさった顔である。

「ほんとの話ですよ。このあいだも新聞の論説に出ていました。だいたい長野の人間は総論賛成、各論反対というのが多いのだそうで、それによって、開発が遅れがちだと書いてありましたよ」

「そりゃそうかもしれないがね」

竹村もその点は認めた。長野県人の議論好きは有名で、それは、長い冬の期間、炬《こ》燵《たつ》に入って、野沢菜漬を食べながら、茶飲みばなしをする以外、ほかにすることがないせいだ――などという説がある。しかし、もしそうだとすれば、なにも長野県にかぎったことではなく、雪国の人間はすべて議論好き――ということになるはずだから、その説はごく一面的な見方でしかない。

長野県人の議論好きには、二つの理由がある。一つは歴史的にいって、教育行政の先進県であること。もう一つは、閉鎖的な地理的条件である。

長野県は、農民を含む一般市民階層における教育の普及が、日本で最も早かった地域である。幕末期に信濃国《しなののくに》にあった寺子屋は四千四百を超え、旧国別では全国一位、江戸を含む武蔵国《むさしのくに》よりも多かった。そのことだけでも「教育県」たり得る資格はあるのだが、さらに、その気風に拍車をかけたのは、維新の流れに乗り遅れたために、政治に参画するチャンスを逸し、教育の分野に進出するほか、道がなかったことである。

したがって、長野県人はどちらかといえば、体制に批判的な議論をするが、その一方で、新しい思想や論理に乗りやすいという弱点をもつ。戦時中に政府が打ち出した「翼賛《よくさん》政策」に、逸早《いちはや》く同調したのは長野県だし、満蒙《まんもう》開拓団に多くの人々を送り込んだのも長野県であったことは、中国残留孤児に長野県出身者が多い事実からも明らかだ。

一人一人が理論家であり、お山の大将たらんとするから、組織の中で働いたり、組織を動かしたりすることが苦手だ。きわめて潔癖性が強く、競馬、競輪などの公営ギャンブル施設の開設を許さない代わりに、清濁合わせ飲む――といったような大政治家などはまったく生まれてこないのも、長野県人の特徴をよく物語っている。

2

飯田署の刑事課の隣にある大会議室が捜査本部にあてられた。

竹村にとって、飯田市と飯田署は忘れようとしても忘れることのできない、苦闘と栄光の思い出に満ちたところである。(拙著『死者の木霊《こだま》』参照)

しかし、飯田の街はともかく、飯田警察署は、建物もそこにいる人間もまったく変わった。当時、オンボロの木造二階建てだった庁舎は、まるで県警本部かと見紛《みまが》うばかりの豪勢なビルに生まれ変わったし、竹村夫婦の仲人を務めてくれた大森署長も、「イノシシ」と渾名された園田警部補以下の懐かしい顔ぶれも、それぞれ転勤してしまっていた。時のうつろいを思うと、少し寂しい気もするが、なまじ古い馴染《なじ》みがいない方が、仕事そのものはやりやすい。

竹村は六名のスタッフとともに、現場を案内してもらった。すでに夜は明けていて、山ふところに囲まれた現場一帯は、平和そのもののような風景だ。自動車道路を走る車は、まだこの時間は少なく、しかも、四十キロの速度制限を課せられているので、騒音というほどのことはない。もちろん、とっくに死体は片づけられ、鑑識が周辺を這《は》いずりまわっているのも、どことなく、のんびりした雰囲気であった。彼等の動きを見ているかぎりでは、どうやら、それほど注目すべき遺留物はなさそうだ。

竹村はお付き合い程度に現場を見て、ドライブインで朝食をしたためると、飯田署に引き返して、早速、捜査会議に臨んだ。飯田署側は、捜査本部長である署長の吉沢警視正を筆頭に、刑事課長の岡本警部以下、刑事連中と鑑識の人間が、ほとんど全員、頭を揃《そろ》えて待ち受けていた。

さすが、かつてのホームタウンだけあって、「名探偵・信濃のコロンボ」竹村岩男警部の名前は、捜査員の誰《だれ》もが知っていた。松川ダムのバラバラ死体発見に端を発した連続殺人事件での、竹村の神がかり的な捜査は、いまもなお忘れられるどころか、伝説的な脚色を加えて、語り継がれているのだそうである。

「こちらが、竹村警部です」と吉沢署長が紹介すると、飯田署の若い捜査員たちがいっせいに拍手したのには、竹村はもちろん、部下の六名はすっかり面食らってしまった。吉井や木下のように付き合いの長い者は知っているが、この秋配属されたばかりの若い二人の刑事は、竹村のそうした「武勇伝」について聴いていなかったから、改めて尊敬し直したように、竹村の顔を眺めていた。

恵那山トンネルの現場で死んでいた人物の身元は、所持していた運転免許証によって、すぐに明らかになった。

「被害者は、塩尻《しおじり》市在住の会社社長、谷口節男、四十七歳です」

飯田署の丸山という警部補が、議事進行係をつとめた。

「すでに家族を呼んで、身元の確認はしてあります。まもなく解剖に付されますが、とりあえず、現在までに分かった点を言いますと、死因は絞殺による窒息死。頸部《けいぶ》にロープで締めたと思われる索条痕《さくじょうこん》が認められます。医師の所見では、死亡時刻は、昨夜の九時前後ではないかと考えられるとのことです。なお、現場付近には争ったような形跡がないので、犯行は別の現場であると思料されます」

丸山の報告を聴いた時、竹村は即座に（似ているな――）と思った。水内《みのち》ダム殺人事件の方の死体も、同じような状態で発見されたと聴いている。

しかし、その時はべつに、二つの事件に関係があると思ったわけでもなく、ただ、漠然と連想が浮かんだにすぎない。

だが、その日の午後になって、解剖所見が報告されるに至って、竹村はその連想をもう一度見直す気持ちにならざるを得なかった。死体からは微量ながら、睡眠薬を使用したらしい反応が出たというのである。これは水内ダムの事件とそっくりだ。

もっとも、絞殺をする場合に、被害者にあらかじめ睡眠薬を飲ませて、抵抗力を弱めておくというのは、この種の犯行では珍しいことではないのだから、それだけで両方の事件に共通の根があるなどとは、とても言えたものではない。

竹村はその件については自分一人の胸の内に仕舞って、しばらく捜査の進展を眺めることにした。

被害者の谷口節男は松本市内に本店のある「竹摩堂《ちくまどう》」の社長だ。竹摩堂は江戸期の創業以来、松本城内に菓子を納めてきたという、老舗《しにせ》中の老舗だ。谷口の代になってからは、工場設備の近代化に努め、現在では、いわゆる信州銘菓として、数種類の菓子を、県内の支店やデパートはもちろん、東京や大阪のデパートなどにも出している。

谷口は殺された十月八日の晩は、六時過ぎまで会社にいた。定例の幹部会が長引いたためである。そのあと、谷口は営業部長と工場長を連れて、松本市内の料亭で夕食をとっている。

「社長とは午後七時五十分頃《ごろ》に別れました」

二人の部下はそう言っている。

それによると、谷口は食事をしながら、事業計画のことなどを話していたが、八時が近づくと、「ちょっと人に会う約束がある」と言って、話が中途であったにもかかわらず、その時刻に腰を上げたというのだ。谷口は二人の部下に見送られて、料亭の駐車場に駐《と》めてあった自分の車を、自ら運転して走り去った。それが生きている社長の姿を見た最後だという。

谷口が誰に会う約束だったのかは、二人は聴いていなかった。事情聴取にあたった刑事がその点をしつこく訊《き》くと、営業部長の方がちょっと思案してから、「そういえば」と言い出した。

「社長は相手が誰か、言いたくなかったのじゃないかという気がします。いつもなら、どこそこの誰と会う約束だ——と気軽に言うのに、その時は、どちらへ？　と訊いても、なんとなく言葉を濁《にご》して何も言いませんでしたから」

「女性、ということは考えられませんか？」

刑事の質問に、「さあ……」と言ったきり、営業部長と工場長は顔を見合わせたが、結局、それ以上のことは分からないということであった。

女性と会った可能性があるとなると、今度の事件には、当然、第三の男の存在が臭《にお》ってくる。「痴情のもつれ」というやつだ。とくに、その女の背後に暴力団でもあれば、殺しにまでゆくことは珍しくない。

長野県は日本の各都道府県の中では、比較的、暴力団の進出がない県であるということができる。ことに、特殊浴場やモーテルの営業には、官民こぞって、これを排除しようとする地域が多い。とはいえ、県内いたるところに温泉街があり、観光地がある以上、暴力団が育つ温床は無数にあり、彼等を絶滅するところまでいくのは難しい。いや、むしろ、最近では暴力団がらみの傷害事犯が増加する傾向にあった。

捜査は当面、谷口節男が二人の部下と別れた後の足取りを探索すると同時に、女性関係を含めて、谷口が殺されなければならなかったような状況がどこにあるのか、その点について、関係者の事情聴取を進めることになった。

3

事件から三日目の午後、谷口の車が松本から塩尻へ向かう国道脇《わき》の空き地で発見された。空き地の隣はレストランで、そこの従業員の話によると、車は事件の夜からずっと放置されてあったらしい。その店は午前十時から午後十時までの営業だから、事件当夜、店を閉めて帰りかけた、遅くとも十時半までには、すでにその場所に車があったということだ。

もっとも、車がその夜の何時からそこにあったものかは分からない。隣といっても、店からその場所までは百メートルぐらい離れているし、しかも周囲には木立があって、きわめて暗い。たまたま、従業員の中に店の寮まで歩いて帰る者が三人いて、通りがかりに、妙なところに車があるな——と気にかかったにすぎない。

車は翌日もずっとそこに放置されていた。そして、警察の聴き込み捜査があってはじめて、ひょっとするとアレじゃないか——ということになった。

捜査本部はがぜん、色めきたった。鑑識班は車の中の遺留物を徹底的に拾い集めた。綺麗《きれい》好きの谷口らしく、車内は掃除が行き届いていたおかげで、ちょっとしたゴミ状のものでも、すぐに目についた。

車を調べてみると、車内にはオレンジジュースらしい液体がこぼれた痕跡《こんせき》がある。科学捜査研究室で分析した結果、谷口の死体から検出された睡眠薬は、オレンジジュースに混入して服《の》んだと思われるので、この車の中が第一犯行現場であることはほぼ間違いない。ただし、ジュースの容器類はなく、指紋も、とくに助手席側のドアやシートの周囲については、丹念に拭《ふ》き取った形跡があった。とはいえ、被害者と犯人がこの場所までやってきたことは、どうやら、間違いなさそうだ。あるいはこの場所で落ち合ったのかもしれない。とにかく、被害者と犯人が一つの車の中で、ジュースを飲みながら、語り合っていたものとすれば、二人は顔見知りである可能性が強い。しかも、こういう場所で、密会めいた会い方をしたというのは、谷口の相手が女性であるとする仮説にも合致する。また、睡眠薬によって谷口の意識が朦朧《もうろう》としたところで、首を絞め、死に至らしめた——という状況も、容易に想像できる。

とはいえ、ジュース以外にめぼしい物が採取できたかどうかは、現場では判断できない。僅《わず》かな泥と、髪の毛が数本に、埃《ほこり》のような繊維が少々。これで何が分かるのか、心細いかぎりだ。

むしろ、犯人像がおぼろげながら浮かび上がってきたことの方が、重要だ。単独か、複数かはともかく、犯人（の少なくとも一人）は車を運転できる人物――と見做《みな》すことができる。犯人は犯行後、死体を自分の車に移し、第二現場である恵那山トンネルの公団用地まで運び、遺棄《いき》した。

しかし――と、捜査員たちは、そこで首を傾《かし》げた。

（なぜ、犯人はわざわざ死体を恵那山トンネルまで運んだのか？――）

この疑問に納得のいく解答を出せる者は、一人もいなかった。もちろん、竹村岩男といえども例外ではない。

車が発見された現場から恵那山トンネルまでは、塩尻、岡谷《おかや》を通って、伊北インターから中央自動車道に入り、およそ七十キロ――一時間の道程である。距離はともかく、死体を隠すつもりの場所としては、適当でないことははっきりしている。

「どこか、人目につかない場所に遺棄するつもりだったのが、途中で気が変わったのではないでしょうか？」

吉井部長刑事が遠慮がちに言ったことが、捜査会議の結論のようなことになった。それ以外にいい理由を思いつかなかった、というべきかもしれない。

「そんなところだろうねえ」

竹村も異論を言うほどの元気はなかった。しかし、なんとなく違うような気持ちはしている。死体遺棄には、何かそれなりの目的があるはずだ――と思えてならない。

前に述べた、松川ダムにバラバラ死体が遺棄された事件でも、七個のダンボール箱に詰めた死体を、なぜわざわざ東京から松川ダムまで運んできて捨てたのか、さっぱり見当がつかなかったのだが、それには、奸智《かんち》に長《た》けた犯人の、じつに恐るべき秘密が秘められていたのだった。

その事件で、竹村は、死体遺棄の方法の不自然さに、どうしても納得がいかず、捜査本部の方針に抵抗して、あわや首が飛ぶかというところまで暴走したものである。結果的には竹村の推理の正しさが立証されたのだが、そういう「こだわり」と「しつっこさ」は、相変わらず彼の身上であった。

(なんだか変だな――)

今度の死体遺棄にも、直感的に、竹村は疑惑を覚えた。犯人が何者で、犯行動機が何なのか――ということはもちろんだが、それ以前に、死体遺棄の目的に疑惑を抱いてしまうところに、いわば竹村の捜査の一風変わった特徴があるといってもよかった。

捜査員が本部を出払ってしまうと、竹村はその一点に思考を集中させて、犯行の図式をあれこれ思い描いた。

　被害者の谷口が松本の料亭を出て、国道脇の現場までどういう道順で行ったにもせよ、一時間以内には現場に到着しているはずである。当日夜の食事と、胃の内容物の消化状態から見て、犯行は午後九時より遅いことはない——というのが解剖所見だ。犯人は犯行の前に、谷口にジュースを飲ませ、睡眠薬が効くのを待った。その間、約十五分。まさか、走行中に睡眠薬を飲ませるとは思えないので、あの場所に着いたのは、遅くとも午後八時半前後ではないかと考えられる。

　さて、犯人は谷口を殺し、自分の車に運び込んだ——。

（ここが第一のチェックポイントだな——）と竹村は思った。

　まず、単独犯か複数犯かによって、想定される状況がまるっきり変わってくる。

　単独犯だとすると、犯人は車を運転でき、しかもあの現場に車を用意できた者に限定される。常識的には、そこまで車でやってきて、谷口と落ち合ったケースが想定される。

　第一現場が恵那山トンネルの現場であって、谷口の死体を遺棄したのち、国道脇のあの場所に車を運んできたということは、時間的にいってあり得ない。松本の料亭を出て、かりにフルスピードで走ったとしても、恵那山トンネルまでは一時間以上はかかる。犯行を九時と仮定しても、恵那山トンネルの現場から車のあった松本の現場まで一時間半で辿《たど》り着くことは不可能だ。逆の場合は一時間ぐらいしかかからないのに、なぜそうなるかというと、恵那山トンネルを越えて名古屋方面へむかう路線の次の出口は、二十八キロ先の中津川インターしかないからである。つまり、往復六十キロ近く、余計に走らなければならない。しかもその間には十二キロの恵那山トンネルが待ち受けている。この区間の往復二十四キロは、工事中の速度制限のため、せいぜい時速五十キロという低速運転を強要される。どんなに急いでみても、二時間以上かかる。つまり、レストランの従業員が車を目撃した、午後十時三十分頃には間に合わないということだ。

犯人が複数だと、殺害の実行者と車を運転した者は別人である可能性もある。犯行の第一現場は、必ずしも車が発見された場所でなくてもいい。どこか別の場所で殺し、死体を積み換えて、一人が谷口の車をあの場所に運んでくればいいのだ。犯行時の場所が、犯人にとって都合の悪い場所であったとすれば、当然、別の場所に移そうとしただろう。

ただし、それにしても、なぜ死体と車を別々の場所に運ぶ必要があったのか、理解に苦しむことには変わりない。

考えれば考えるほど、死体遺棄の方法と場所についての疑問は深まるばかりであった。

4

捜査が進むにつれて、被害者・谷口節男に対して利害関係のある人物が、三人ほど浮かび上がってきた。

その一人は、事件の夜、谷口と夕食を共にした二人の内の一人、工場長の小島富次である。小島は谷口の義理の妹の夫にあたる。本来からいうと、この小島が竹摩堂の社長になっていてもおかしくない——という風聞を捜査員が聴き込んできた。

そもそも、谷口節男は谷口家の長女・喜代子と結婚した「入り婿」であった。それまでは東京の某商社に勤務していたのを、二十年前、先代社長に見込まれて、谷口家の養子になった。二十七歳の時である。その時点で、谷口は老舗・竹摩堂の後継者の椅子《いす》は約束されたわけだが、じつは、そうなる以前は、小島がその立場にあるものと、大方の人間は考えていたというのである。

小島富次は理科系の大学を出て、ヨーロッパで菓子の修業をしてきたという変わりだねだ。父親が竹摩堂に勤めていたという関係で、未来の幹部候補として入社した。入社するやいなや、新しい菓子のデザインを考えたり、菓子の製造にロボットを導入したりして、竹摩堂の近代化を進める原動力となった。周囲の者たちは、小島こそが、ゆくゆく、男子のいない谷口家の総帥《そうすい》となるものと予想し、また、小島自身もそのつもりでいたと、うがった見方をする者もいるほどだ。

節男が谷口家の長女と結婚してまもなく、小島は次女の常子と結婚し、やがて、会社のナンバー2である工場長に就任した。その後も竹摩堂に対する貢献度は変わらず、谷口が社長に就任してからも、よきパートナーとして社長を助け、現在まで至っている。

とはいっても、小島に不満がないとはいえないのではないか——という見方が、その間の事情に通じている連中の中にはある。もっとも、小島本人は少しもそうした野心はない、と言っている。

「私は菓子を作る現場が性に合っていますからね、経営だなんて、ややこしいことは願い下げにしたいものです」

それが小島の言い分だが、それを鵜呑《うの》みにしていいものかどうかは、分からない。

しかし、かりに小島に競争心や不満があったとしても、殺意にまで結びつくものかどうか、かなり疑問だ。

第二の人物は、同じ松本市内で和菓子の店を営む、風雅堂の経営者・篠原桂太郎で、こっちの方は、まだしも、利害関係がはっきりしているといえる。

竹摩堂と風雅堂の不仲は、大袈裟《おおげさ》にいえば、維新以前にさかのぼるのだそうだ。商売敵《がたき》なのだから当然ともいえるが、竹摩堂が節男の代になってから発表した新製品が、風雅堂の菓子のイミテーションだという騒ぎがあって以来、その軋轢《あつれき》はいっそう激しさを増した。ホテルの宴会場で顔を合わせた際、篠原が谷口を面罵《めんば》した事件もあるという。

警察もその点には注目して、かなり念入りに調べたが、今回の事件には直接関係はなさそうだった。

三人目は女性である。松本市内の目抜きにある「アポロン」というクラブのママ・葉山純子と、谷口は親密な関係にあった。店を出す際の資金の一部も、谷口が提供したということであった。純子の話によると、二人はオトナの関係だったというのだが、谷口の死を嘆き悲しむ様子から察すると、純子はかなり谷口に惚《ほ》れていたらしい。したがって、かりに彼女がらみの事件だとすれば、嫉妬《しっと》に狂った男か、あるいは女の犯行ということになりそうだ。

しかし、どうもそれらしい人物は浮かんでこない。谷口夫人はそういう女性の存在すら知らなかったそうだ。

その夫人についていえば、夫の死によって一億三千万円ほどの保険が入ってくるので、それが動機であるといえばいえなくもないけれど、現在、そういう金を必要とする状況にはないし、夫婦仲も至極、円満で、二人の息子との関係も良好だ。とても殺意に結びつくとは考えられない。

こうして、捜査は次第に暗礁に乗り上げた感じになってきた。

事件現場周辺での聴き込みは続けられたが、犯人らしい人物を目撃したという話は、さっぱり現れない。車内の遺留物からも、犯人を特定できるような手掛りは発見されなかった。

竹村は焦りを覚えた。事件の全体像はおろか、犯行の目的すら、まったく見当がつかないのだ。こんな犯罪も珍しい。

巷《ちまた》では毒入り菓子恐喝事件が騒がれている。竹摩堂が菓子メーカーであるだけに、その事件との関連も考えてみたけれど、いくら待ってみても、犯人側が恐喝を働くような動きはなかった。

（いったい、誰が、何のために、谷口節男を殺害しなければならなかったのか？）

捜査会議のたびに、このテーマが話題にのぼった。しかし、捜査員の誰ひとりとして、その解答を導く糸口さえ摑《つか》んできた者はいなかった。しまいには、谷口は誰かほかの人物と間違えられたのではないか——という説まで飛び出す始末だ。

ただ、二人の部下が言っていたように、谷口が「人と会う」約束をしていたという点が、相手の素性を知る手掛りにはなりそうだ。しかも、その人物の名を言い渋った様子が事実だとすると、あまり人に言いたくない相手だったのかもしれない。女性——という想像もできるし、あるいは、誰も知らない、何か後ろ暗い関係のある人物が存在したのかもしれない。

「とにかく、谷口氏の交友関係を、徹底的に洗ってみてください」

竹村は無策を承知で、捜査員たちを督励するしか、差し当たっての方針がなかった。

捜査本部で独りきりになると、またしても、犯人の不可解な「死体遺棄」のことが頭に浮かぶ。それと同時に、水内《みのち》ダムの殺人事件との共通点についても、妙に心が動いた。

水内ダムの事件の方は、長野中央署に捜査本部を置き、捜査主任は安岡という警部が担当している。ことし二十九歳の若い警部で、大学卒のバリバリのやり手だ。たまたま、松川ダムの事件の功績で二階級特進を果たしたものの、高卒で、本来なら部長刑事がいいとこ――という竹村とは毛並みが違う。

竹村は安岡の秀才面を想像しただけで、うんざりしてしまう。べつに学歴コンプレックスがあるわけではないのだが、眼鏡を光らせて、ペラペラまくしたてられると、何も言う気になれない。肌が合わないというのは、こういうことかもしれない。

水内ダムの事件の進展を確かめたくても、そんなわけで、竹村はつい億劫《おっくう》になった。他人の領域に干渉しないのが、警察の通弊であることは、毒入り菓子事件における府・県警間のセクショナリズムを見ても明らかだ。

とはいえ、竹村の知り得たかぎりでは、水内ダムの事件とこっちの事件とでは、よく似た点がある。殺害が絞殺によるものであることもそうだし、犯行前に、被害者に睡眠薬を服ませている点もそうだ。被害者が自分の車で現場まで行っている点も、犯人が被害者を車から引きずり出して死体遺棄を行なっている点もそっくりである。

(いや、まだある――)と、竹村はますます関心が高まった。

たしか、水内ダムで殺された被害者も、谷口の場合と同じような時刻に、「人と会う」と言って、立ち去ったのではなかったか?

竹村は興味を抑えきれなくなって、捜査一課長の宮崎にこっそり電話した。その結果、思ったとおり、事件の様相がかなり似通っていることが分かった。

ただし、違う点は、向うはすでに容疑者を逮捕し、事件はほぼ解決しつつあるということであった。

「えっ？　逮捕したのですか？」

竹村は驚いた。初耳だった。

「ああ、ずっと、任意取調べを行なっていたのだが、ついさっき、逮捕状を執行したよ」

宮崎課長はそっけなく、言った。

「そんなことより、そっちの方はどうなっているんだ？　さっぱりいい話が入ってこないようだが」

「はあ、全員、努力はしているのですが、目下のところ、進展はありません」

「だったら、よそのことを気にする余裕はないんじゃないの？」

言い方にトゲがあるのは宮崎課長の悪い癖で、本人に、それほどの悪意があるわけではない。

「参考のために伺いますが、逮捕したのはどういう人物ですか？」

「ブン屋さんだよ。信州毎朝の編集部に勤務している男だ。つまり、被害者の部下だな」

「動機は何ですか？」

「恨みによる犯行というところだ。日頃からいろいろあったところに、転勤話を持ち出されて、カッとなったらしい」

「はあ……」

竹村は拍子抜けがした。つまらないことで殺したもんだ——と思った。もっとも、近頃は簡単に殺人が行なわれる風潮があるのだから、大して驚くほどのことではないのかもしれない。それよりも、こっちの事件と無関係と分かって、がっかりした。

「それは、間違いなく本ボシなんでしょうねえ」

つい、言わずもがなのことを言った。

「ん？……」

課長は不機嫌そうに黙ってから、「どういう意味だ？」と訊き返した。

「いえ、べつに大した意味はありませんが、ブン屋さんほどの良識のある人が、そう簡単に殺しをやるものかどうか、ちょっと不思議に思ったもので」

「ブン屋だからって、人間であることには変わりはないだろう」

「そりゃまあ、仰言《おっしゃ》るとおりですがね」

それでは——と電話を切ろうとすると、宮崎課長は「ちょっと待て」と止めた。

何を言うのかと思っていると、しばらく沈黙してから、

「安岡君が本ボシだと言っているのだ。疑問があるなら、彼に訊いてくれ」

妙に弁解がましい言い方だった。宮崎課長自身、多少は気になっているに違いない。

そのくせ、安岡本人には強いことは言えないでいる。

（どうやら、課長も安岡の秀才面は苦手らしいな――）

竹村は電話のこっちでニヤリと笑った。

しかし、安岡警部に訊けるくらいなら、なにも課長に電話する必要はない。竹村は諦《あきら》めて電話を切った。

第三章　殺人の連環

1

事件発生以来、ずっと飯田《いいだ》署の宿泊施設に寝泊まりしていた竹村だが、二週間ぶりに、いったん帰宅することにした。

車には、例によって吉井部長刑事と木下刑事が同乗し、木下がハンドルを握っていた。天気はいいし、珍しく道路の流れもスムーズだったが、捜査にまるっきり成果の上がらない状況を反映して、三人とも、口数が少なかった。

「すっかり秋めいてきたねえ」

竹村はみんなの気持ちを引き立てるように、窓の外を眺めて、言った。

車は松本を過ぎ、犀川《さいがわ》沿いの国道を走っている。安曇野《あづみの》が広がり、その向うに北アルプスの青黒い峰々が連なる。穫《と》り入れを終わった田園や近い山々はすっかり黄ばんで、秋の陽《ひ》を受けた紅葉もみごとだ。

「警部は割と呑気《のんき》ですねえ」

木下は面白くもなさそうに、言った。木下はすぐに、つっかかるような物言いをする。頑張り屋で、猟犬のように敏捷《びんしょう》なこの男の、それが欠点といえば欠点なのだが、仕事熱心のあまり——と思えば腹も立たない。

「そういうわけじゃないが、景色ぐらい眺めたって、捜査には影響ないだろう」

「そりゃそうですが、われわれとしてみれば、警部が何かいい知恵を出してくれるのを、待ってるわけですから」

「いい知恵ねえ……」

竹村は苦笑した。

「いい知恵かどうか知らないが、少し気になっていることはあるんだ」

竹村は勿体《もったい》ぶって言った。吉井と木下は、そのあとに続く言葉を待っている。

「キノさんよ、水内《みのち》ダムのところまで行ったら、例の、ブン屋さんが殺された現場へ寄ってくれないか。それまで、おれは眠ることにするよ」

「はあ……」

木下はバックミラーの中で、竹村の顔を見てから、「よその事件なんか、構っている場合じゃないと思うんですがねえ」と、宮崎課長のようなことを言った。

「まあ、いいから、いいから」

竹村は腕組みをして、目をつぶった。

水内ダムは犀川を堰止《せきと》めるダムで、昭和の初め頃《ごろ》、竣工《しゅんこう》した。犀川は千曲川《ちくまがわ》（信濃川）の最大の支流で、槍《やり》ヶ岳《たけ》を源流としている。上流には、上高地や梓川《あずさがわ》があることは、少し旅行好きの人なら知っているに違いない。長野市川中島で千曲川に合流し、そこが、かの上杉謙信と武田信玄との古戦場であることはあまりにも有名だ。犀川はわが国の河川の中でも、屈指の清流といってもいい美しい川ではあるのだが、松《まつ》本平《もとだいら》・安曇野を過ぎると、次第に流れが淀《よど》み、やがて、ほとんど静水になってしまう。その静水を作っているのが水内ダムだ。ダムができるまでは、この付近は深く切れ込んだ、すばらしい峡谷を成していたのだが、いまは、むやみに細長いダム湖と化して、その面影は見ることができない。

信州毎朝編集局次長・牧田祐三の死体が浮いていたのは、水内ダムの堰堤《えんてい》からおよそ二百メートルあまり上流寄りだったそうだ。

竹村たちは、国道一九号線を右折し、水内ダムを跨《また》ぐ久米路橋《くめじばし》の真中で停《と》まった。

湖の景観はここから眺めるのが最高――というのが、木下の意見だった。木下はマイカーを年中乗り回しているので、地理にはくわしい。たしかに、紅葉した木々が両岸に迫っている湖の眺めは圧巻だった。三人は車を降りて、橋の欄干に凭《もた》れ、しばらくは無心で、風景に見惚《みと》れた。

休日ではないけれど、観光客らしい人々が彼等と同じように橋の上に佇《たたず》んだり、景色をバックに写真を撮ったりしていた。

「何か、捜査の参考になるのですか？」

吉井が訊《き》いた。

「さあ、どうかな……」

竹村は自信なさそうに言った。

「なんとなく気になるだけなのだが、ここの事件の殺し方が、われわれの事件の場合と似ているように思えるもんでね」

「はあ……」

二人の部下は、なんだ、そんなことか――と言いたそうな顔を見交わした。

「そうは思わないかい？」

竹村は、二人の反応が鈍いのが気に入らなかった。

「車できて、睡眠薬を服《の》ませて、絞殺して、死体遺棄をする……。な、そっくりじゃないか」

「それはそうかもしれませんが、そんな殺しは珍しくありませんよ」

木下はすげなく答えた。吉井も、口には出さないけれど、顔つきが冷淡だ。

「関係はないかもしれないけどさ、一応、何か接点がないか、調べてみるぐらいの値打はあるだろう?」

竹村は愛想のない部下の気を引くように、言った。

「しかし、あの事件は、たしか安岡警部の担当だったと思いますが」

吉井は、安岡のヘキをちゃんと心得ていて、君子あやうきに近寄らずだ——と言いたげである。

竹村はなんだか気勢を削《そ》がれ、鼻白んだ顔になって、水面に映る風景を眺めた。

「警部じゃないですか」

いきなり声がかかった。振り返ると、見憶《みおぼ》えのある顔が近づいてくる。信州毎朝の青木であった。

「ああ、あんたか」

竹村は正直に顔を顰《しか》めた。こんなところで事件現場を眺めているのが、あれこれ伝わるのは、あまり歓迎したことではない。

「いま飯田からの帰りでね、疲れたもんで、ちょっとひと休みだ」

つい、訊かれもしないことを言った。

「ああ、そうですか」

青木はべつに気にした風ではなかった。どうやら、仕事で来ているのではないらしい。気がつくと、背後に女性——それも、なかなかの美人が従っている。「奥さん？」と竹村は目で訊いた。

「えっ？　違いますよ」

青木は周章《あわ》てて手を振った。

「中嶋の奥さんで、洋子さんといわれます」

「中嶋——さんていうと？」

「中嶋英俊——ほら、ここの事件で、警察に引っ張られた人ですよ」

「ああ、あの容疑者の……」

言ってから、しまった——と口を押さえた。中嶋洋子が顔を曇らせるのが、ありありと分かった。

「そうです、不当逮捕された中嶋の奥さんなのですよ」

「不当逮捕？」

「そうですよ。警察は無茶をやりますねえ。職権濫用《らんよう》ですよ、あれは」

中嶋の妻の手前ばかりでなく、青木は口を尖《とが》らせて、強い口調で言った。

「いや、私はここの事件にはタッチしていないもんでね、事件の詳しいことは知らないんだよ」

「分かってます、安岡警部が担当ですよね。竹村さんだったら、こんなばかなことはしないでしょう」

「さあ、それはどうかなあ。なんとも言いようがないが。とにかく、何も知らないもんでしてねえ」

「そんな冷たいこと言わないで、助けてくださいよ。こちらの奥さんは、新婚早々、ご主人を引っ張られたんですからねえ。気の毒じゃありませんか」

「そうですか、それはそれは……」

竹村は洋子に頭を下げてから、青木に向けて困った顔を見せた。

「しかし、そういうことは弁護士に言ってもらった方がいいのであって……」

「弁護士だなんて、まだ起訴されたわけでもないのに、縁起の悪いこと、言わないでくださいよ。それより、逮捕自体がばかげているんです。あの警部はメンツにこだわる人だから、逮捕した以上、無理やりにでも立件しなけりゃ気がすまないでしょう。それが怖《こわ》いんですよ」

「そんな無茶はしないと思うけど……」

言いながら、竹村も、あの安岡ならやりかねない——と思っていた。

「とにかく、一度、相談に乗って上げてくれませんか。ここで会ったのも何かの縁かもしれないし」

「そう言われてもねえ、何かして上げられる立場じゃないのは、あんただって分かるでしょうが。第一、そんなことをしようものなら、それこそ、職権濫用だとかいって、吊《つ》るし上げにするのは、ブン屋さんの方だよ」

「そんな皮肉を言わないで、助けてくださいよ。もちろん、ぼくの方は絶対に、秘密を守りますから。せめて、話だけでも聴いて上げてくれませんか」

「弱ったな……」

頭に手を当てて、顔を顰めながら、竹村の気持ちは傾きだした。それを察して、吉井が竹村の袖《そで》を引いた。

「やめた方がいい」といっているのだ。

「じゃあ、話だけ聴きましょうか」

竹村は吉井を無視して言った。「本当に話だけですよ」と、これは吉井への弁解のつもりだった。

2

吉井と木下は先に行くことになって、竹村は中嶋洋子と一緒に、青木の車に乗せてもらった。どこか適当な場所で――と、青木は国道沿いのファミリーレストランに入った。

「中嶋の家内です、洋子といいます、よろしくお願いします」

洋子はあらためて、挨拶《あいさつ》をやり直した。こちらこそ、と挨拶を返してから、竹村は
「関西の方ですか?」と訊いた。標準語を話そうとしているけれど、はっきりと関西のイントネーションが出ていた。

「ええ、大阪です。まだこっちへきて、ひと月にもなりません」

「ほう、それは……」

「気の毒な……」と言いそうになって、竹村はあやうく思い留まった。下手な言い方をすると、安岡の捜査を批判することになりかねない。

「じつは、私の女房も陽子というのですよ。太陽の陽ですがね」

「わたしは太平洋の洋です」

「そうですか。いや、それでね、さっきお名前を聴いた時、なんだか、人ごととは思えないような気がしたのです。奥さんもご心配でしょう」

「いいえ、それほど心配はしていませんけど、困っています。それと、警察に対しては、憤慨しています」

「はあ……、なるほど、それはどうも……」

竹村は不得要領《ふとくようりょう》な答え方をした。

「すみません、こんなこと言って」

洋子は急いで謝った。

「いや、もちろん、竹村警部には関係ありませんが、警察のやり方はひどいですよ」

青木はいったんは洋子の肩を持っておいて、「しかし」と注釈を加えた。

「こちらの竹村警部は違います。竹村警部は別名『信濃のコロンボ』といいましてね、長野県警きっての名探偵なのです。竹村警部に頼めば、すぐに真相は解明されますよ」

「青木さん、困るよ、そんな言い方をされちゃ」

「まあ、いいじゃないですか、ほんとに頼みますよ」

「正直なところ、お役に立てるかどうか、分かりませんよ」

竹村は洋子の目を覗《のぞ》き込むようにして、言った。

「元来、警察一体といいましてね、警察の人間である以上、どこの署の誰《だれ》の担当であろうと、警察の仕事に対しては同じ立場で責任を負わねばならないのです。そういうわけで、警察内部のことを勝手に批判したり、足を引っ張ったりするおそれのあるようなことは、許されないのですよ。そのことを分かっていただきたい」

「はあ……」

洋子は頷《うなず》いたが、内心の不満はありありと表れている。それでは、相談したって無駄ではないか——という気持ちだ。

「あんなこと言ってますがね、大丈夫です、竹村警部は真相究明のためなら、組織を無視してでもつっ走る、正義の味方ですから」

青木は洋子を励ますつもりで、煽《あお》りたてるように言って、竹村を苦笑させた。

「まあ、お役に立てるかどうかはともかく、状況だけは聴いておきましょうか」

洋子に代わって、青木が事件と中嶋英俊の関《かか》わりについての概要を説明した。

「要するに、中嶋には事件当時のアリバイがないことと、牧田次長に対する敵意があるという、ただそれだけのことなんですよね。強引なんてもんじゃありませんよ」

「まさか、それだけの理由で逮捕までいくとは思えないな。状況からみて、もっと不利な事情があったと思うが」

「まあ、そりゃあ、事件の直前、次長と中嶋が言い争うのを目撃した者が何人かいるにはいるのですがね。しかし、それは転勤を宣告されて、中嶋が不服を唱えたのであって、中嶋でなくたって、誰だって文句ぐらい言いますよ。そんな単純な理由で殺したりするわけがないでしょう？　ばかげてますよ」

「それは一概には言えないが、あんた、そういうなら、牧田さんを殺すような動機を持った者が、ほかにいると考えるわけ？」

「えっ？　ええ、まあそういうことになるでしょうねえ」

逆に質問されて青木は戸惑った。

「どういう人物がいると思うの？」

「そんなことは分かりませんよ。分かりませんが、しかし、現実に牧田次長は殺されたのだから、誰かいるんでしょう」

「なるほど。すると、どういう理由で殺されたと思うの？」

「分かるわけ、ないでしょう。あの次長が殺されなければならないような恨《うら》みを買っていたなんて、考えられませんからね」

「それじゃ、警察の判断は正しいってことになるんじゃないのかな。殺意に結びつく、唯一の動機を中嶋さんが持っていたのでしょう?」

「………」

青木は返答に窮して、洋子と顔を見合わせた。

「いや、べつにあんたを困らせようと思って、こんなことを言ってるわけじゃないが、つまり、中嶋さんの無実を訴えるばかりじゃなくて、牧田さんが恨まれていた可能性について、考えてもらいたいってことですよ。そうでなければ、こっちにも手の打ちようがないじゃありませんか」

「はあ……そりゃ、確かにそのとおりですがねえ。しかし、次長が人に恨まれるなんてことは、実際の話、考えられないのですよ。中嶋の奥さんを前にこんなことを言うのは、ちょっと具合が悪いのですが、次長は仕事はちゃんとしているし、人当たりはいいし、円満な性格だったと思います。ゆくゆくは信州毎朝の重役になるべき人物ですからね、人望もあるし、つまらない恨みを買うようなヘマはしないはずですよ」

言いながら、青木は、自分の喋《しゃべ》っている言葉が、ますます中嶋の立場を苦しくさせかねないことに気がついた。

「……しかし、現実に殺されたのだから、われわれが知らないところで、何か恨みを買っていたのでしょうけれどね」

急いでつけ加えている。

「将来の重役というと、社内に牧田さんを妬《ねた》むようなライバル的人物もいたんじゃないですか？」

「それは、いたかもしれませんが、だからって殺さなければならないほど、切羽《せっぱ》詰まった問題ではないでしょう。それに、そういうことだって、警察はすべて調べ済みなんでしょう？」

「まあ、当然そうでしょうがね」

青木の言うとおり、警察はその程度の裏付けはやっているはずだ。該当しそうな人物のアリバイなどは確認済みなのだろう。そうして、ただ一人、残った人物が中嶋英俊だったというわけだ。そうでもなければ、いくら安岡が強引だとしても、逮捕に踏み切るとは考えられない。

「かなり難しそうだね」

竹村は正直に言った。それに対して、青木も最前までのようには、すぐ反撥《はんぱつ》しない。話している内に、中嶋の立場が容易でないことを実感したのだろう。

「参考までに訊くけど」と、竹村は話題を変えた。

「中嶋さんと牧田さんは、どういう関係になるんです？」

「牧田さんは編集局次長で、中嶋は編集局管理部の人間ですから、上司と部下の関係ですよ」

「編集局次長というと、どういう仕事をしているのです？」

「単純にいえば編集局のナンバー2ですが、牧田さんの場合は、実質的な編集主幹といってもいいくらい、能力がありましたね。最近のキャンペーンの企画は、ほとんど牧田次長の発案でやってましたよ。論説も、けっこう書いていたんじゃないかな。信州毎朝きっての論客だ——と評価する人もいるくらいですからね」

「家族は？」

「奥さんと、お子さんが二人。ぼくも一度だけ、お邪魔したことがあるけれど、家庭はしごく円満でしたね」

「出身は？」

「諏訪《すわ》の生まれです。家柄もよくて、親父《おやじ》さんは県会議員だったそうです。大学はK大だし、ぼくなんかと違って、エリート街道まっしぐら——ってとこですね」

「プライベートなことはどうなんです？　たとえば、女性関係なんかは」

「それは警察の方で調べたでしょうから、ぼくなんかより、安岡警部にでも訊いた方がいいんじゃないですか？」

「いや、そういうわけにいかないから、訊いているんですよ」

「ぼくの知るかぎりでは、特別な女性関係はなかったみたいですね。とにかく、新聞社の幹部なんてのは、こう言っちゃなんですが、地元ではかなりの名士ですからね、どこに行っても人の目があるし、それに次長は根っから真面目《まじめ》な人間だから、浮気みたいなことはしなかったのじゃないですかね」

ふーっ……、と竹村は溜息《ためいき》をついた。

「どうも、聴いた感じでは、牧田さんという人は、まるっきり欠点がない人物のようだねえ。そんな人が殺されなきゃならないとしたら、私なんか、とっくに殺されていていいはずだな」

その点については、青木も同感だから、黙り込んでしまった。

「青木さんにやってもらいたいのだが」

しばらくして、竹村は言った。

「何でしょう？」

「いま私が扱っている事件の被害者・谷口節男さんと、こちらの事件の牧田さんとのあいだに、何か関係がないか、調べてもらえませんかね」

「はあ……」

青木は怪訝《けげん》な顔をした。

「そりゃ、構いませんが、しかし、どういうわけですか？　何か、二つの事件に繋《つな》がりでもあるのですか？」

「いや、そうじゃないが……、ちょっと、死因やそのほかの状況に、妙に似たところが多いもんでね、興味があるのですよ」

「なるほど、そういえば、両方とも睡眠薬を服用していて、絞殺でしたね」

「そう、それと、車で運んで、死体遺棄をしていることや、殺される理由のない点なんかもそっくりです」

「なるほどなるほど……」

青木は目を輝かせた。

「これはいいことを教えてくれました。早速調べますよ。次長の奥さんにも協力してもらいます」

「そうしてください。ただし、このことは一切、他言無用。そういう約束でしたね」

「え？　ええ、もちろんです」

青木はちょっと残念そうに頷いた。

3

牧田の事件と谷口の事件との間に相関関係があるのではないか——という連想は、きわめて漠然としたものでしかなかったのだが、第三の事件が起きて、それがまた、二つの事件と酷似していることから、竹村の直感は確信へと昇格することになる。

その第三の事件は、竹村が長野市郊外の家で、久し振りの休暇を取った、その日の夜に発生した。つまり、水内ダムで青木記者と中嶋洋子に会った直後——ということになる。

竹村はその事件をテレビの朝のニュースで知った。

多くの刑事がそうであるように——、あるいは、多くのサラリーマンがそうであるように、竹村の朝は慌ただしい。食事と新聞とテレビを同時にこなさなければならないからだ。その上、たまには妻の話に相槌《あいづち》を打つ——話の内容を理解していようといまいと——必要もある。それは習い性《せい》となって、たとえ休暇の朝で、時間的にはたっぷり余裕があろうとなかろうと、変わりようがないのであった。

陽子は名前どおりの陽気な女だ。結婚して七年になるが、竹村は陽子がひどく落ち込んでいる様子など、ただの一度だって見たことがなかった。難事件に直面して、心身ともに疲弊しきった時など、陽子の底抜けの陽気さは、竹村にとって大きな励ましであった。

その代わり、陽気さという財産につきものの税金のような饒舌《じょうぜつ》が、彼女の欠点といえば欠点であった。食事中も会話がはずむ。もちろん、一方的に陽子だけが喋《しゃべ》って、竹村は適当に合わせているだけだけれど、それでも結構、楽しそうだし、竹村の無愛想に文句も言わない。

そのお喋りに、竹村はいきなり、「おい、静かにしろ」とストップをかけた。

竹村の目はテレビのニュースに注がれ、耳はアナウンスの声に集中した。

――けさ、更埴《こうしょく》市八幡《やはた》の長楽寺境内で、女の人の死んでいるのが発見されました。更埴署と長野県警の調べによると、この人は上田市の歯科医、甘利《あまり》敏男さんの妻知美《ともみ》さん三十九歳で、知美さんは昨夜、長野市内のレストランで開かれた同窓会に出席したまま帰らず、家の人たちが心配していた矢先でした。

警察の調べでは、知美さんには首を絞められた形跡があり、死因に不審な点があることから、殺人・死体遺棄の可能性もあるものとみて、更埴署内に捜査本部を置き、捜査を始めました。

朝の発見だそうだから、ついさっき一報が入ったばかりなのだろう。アナウンサーが原稿を棒読みするだけで、現場の情景も映し出されない、短いニュースだった。

それにしても「殺人・死体遺棄の可能性」とはずいぶんまだるっこい表現だ。首を絞められた死体が転がっていたのなら、殺人であり、死体遺棄であると断定したってよさそうなものではないか。「可能性」などと、注釈を加えるあたりが、いかにも警察らしい――と、竹村は自分もその一員であることを忘れて、腹が立った。

それはともかく、乏しい情報とはいえ、死体の状態が気にかかる。水内ダムの事件と恵那山《えなさん》トンネルの事件に似かよったところがありそうだ。宮崎課長はどのように判断しているのだろうか？

その竹村の気持ちを見透かしたように、宮崎から電話が入った。

「更埴の事件、聴いたか？」

いきなり言った。

「ええ、いまテレビで見たところです。やはり殺しですか」

「ああ、そうだ。当直の高杉君に行ってもらったのだが、状況がわかってくると、きみの言ってたことが気になってね」

「今回も似てますねえ。そのことですか?」

「うん、似ている。それでだ、きみ、飯田へ戻る途中、更埴の捜査本部の方に、ちょっと顔を出してみてくれんか。鑑識は小島警部が行っている。ぼくの方から言っておくから、詳しい状況を聴いてみてもらいたい」

「分かりました。しかし、聴いてどうしましょう?」

「それは、その内容によって考えればいいだろう。あまりにも酷似しているようなら、合同捜査も考えなければならんし。で、何時頃《ごろ》行ける?」

「今日は非番ですから、夕方になりますが」

「おい、そんな悠長なことを言うなよ。すまんが、午《ひる》までには行ってやってくれ」

「分かってますよ、ちょっと拗《す》ねてみただけです」

竹村は笑って、電話を切った。受話器を置かずに、すぐ木下に電話する。まだ寝ていたとみえ、眠そうな声が出た。「迎えにきてくれ」と言うと、「えーっ」と悲鳴を上げた。デートの約束があったらしい。

「その口振りだと、まだ更埴の事件のことは知らないようだな」

「更埴の事件――というと？」

「女が首を絞められて殺された。おまけに、死体遺棄ときてる」

「へえーっ、似てますね」

「だろう？　課長から電話が入って、様子を見てきてくれだとさ。休暇は終わりだ」

「分かりました、すぐ行きます。吉井さんのところにも寄って行きますから、警部の方から連絡だけしておいてください」

がぜん、キビキビした口調になった。こういう、文字どおり、呼べば応《こた》えるところが、木下の、並みの若者と異なる点だ。

二時間後には、三人は更埴署の捜査本部に駆けつけていた。

捜査主任の高杉警部は安岡と違って、人当たりのいい男だ。竹村とは年格好も似たようなもので、割と親しい仲であった。宮崎課長から連絡があったとかで、小島と一緒に事件の概要を説明してくれた。小島は五十歳に手が届こうかという、奉職以来、鑑識一筋でやってきた老練の警部である。

「水内と飯田の事件によく似てるな」

小島はあっさりした口調で、のっけから結論を言った。

「ただし、今回のやつは、紐《ひも》を使わず、手で絞めている。扼殺《やくさつ》だ」

「それは、相手が女性だったから、と考えていいのでしょうね？」

「さあね、そいつは犯人に訊いてくれ」

小島独特のそっけない言い方には、竹村は慣れっこになっている。

紐を使って絞めたか、手で絞めたか――は、あらためていうまでもなく、大きな相違点である。かりに、被害者が女性であったことを勘定に入れても、殺害の手口としては、はっきり別のものだ。

「竹村さん、これ、どう思います？　同一犯人ですかねえ」

高杉警部は自信なさそうに言った。安岡ほどいい大学ではないが、高杉も大学卒だ。剣道は五段で、甲信越の大会で優勝した剛の者でもある。しかし、人柄は温厚で、上司にはもちろん、同僚や部下に対しても当たりが柔らかい。ことに竹村には一目置いていて、捜査が行き詰まった時には、進んでヒントを求めにやってくる。そういう日頃を知っているから、宮崎課長は竹村の出馬を要請したのだろう。

「私は同一犯人だと思いますが、しかし、水内の方はすでに容疑者を挙げているし、手口が違う点が引っ掛かると言えば、引っ掛かりますねえ」

「いや、その水内の事件ですが、あれは結局、釈放だそうですよ」

「え？」

竹村は驚いた。

「ほんとですか？　たしか、まだ五、六日しかたっていないはずだが……」

「五日間です。安岡さんは、まだ頑張るつもりだったようですが、検事さんの方は無理と判断したのですね。昨夜遅くになってから、釈放しましたよ」

「何時頃ですか？」

「午後十時ちょっと前でした。最後の訊問《じんもん》をして、その後、帰宅させたようです。安岡さんとしては、精一杯の粘りだったというところでしょう」

高杉らしく、いくぶん同情ぎみに言っているが、竹村に言わせれば、どだい無理なことは最初から分かっていたように思える。

「こっちの方の事件の犯行時間は、何時頃と推定したのですか？」

小島に訊いた。

「夜の九時から十二時ぐらいというところらしい。いま、解剖している最中だから、まもなく、もうちょっと正確な時間を言ってくるはずだが……」

言って、小島はニヤリと笑った。

「ははあ、竹さん、こっちの事件に中嶋が間に合ったかどうか、気にしているのか」

「ええ、一応は……」

竹村は水内ダムのほとりで会った中嶋の若い細君の、憂いに満ちた横顔を思い浮かべた。

その日いっぱい、竹村は更埴署の捜査本部にへばりついて、刻々入ってくる情報を、担当の高杉と一緒に検討した。

夜半までに判明したことをひと口で言えば、事件の類似性と相違性は相半ばしているということになる。

被害者の甘利知美は、前日、長野市内にある犀北館《さいほくかん》というホテルで開かれた、女子高時代の同窓会に出席したあと、午後八時過ぎ頃、ほかの者よりひと足先に会場を出ている。友人たちには、「帰宅する」と言い残したそうだ。長野市から上田市までは約三十五キロ、マイカーを運転して帰れば、九時か、遅くとも九時半頃までには、帰宅できるはずだ。ところが、知美は八時少し前に自宅に電話を入れて、長女に「同窓会が長引くので、帰りは十時半頃になる」と断っている。

「誰かと会ったのじゃないかしら?」

学校時代の親しい友人の一人が、そう言った。「誰か」とは、むろん男性である。

「知美は近頃、様子がおかしかったんです。ひどく悩んでいるような顔をしたり、そうかと思うと、変にはしゃいでみせたり」

聴き込んできた年輩の刑事の表現によると、「道ならぬ恋をしていたのではないか」ということになる。もっとも、歯科医である夫はまったく気がつかなかったそうである。歯科医院は自宅と離れたところにあって、日中はもちろん、夜間もしばしば遅くまで勤務することがあった。それに、医院が休みの時はせっせとゴルフ場に通っていたから、夫人が何をしているのか、監視するどころか、関心そのものがなかったと言われても仕方がなさそうだ。

また、知美の二人の兄に聴いても、心当たりがないということだった。

知美が浮気をしていたという、はっきりした証拠はない。しかし、知美がしばしば、行き先の不明瞭《ふめいりょう》な外出をしていたことは、十五歳になる長女の言葉で、だいたい想像がついた。それと、近所の聴き込みで、知美の車と思われる外車を、とんでもない場所のドライブインで見掛けたという、主婦の証言も出た。車があるので、知美もいるかと思い、ドライブインを覗《のぞ》いたが、姿が見えなかった――という、暗に知美の不審な行動を示唆するようなこともつけ加えた。

どうやら、知美は自分の車を運転して、どこかで男と落ち合い、そこから男の車でモーテルなどに行ったのではないか――と見られたのである。（知美の車は、その日の午後二時頃、長野市から上田方面へ向かう、国道一八号線のドライブインの駐車場

で発見された)

つまり、知美には「男と密会」という、はっきりした目的があったと見られるわけで、この点が恵那山トンネルの谷口や、水内ダムの牧田の場合と異なる。

とはいえ、それ以外の、犯行の手口には、きわめて似た点が多く、そのいずれに重きを置くかで、捜査本部も竹村も判断に苦しむことになった。

4

警察から戻った翌日、中嶋英俊は長野の本社に呼ばれた。

管理部長の前原は、応接室で顔を合わせた途端、「やあ、大変だったろう」と労《ねぎら》いの言葉をかけて寄越《よこ》した。

「いろいろ、ご心配かけて、申し訳ありません」

中嶋は神妙に挨拶をした。自分が悪いわけではないが、疑いをかけられたというのは、やはり自分の不徳のいたすところかもしれない。それに、牧田次長と諍《いさか》いめいたことがあったのは事実なのだ。

「災難だったよなあ」

前原部長はしきりに慰める。日頃は乱暴な口をきく男だけに、中嶋は少し薄気味が悪かった。

「どうだ、しばらく静養したら」

「大丈夫です、その必要はありません」

「いや、そう言わずに休めよ。第一、仕事にならんだろう」

有無を言わせぬ語調であった。ここにいたって、中嶋はようやく前原の真意が読み取れた。前原の「休養勧告」は同情なんかではなく、むしろ厄介払いをしたい気持ちから発しているのだ。

信州毎朝新聞社は中嶋の処遇に苦慮した。小諸《こもろ》支局詰めを継続することは、実際上、無理なことだ。釈放されたとはいえ、いったんは殺人事件の容疑者として逮捕されたという事実は、小諸の街で知らない者がない。これはもう、正義であるべき新聞の第一線スタッフとしては失格を意味する。「仕事にならない」というのは、中嶋の肉体的、精神的な条件を指すのではなく、街の人間の中嶋に対する冷淡さが、取材活動のネックになることを指しているのだ。その状態というものは、真犯人が確定するまで続くだろう。

かといって、社は中嶋を馘首《くび》にすることはもちろんできない。そんなことをしようものなら、信州毎朝が自ら中嶋の容疑を認めることになってしまう。

社は中嶋を休暇扱いにし、小諸支局にはふたたび、佐久支社から応援を派遣することで、当面の苦境を乗りきるつもりなのだ。

「僕は辞めませんよ」

中嶋は頑固に言った。

「いや、辞めろとは言ってないさ。ただ、しばらく休養しろと言ってるだけだ」

「だから、休養もしないと言ってるのです」

「きみがどう言おうと、これはもう社の方針なのだ」

前原は不愉快そのもののような顔をそむけて、言った。

「会社の方針がどうあろうと、僕は僕の名誉にかけて、小諸を撤退しません」

「妙な男だな、局次長が小諸行きを持ち出した時には、さんざん文句をつけたくせに」

「それはこっちの言うことでしょう。あれほど小諸行きを押しつけた社が、掌《てのひら》を返すように……」

「状況が変わったのだから仕方がない」

「それじゃ、僕の方も状況が変わったのだから、仕方がありません」

二人は睨《にら》みあった。

「勝手にしろ。どうなっても知らんぞ」

前原は、最後は匙《さじ》を投げた。

しかし、意地を張って、社の勧告を蹴《け》とばしたものの、中嶋にも従来どおりの取材活動ができる自信はまったくなかった。いったんは殺人事件の「容疑者」になった男を、証拠不十分で釈放されたとはいえ、急には、街の連中がその事実を白紙に戻して付き合ってくれるとは思えない。しかも、小諸は小さな街だ。長野へ引き上げたほうが、まだしも噂《うわさ》の脅威に脅えなくて済むかもしれない。

「会社は、僕に長野へ戻れと言っている」

夕刻、小諸に帰って、案じ顔の洋子を見ると、中嶋はつまらない会話をする口調で、言った。

「なんでやの？　来たばっかしなのに」

「まあ、牧田さんも死んだし、社の方針が変わったということらしい。それに、きみも長野の方がいいだろう。ここよりは都会だし、大阪にも近い」

「そりゃそうやけど、なんだか、このままだと、小諸から逃げ出すみたいで、悔しいような気ィするわ」

「そんなもの、気にすることはないさ。潔白は証明されたのだしね」

「そうかしら、まだ犯人が捕まらない以上、中には疑《うたご》うてる人もいてはると思うわ。そういう人に背中を見せるのは、わたしは嫌いです」

洋子は断固として言った。

「いや、だからね、そういう連中が、きみをジロジロ見たりして、不愉快じゃないかと思ってさ。そのことも考えているんだ。なにしろ、小諸は狭い街だからね」

「それやったら、やっぱし逃げることになるのとちがう？」

「いいじゃないか、人が何を言おうと」

「おかしいわ、それ。人が何言おうとかまへんのやったら、逃げ出すことはないでしょうに」

中嶋は「あははは」と笑いだした。

「参ったな、きみの言うとおりだよね。じつを言うと、僕もそう思ったから、部長の勧告を断ってきた。断ったが、しかし、もしきみが希望するのなら、いつでも長野へ戻っていいつもりでいたんだ。きみがそう言ってくれて、ほっとしたよ。ありがとう」

中嶋はちょっと真面目な顔をして、頭を下げてみせた。

中嶋は小諸に居座ったが、それで社の方針が変わったわけではなかった。翌日になると、佐久支社から支社長の内堀が、以後の業務について打ち合わせがしたいといってきた。

「僕の方でやりますから」と、中嶋ははねつけた。

「どういうことになってるの？」

内堀は面食らった。事情を聴いていないらしい。「きみは休養するのじゃないの？」

「休みません。大丈夫ですから、小諸のことは任せておいてください」

「しかし、無理だろう。いや、きみは面白くないだろうけどさ、はっきり言って、世間の評判はよくないからね」

「それは向うが間違っているのです」

「そりゃそうだろうが、しかし、現実に、先方が相手にしてくれなけりゃ、取材だってままならないし、新聞屋は勤まらないよ。きみも知っているように、いまはちょうど、ダム問題が持ち上がっていて、佐久の方も結構、忙しい。内部でゴタゴタしている場合じゃないいんだがね」

内堀が言うとおり、地元には、千曲川上流にダムを建設する話が進められつつあった。それに対する反対運動が、猛烈をきわめている。

ダムはまさに佐久支社の守備範囲である、南牧村《みなみまき》に築かれ、完成すれば、近辺の集落や国鉄小海《こうみ》線、国道一四一号線などをもろに湖底に沈めることになる。そのダムの主目的というのが、なんと千曲川最下流部――飯山市付近――の洪水対策だというのだから、地元が反対するのも無理はない。

地図を見れば分かるとおり、ダム建設予定地である南牧村は長野県の東南のはずれといっていい。一方、洪水常習地の飯山市は北の端に近く、峠の向うは新潟県である。八ケ岳に降った雨が百何十キロも離れた場所の災害の元凶だと言われても、ダム湖の底に沈むことになる地元としてみれば、迷惑な話だ。

もっとも、毎年のように洪水騒ぎに見舞われる下流沿岸の住民にとっては、切実な問題ではある。また、災害のたびに、責任や補償問題で攻撃される県や国にとっても、早急になんとかしなければならない問題ではあった。

こういう「騒動」に対して、新聞はある意味で、調停役としての機能を発揮する。

もちろん、建前上では、いかなる問題に関しても、新聞はあくまでも中立であって、ダム建設に対して賛成も反対も、明確な立場は示さないことになっている。しかし、両者の主張を取材し掲載するということで、結果として、世論の動向に重大な影響を与えるのは事実だ。その際、賛否どちらかの味つけをするかによって、世論の流れを恣意《しい》的に変えることもできる。そして、建前をべつにすれば、味つけの匙加減《さじかげん》は、しばしば建設推進派側に偏《かたよ》るのが、商業紙としての、避けられない宿命といっていい。

　事実、このところ信州毎朝新聞の論調は、注意深く読むと、ダム建設もまたやむを得ない——という方向に傾きつつあるのが分かる。そういう気配を嗅《か》ぎ分けて、地元住民の信州毎朝に対する風当たりは、日増しに険悪な状態になりつつあった。佐久支社にしてみれば、この際、小諸支局のフォローアップなど、願い下げにしてもらいたいのである。

「ですからね、小諸のことは僕に任せておいてくれればいいのです」

「そんなこと言ったって、社の方針だからしようがないじゃないの」

「いや、もし社の手前、具合が悪いのなら、内堀さんは内堀さんで、取材活動をすればいいじゃありませんか。それに、僕の取材したことも、佐久支社の方に提供しますから、内堀さんの名前で本社送りをしてくれてもいいですよ」

「冗談じゃない、同じ社の人間が、現場で競合してどうなるっていうんだ。第一、そんなことをしたら、地元のきみに対する風当たりは、ますます強くなるよ」

「それは覚悟の上です」

「いや、きみは覚悟の上かもしれないが、われわれだって影響を受けることになる。

正直言って、迷惑だよ」

「それも十分、承知の上です。とにかく、いまはどんなことがあっても、小諸から撤退する気にはなれないのです。尻尾《しっぽ》を巻いて逃げるのは御免です。お願いです、このままここにいさせてくれませんか」

中嶋は下げた頭を上げずに、言った。

「うーん……」

内堀は言葉を失った。

しばらく黙ってから、「よし、分かった」と頷いた。

「きみの言うとおり、きみが取材したものを佐久支社経由で送ることにしよう。表面的には、きみは小諸支局に駐在しながら、静養していることにしておく」

「すみません、恩に着ます」

「そんなことはいいけど、しかし、きみはともかく、奥さんは辛《つら》いことになるんじゃないの？」

「それも、覚悟の上です」

中嶋は苦笑しながら、言った。

5

中嶋は大見得を切ったが、やはり街の人間の、中嶋に対する偏見は、かなりきつかった。なにしろ、中嶋は殺人事件の容疑で、いったんは逮捕された男である。あとで、警察の勇み足だったという事情が明らかになっても、それで何もかも納得するほど単純にはいかないのが、長野県人の――ひいては日本人の気質といえるのかもしれない。

「なんといっても、『破戒』を生んだ土地柄だからね」

中嶋は洋子に述懐するように言った。もちろん、昔ほどではないけれど、住民の一部には、なお、差別的思想をもつ者がいないわけではない。東京のように、人間の流動がはげしいところでは、個人の出自《しゅつじ》など、それほど気にかけない。前科があろうとなかろうと、オーバーにいえば、殺人犯人が隣に住んでいても、気づかない場合だってあるのだが、閉鎖性が強い土地であればあるほど、個人に一度貼《は》られたレッテルは、生涯、その人物につきまとう。犯罪者のように、自ら蒔《ま》いた種によって、特別の目で見られるのならともかく、理不尽な理由で差別を引きずらされている者は、たまったものではない。

建前上から言えば、誰だって差別が罪悪であることぐらい承知している。だが、それにもかかわらず、この科学万能の時代に、因習的な差別が厳然として存在することは、まぎれもない事実なのだ。

「長野県にも、まだそんなん、あるの？」

洋子は洋子で、それは意外だった。

「こんなにきれいな所に、なんでかしら？」

大阪には、残念ながら差別は現実の問題として生きていることを、洋子は知っている。それは、奈良、京都という、歴史的に階級制度の発達した土地の影響を受けているせいだと信じていた。長野県のように、自然そのもののような環境の中にも、そういう因習が残っていることが、悲しかった。

「じつに恐るべき前近代的な話だよ」

中嶋は吐き捨てるように言った。じつを言うと、中嶋は学生時代まで、長野県にそういった差別思想があることを、よく知らなかった。『破戒』に描かれていることは、遠い昔の話で、すでに歴史の中に埋没したものとばかり思っていたのだ。だが、新聞社に入り、その土地その土地に密着した取材を経験するにつれ、折にふれて、差別の実態を見せつけられることになった。古い寺の過去帳や墓石には、いまだに差別を示す文字を用いた戒名があるのを知って、愕然《がくぜん》としたものである。また、ある村では、名指しで「この土地から出ていけ」というような文面のビラを撒《ま》いた事実があるのを目撃した。もちろん、結婚や就職にあたって、差別が問題になった例は枚挙にいとまがない。

「これが、先進国、文化国家日本の実態だと思うと、泣きたくなるよ」

あれほど長野県を愛する中嶋が、ことこの問題に関するかぎり怒りをぶちまける。怒りの対象が、形のあるものでなく、人間の心の問題であるだけに、かえって歯痒《はがゆ》い想《おも》いがつのるのだ。そして、このゆえなき差別との闘いに、一市民として、また新聞記者の一人として参加したいと思う。

いま、まさに中嶋は、自らその大嫌いな差別の対象に擬《ぎ》された。真犯人が検挙され、事件が解決するまで、周囲の目は針のように鋭く、辛いものになるだろう。そして、案じたとおり、中嶋の取材活動は、それまでのように円滑には運ばなくなった。取材先でそっぽを向かれることが多く、話を聴くこともままならない。警察がいぜんとしてマークを解かないことも、中嶋には堪《こた》えた。これでは、市民が嫌悪の色を濃くするのも無理がない。

佐久支社の内堀は、それ見たことか——と言わんばかりに、中嶋に代わって小諸の街を闊歩《かっぽ》した。さすがの中嶋も、家に閉じ籠《こ》もって考え込むことが多くなった。もっとも、何を考えているというのでもないことは、当人にも分かっていた。要するに、ただぼんやりしているだけ——といった方がいいかもしれない。

中嶋が逼塞《ひっそく》している分、洋子は努めて明るく振る舞った。買い物に出掛ける回数も、意識して増やし、近所の主婦連中に、進んで話しかけるように心掛けたりもした。中嶋には冷たい人々も、大阪から嫁いできたということを知って、洋子には多少同情的なのか、世間話の相手にもなってくれる。中嶋より、むしろ洋子の方が世間のことを知る機会に恵まれている。街の噂をいろいろ聴き込んできては、いまや寝たきり老人みたいになってしまった中嶋に、あれこれと報告した。

「千曲川の上流にダムができるって、ほんま?」

「ああ、そういう計画が進められようとしているのは事実だ。もっとも、地元の反対が強くて、実現するかどうか、難しいがね」

「それで、信州毎朝新聞が、ダム建設推進の論説を載せたもんで、地元の人たちが怒ったとかいうことやけど」

「そういうこともあったらしい。僕らが大阪にいる頃のことだから、よくは知らないが。……そのことが、どうかしたのかい?」

中嶋は洋子の様子が、いつものように、ただの世間話をするのとは、少し違って、緊張ぎみなのに気付いて、訊いた。

「よく分からないのやけど、牧田さんの事件が、そのことと関係ないものか、ちょっと気になったもんやから……」

「局次長の事件と？」

中嶋は洋子の言おうとしていることの意味が理解できず、怪訝《けげん》な顔になった。

「ええ、牧田さん、そのことで恨まれたのと違うかしら」

「あっ、そうか……」

中嶋も気がついた。

「つまり、ダム建設推進の論説を、牧田さんが書いたのではないかってことだね」

「ええ」

「なるほど」

牧田が人の恨みを買うとしたら、そういう形でのケースが最も考えられるのかもしれない。とくに、牧田の論調は鮮烈で、時には過激にさえ思えることがある。ダム建設問題で神経過敏になっている人間にとっては、そういう論説を書く人物は、獅子身《しし》中の虫のような、許すべからざる存在に思えるだろう。

中嶋は洋子と手分けして、新聞のファイルを繰って、そういう社説を牧田が書いたものかどうか、丹念に調べてみた。

「あった……」

四カ月ほど前の紙面に、中嶋はダム問題を扱った社説を発見した。『牧』の署名入りだが、かりに署名がなくても、一読してすぐ、牧田の書いた文章であることが分かった。通常、この手の論説は、やや臆病《おくびょう》に思えるほど慎重な姿勢になるものである。上流と下流の住民の利害は真っ向から対立し、それぞれの言い分にも、それなりの正当な理由がある。どちらが善でどちらが悪だ——などという色分けはできるはずがない。つまるところ、洪水の都度、被害を余儀なくされる下流沿岸の惨状と、ダム建設によって受ける上流住民の苦痛を両論併記して、お茶を濁すのが無難な論法だ。ところが、牧田は違った。一応、上流住民の悲劇は認めながらも、はっきりとダム建設の必要性を説いている。

長野県の擂鉢《すりばち》状の地形は、たとえば関東平野のように放水路をつくることは不可能だ。治水の決め手はダムによるしか方法がないことが、自明の理である以上、ダムはいつかは建設されるべきものだ。だとするならば、一刻も早い着工が望まれる。反対によっていたずらに時が流れれば、それだけ住民の、そして国家の損失を増大させるばかりである。住民の運動は、単なる反対にではなく、補償問題や代替地の具体化など、ダム建設を前提にした方向に、そのエネルギーを向けるべきではないのか——と牧田は主張している。

「これじゃ恨まれるわ」

洋子は溜息をついた。中嶋も同感だった。いかにも牧田らしい――と言えば言えるが、これでは、地元住民にとって、救いがなさすぎる。父祖伝来の土地を離れる当人の身になって考えれば、たとえそれが正論だとしても、こうまではっきりした物言いはできないものだ。

（彼は、弱者の痛みが分からない人だったのだろうか――）

中嶋は、自分が小諸転勤を言われた時のことを思い出して、ふと、そう思った。

「ねえ、このこと、警察に教えてやった方がええのと違う？」

洋子は言った。

「この前、水内ダムのほとりで、竹村さんとかいう刑事さんに会ったのやけど、その人、青木さんに、『もし、牧田さんが恨まれるとしたら、どういうケースがあるか』とか訊いてはったの。これは、まさにそのケースだと思うのやけど」

「竹村って、竹村警部のことじゃないの？」

「そうそう、警部とか言ってはったわ。なんでも、『信濃のコロンボ』だとか……。知ってはるの？」

「ああ、竹村警部なら有名だからね。ブン屋なら大抵は知っているよ。そうだな、安岡警部には死んでも教えたくないが、竹村警部には教えておいた方がいいかもしれない」

中嶋は本社の青木に電話をかけた。青木を通じて竹村警部に、洋子の着想を伝えようというのだ。中嶋自身には竹村との付き合いはなかったし、それに、竹村の方にしても、現在捜査中の事件の重要参考人から齎《もたら》された情報では、立場上、動きにくいだろうと中嶋は考えた。

青木から、その社説のコピーを見せられた時、竹村は正直なところ、首をひねった。たしかに、地元の人間の感情を逆撫《さかな》でする内容には違いないけれど、それだからといって、殺意にまで結びつくかどうか、かなり疑問だと思った。

その感想は安岡警部も同じだったらしい。

安岡は竹村の話を聴くと、露骨に不愉快な顔を見せた。そのくせ、口先だけは「気にかけてもらって、すみません」と、一応の礼を言っている。

「しかし、どんなもんですかねえ、『牧』の署名だけでは、論説を牧田氏が書いたと、一般の読者が知るわけはないでしょうし、第一、殺意を構成するほどの問題ではないと思うのですが」

「そりゃまあ、そうですがね」

竹村も安岡の顔を見ているだけで、それ以上、積極的に勧める気持ちは失《う》せてしまう。

「まあ、参考までに言っただけですから、あまり気にしないでください」

なんだか、余計なことをしたような気分で、早々に退散した。

もっとも、安岡の方は、竹村に示したつれない態度とは裏腹に、南牧村まで出掛けて行って、信州毎朝の論説に対する、住民の反応を調べている。現実に、他にはこれといって、何の手掛りもないのだから、当然といえば当然だが、こういうところのヌカリのなさは、安岡の能吏《のうり》としての資質のよさを物語るものだ。

南牧村のダム反対派のリーダー的人物は数人いるが、いずれもその論説のことは知っていた。しかし、思ったとおり、論説に対しての怒りは、むしろ冷淡といっていいような形で示された。リーダーたちは、口を揃《そろ》えて、「あんなもん、われわれの運動にはちっとも影響ないに」と笑った。仲間のあいだで「牧田」という名前が話題に上ったこともなかったようだ。

それでも、安岡は、念のために事件当時の彼等のアリバイ調査までやっている。その結果はいずれもシロと出た。

「あれはやはり、何もなかったですよ」

竹村が話を持ち込んでから数日後、安岡は県警内で顔を合わせた竹村に、そう言った。その結論を得るまでのスピードは、「迅速」といっていいだろう。「速いですねえ」と、竹村は率直に感心してみせた。

「そりゃね。近代警察はスピードですよ、スピード……」

安岡は気をよくしたらしい。年長の竹村を掴まえて、捜査術をひとくさり喋った。交通機関と情報産業が革命的な発展を遂げた社会では、犯罪も広域化し加速化している。犯罪捜査にも、それを凌駕《りょうが》するだけの機能性とスピードが要求される——などと、県警本部長あたりの訓示にありそうなことを言った。

竹村はうんざりしながら、「なるほど、なるほど」と相槌《あいづち》を打った。しかし、内心では、スピードのひとつの形態として、「拙速」ということもあるのではないか——と思ってもいた。中嶋英俊を逮捕にまでもっていった強引さは、その象徴的な出来事だ。牧田の論説の一件を、あっさり片づけてしまっていいものかどうか、その点にも竹村はちょっと引っ掛かるものを感じたのだ。しかし、だからといって、竹村自身が南牧村へ乗り込んで、安岡の領分を侵犯するような捜査を行なえるはずもない。

＊

秋が深まる中で、捜査は完全に行き詰まり状態に入っていた。それは、安岡警部の抱えている「水内ダム殺人事件」だけではなく、恵那山トンネルの事件と、更埴の事件についても同様であった。更埴の事件が発生した際、いったんは、宮崎捜査一課長も、これら三つの事件の関連を考えてはみたものの、確定的な根拠がないまま、合同捜査には入らないでいる。

竹村は捜査の本筋とは別に、三人の被害者の繋《つな》がりを見出《みいだ》そうと試みたのだが、現在までのところ、それはすべて徒労に終わっている。調査を頼んでおいた信州毎朝の青木からも、いまだに、その件についての報告はなかった。

竹村は水内ダムで会った、中嶋英俊の新妻の顔を思い浮かべた。牧田の論説のことは彼女の着想だ――と青木に聴いた。夫の潔白を願う妻の心情がしのばれた。折角の、彼女の着想に応えるような進展がないことについて、忸怩《じくじ》たるものがある。しかし、自分が担当している事件の目鼻さえつかず、飯田の捜査本部に釘付《くぎづ》けの状態では、他を顧みているひまはない。

そうこうする内に、飯田とは木曾《きそ》山脈を隔てた反対側の木曾谷で、またしても絞殺・死体遺棄事件が発生した。

第四章　洋子の発見

1

〔寝覚《ねざめ》ノ床《とこ》に変死体——他殺か？〕の記事は、十一月四日の夕刊に出た。

四日早朝、木曾《きそ》郡上松《あげまつ》町小野の木曾川のせきに、男の死体が流れついているのを近くの住民が発見し、警察に届け出た。木曾福島署と長野県警の調べによると、この人は塩尻《しおじり》市南熊井の平沼武太郎さん（七五）で、直接の死因は転落した際に受けたと思われる頭部の挫傷《ざしょう》だが、くびに縄で絞められたような痕《あと》があることから他殺の疑いがあり、警察は木曾福島署に捜査本部を設置して捜査に乗り出した。現場の上流ほど近くには有名な寝覚ノ床があり、平沼さんは寝覚ノ床付近で転落した可能性もある。

「またか……」

中嶋英俊は新聞から目を離して、呻《うめ》いた。もしこれが他殺なら、絞殺・死体遺棄は連続四人目ということになる。

「何かあったん？」

夕飯の支度にかかっている洋子が、キッチンから覗《のぞ》き込むようにして訊《き》いた。

「ああ、また殺しだ。しかも、前のほかの事件と手口が似ている」

中嶋は新聞を洋子に差し出した。

「へえー、寝覚ノ床で……」

洋子は卓子を挟んで中嶋の前に座り込むと、記事を読み下した。

「寝覚ノ床って、長野へ来る時、列車の窓から見たけど、きれいなとこやのにね」

言いながら、洋子の脳裏には、列車から見た風景と同時に、あの時の車掌の名調子が思い浮かんだ。

「寝覚ノ床には、浦島太郎の伝説があるの、知ってはった？」

「浦島太郎？　そんなものがあるの？」

「なんや、長野県人のくせして、そんなことも知らんの」

洋子は車掌に聴いた話を、おぼつかない記憶をたどりたどり、話して聞かせた。

「ばかばかしい、こじつけもいいところじゃないか」

中嶋は嗤《わら》った。

「そうかて、伝説やもの、しかたないやないの。それにしても、あんたには郷土愛はないのねえ。あの車掌さんの方がよっぽどましやわ。列車の中で『信濃の国』を歌いはったのよ」

「え？　あの長いのをかい？」

「ううん、歌ったのは寝覚ノ床が出てくるところだけやったけど……ほら、ちょっとメロディーの違うところがあるでしょう」

「ああ、尋ねまほしき園原《そのはら》や——のところか？」

「そうそう、歌《うと》うてみて」

「よせよ、くだらない」

「いいやないの、歌うてえな。前はよう歌うたのに、この頃《ごろ》はなんで歌いはらんの？」

「こんな状態じゃ、歌う気にもなれないよ」

「そんなん言わんと、歌うてえな」

洋子は甘えた声を出した。ここのところ、ふさぎ込むことの多い中嶋を、元気づけたい気持ちである。

「分かったよ」

中嶋は苦笑して、畳の上に仰向《あおむ》けに寝転ぶと、天井を見ながら、歌いだした。

　尋ねまほしき　園原や

　旅の宿りの　寝覚ノ床

　木曾ノ桟《かけはし》　かけし世も

　心してゆけ　久米路橋《くめじばし》

歌い終わって、中嶋が「どうだ」と、視線を向けると、洋子はポカンとした顔になっていた。

「なんだ、何考えている？」

中嶋が足の爪先《つまさき》で膝《ひざ》をつつくと、洋子はわれに返った。

「いま、歌を聴いて思ったんやけど、牧田さんが殺されていた水内《みのち》ダムって、久米路橋のところよね？」

「ん？……」

中嶋は訊かれて、首をひねった。

「さあ、どうだったかな、よく知らないが」

「間違いないわ。このあいだ、警察の帰りに青木さんに連れて行ってもろうた時、橋の上からダム湖を眺めたのやから」

「なんだ、それならそうだろう。ぼくは行ったことはないんだ」

「そうすると、牧田さんも、今度の被害者も、歌に歌われるほどの名所で死んではったことになるわね」

「なるほど、そういえばそうだな」

「偶然かしら？」

「そりゃそうだろ。だいたい、長野県ていうのは、どこもかしこも名所だらけだからな。ここだって、小諸《こもろ》なる古城のほとりだしさ」

中嶋は気のない言い方をしたが、洋子は真剣だ。

「ほかの二人はどうかしら？」

「一人は恵那山《えなさん》トンネル、もう一人は更埴《こうしょく》市の、なんとかいうお寺だったな。更埴の辺りはアンズの里として知られているよ」

「そのお寺さんはどうなの、有名ではないのかしら？」

「お寺か……、なんていったかな、忘れちゃったけど。長野の寺といえば、まず善光寺だろ。その次は別所《べっしょ》の北向き観音かな。まあ、忘れるくらいだから、大して有名な寺じゃないと思うよ」

洋子は新聞のファイルをひっくり返した。

「更埴市八幡《やはた》の長楽寺いうところやわ」

「長楽寺か、やっぱり聴いたこと、ないな」

「あんたは長野県のこと、何も知らんのやから、あまりあてにはならないわ」

洋子は、中嶋を相手にせず、本棚からガイドブックを取り出した。

「おいおい、そんなことやってないで、飯の支度してくれないかな」

中嶋はクレームをつけた。

「それやったら、あんた調べてくれはる？」

洋子は本を中嶋に渡して、ようやく料理の続きに戻った。しかし、洋子が天麩羅《てんぷら》の材料を下拵《したごしら》えにかかった時、中嶋の大声がその作業を中断させた。

「ああ、姨捨山《おばすてやま》か……」

「何やの？　びっくりしたわぁ」

「いや、長楽寺っていうのがさ、例の姨捨山の麓《ふもと》で、俳句の名所になっているんだ」

「姨捨山……、それやったら、やっぱりあの歌の中に入っているのと違う？」

洋子は料理をほったらかしにして、中嶋の手から本を横取りした。

解説によると、棄老《きろう》伝説で有名な姨捨山には諸説があって、かつては戸倉《とくら》町と坂井村との境界にある冠着山《かむりきやま》がそれだとされていたらしい。元禄《げんろく》元年に、松尾芭蕉《ばしょう》が『更《さら》科《しな》紀行』の中で姨捨山のことを記して以来、現在の姨捨山（更埴市八幡）を指すようになった。その時、芭蕉が姨捨山にかかる月を見ながら一句ひねったところが長楽寺で、長楽寺から、稲を刈り上げた田に映る月を見る「田毎《たごと》の月」は有名だ。長楽寺の名を知らない中嶋も洋子も、田毎の月ぐらいは知っていた。

中嶋が歌った『信濃の国』の歌詞の続きはこうだ。

くる人多き　筑摩《つかま》の湯
月の名に立つ　姨捨山
しるき名所と　風雅士《みやびお》が
詩歌《しいか》に詠《よ》みてぞ　伝へたる

「やっぱしあったんやわねえ……」

洋子は溜息《ためいき》まじりに言った。

「歌の中の地名の三箇所が事件現場だなんて、ただの偶然とは思えへんけど。かりに偶然やとしても、気色《きしょく》悪いわ」

「うーん……」

中嶋も唸《うな》った。絞殺・死体遺棄という、三つの事件における犯行の類型と、死体遺棄の場所に関する類型とのあいだには、何か符合するものがあるのだろうか？

「しかしねえ……」

中嶋の男の理性は、洋子のあまりにも女性的な思い込みには抵抗した。

「あの歌に出てくる地名はずいぶんあるからなあ。その内の三つがたまたま合ったからといって、何か意味があるなんて考えることはできないだろう」

「そうかて、この一節に限っていえば、地名は六箇所しか出てておらへんのよ。その内の三箇所が合《お》うてるんやもの」

「それにしたって、六分の三、つまり半分の確率じゃないか」

「あら、それはまだ事件が六つ起きていないからでしょう」

「おいおい、穏やかじゃないね。すると、事件は、まだまだ続くっていうのか？」

「そうじゃないけど」

「第一、似たような事件は、全部で四件、起きているんだよ。恵那山トンネルの事件だって、ほかの三件とそっくりだ。いや、一連の事件の中では、典型中の典型といっていい。もし洋子が言うように、死体遺棄の土地の選び方に意味があるのだとしたら、あの事件だけが関係ないっていうのはおかしいじゃないか、矛盾じゃないか」

「『信濃の国』の歌の中に、恵那山は出てこないの？」

「ああ、出てこないね。恵那山はそれほどの名山でもないからね。長野県にはもっといい山がゴマンとあるよ」

中嶋は少し得意そうに言った。

「そう……」

洋子はやりかけの料理を再開した。

「偶然なのかなあ……」

海老《えび》の皮を剝《む》きながら、どうしても腑《ふ》に落ちない。

「ねえ、六つの地名の、残りの三つはどこどこやったかしら？」

背中の中嶋に訊いた。

「園原と、木曾ノ桟と、それから、筑摩の湯か」

中嶋は歌を思い浮かべながら答えた。

「園原いうのは、どこにあるの？」

「さあね、知らないな」

「木曾ノ桟は？」

「それはな、木曾にあるよ。寝覚ノ床の近くじゃなかったかな」

「あら、それやったら、もしかすると寝覚ノ床と木曾ノ桟で、ワンセットになっているのと違う？　そしたら、六分の四いうことになるわ」

「なんだい、まだこだわっているのか」

「筑摩の湯はどこ？」

「どこかな、知らないよ」

「呆《あき》れたわねえ。あんたって、ほんまに長野県人なの？」

「いまどきの人間は、そんなの知らなくたっていいの」

「そうかて、もしかしたら事件に関係があることかもしれへんやないの。もし、この次の事件がそこで起きたら、大変なスクープになるのでしょう。ねえ、調べてみたら？」

「スクープ」という単語が、中嶋が忘れていた、新聞記者魂《だましい》を揺さぶった。

中嶋は本社の青木に電話して、「園原」と「筑摩の湯」の場所を訊いた。

「妙なことを訊くんだな。何かあるのか？」

「いや、べつにそういうわけじゃないけどさ、どうせ暇だから、長野の地理でもお勉強しておこうと思ってね」

中嶋はとぼけたことを言った。

「お勉強か……」

青木は笑って「オーケー、あとで電話する」と言った。何か、記事原稿でも書いている途中だったのか、すぐ調べるというわけにはいかなかった様子だ。青木からの返事は、中嶋家の夕食が済んで、しばらくたってから入った。

「園原は下伊那《しもいな》郡阿智《あち》村にあることは分かったが、筑摩の湯っていうのは、ほんとうのところ、よく分からないのだそうだ。松本市の浅間《あさま》温泉か山辺《やまべ》温泉じゃないかということになっているが、確証はない」

「サンキュー」

電話を切ると、中嶋と洋子は早速、長野県の地図を拡《ひろ》げた。

「下伊那郡阿智村か……」

中嶋の指は地図の上をさんざんウロついてから、飯田《いいだ》の西の辺りで、ようやく停《と》まった。「園原」の地名は、ごく小さく印刷されている。その文字を見つけたとたん、中嶋夫妻は地図から目を離し、お互いの顔を見つめあった。

「恵那山トンネル……」

二人はほとんど同時に叫んだ。「園原」の文字は、なんと、恵那山トンネルの長野県側の開口部のすぐ近くにあったのだ。

2

園原は一般的には馴染《なじ》みのない地名だが、和歌や国文学に造詣《ぞうけい》の深い人なら、平安文学に登場する名所として知っている。清少納言は『枕草子《まくらのそうし》』の中で「原はみかの原　あしたの原　その原」と、三つの著名な原の一つに挙げている。また、『源氏物語』には「ははきぎ（帚木）」の一帖《いちじょう》があり、光源氏と空蟬《うつせみ》の間に交わされた相聞歌《そうもんか》に、園原と園原にあるという想像上の植物「帚木《ははきぎ》」が歌われている。

帚木の心を知らで　園原の道にあやなく
まどひぬるかな　（光源氏）
数ならぬ　ふせ屋に生ふる名のうさに
あるにもあらず　消ゆる帚木　（空蟬）

歌の意味はどうでもいいことだが、この中に出てくる帚木というのは、ホウキのような格好をした木で、近寄ると見えなくなるという不思議な植物だ。新古今和歌集の坂上是則《さかのうえのこれのり》の歌に「園原や　ふせ屋に生ふる帚木の　ありとは見えて　あはぬ君かな」というのがある。このように、園原と帚木は、都《みやこ》の教養人のあいだでは常識とされるほど著名な歌枕であった。

現在は人家もまれな集落で、訪れる人もいないが、江戸期までは、園原は尾張《おわり》方面から神坂《みさか》峠を越えて信濃に入ってくる街道沿いにあって、行き交う旅人で賑《にぎ》わったという。

それらのことを、洋子は図書館で調べてきた。

「とにかく、四つの事件が四つとも、『信濃の国』の歌詞の、しかも、あの一節の中に出てくる場所に関係しているのやもの、これは絶対、ただの偶然なんかではない思うわ」

洋子は顔を紅潮させて、力説した。中嶋もそのことは認めざるを得ないが、しかし、それがどういう意味を持つのか、さっぱり見当もつかない。

「だけど、なんだって、わざわざそんなことをする必要があるのかな?」

「それは、これから考えればええでしょう」

洋子は自分の「大発見」に気をよくしているから、強気だ。

「たぶん、このことに気付いたのは、わたしらだけやと思うわ。これがきっかけで、犯人が分かったら、あんたの疑いは晴れるし、ものすごいスクープになるわ」

「それはそうだが、じゃあ、警察には知らせないってことかい？」

中嶋の方が、かえって及び腰である。

「そりゃ、最後には教えてやってもええけど、しばらくのあいだは、内緒にしてもかまへんのと違うかしら。わたし、あの安岡っていう警部の鼻をあかしてやりたいんです」

「そうだな……」

その点については、当事者である中嶋の方に、恨み骨髄の感がある。

「それに、あんたはどうせ仕事しなくてもいいご身分なんでしょう。わたしも協力するよって、警察をだし抜いて、事件を解決してみましょうよ」

「ははは、すごい意気込みだな。しかし、そんな簡単なわけにはいかないと思うがね。僕らには捜査権もないし、第一、どこから手をつければいいのか、何をすればいいのかも分からないだろう？」

確かに中嶋の言うとおりだ。死体遺棄の場所が『信濃の国』に歌われた名所だったからといって、それだけでは、雲を摑《つか》むような話でしかない。

「そしたら、どないするの？」

「そうだな、警察と取引するのがいいんじゃないかな」

「取引？」

「ああ、われわれの発見を教えてやる代わりに、特ダネを保証させる」

「信用できるかしら、警察」

「ははは、ひどい言い方だね。いや、あの安岡警部はともかく、竹村警部なら信用してもいいんじゃないかと思うよ。あの人は相当な変わり者だっていう話だ」

「青木さんもそんなようなこと言うてはったけど、でも、竹村警部自身は、警察一体とか言うてたし、結局、安岡警部のところに伝わるのと違うかしら」

「そうなったらそうなったで、諦《あきら》めるしか仕方がないよ」

「でも、残念やわ」

「それとも、青木に相談してみるか」

「だめ、それはだめよ。これはあなたの特ダネにするのでしょう？　いくら親友でも、仕事の上ではライバルなんだから」

「ずいぶんきびしいこと言うね、さすが大阪の女だな」

「あら、それ褒《ほ》めたの？　貶《けな》したの？」

「両方かな。とにかく立派だよ」

溜息まじりに、言った。

県警に電話して訊くと、竹村警部は飯田の捜査本部に詰めているということだった。

だが、実際には、その頃、竹村は木曾福島署にいた。


「木曾路はすべて山の中――」は、島崎藤村《とうそん》の「夜明け前」の書出しとして有名だが、それはむろん、現在でも通用する表現だ。木曾谷を通る中山道《なかせんどう》は、全面舗装され、国道一九号線と呼び方を変えたけれど、谷の底を木曾川沿いにウネウネとゆく姿には、基本的な進歩はない。

木曾で最も著しい変化といえば、あちこちダムができた関係で、谷川の水量が激減し、かつて「木曾のなかのりさん」と歌われた、筏流《いかだなが》しなど、まったく見るべくもなくなったことであろう。清流に洗われた巨岩怪石は谷底に露呈し、その間を縫うようにして、か細い水流が落ちてゆく。しかも、その僅《わず》かな流れさえも、ところどころに設けられた堰《せき》のために淀《よど》み、小規模な発電や農業用水に使われる。

平沼武太郎老人の死体は、そういった堰の一つに流れついたものであった。

発見した住民の通報で、木曾福島署から捜査員が駆けつけ、遺体を引き上げた。かなりの年輩の老人で、服装は背広にコート。財布に五万円ちょっとの金を所持していたが、名刺や身分証など、身元を示すようなものは何もなかった。

水はほとんど飲んでおらず、頭に岩で打ったような挫傷《ざしょう》があって、おそらくそれが致命傷と考えられ、実際、のちの解剖結果でもそのように断定されている。

それだけなら、事故による転落死というところだが、検視の際、頸部《けいぶ》にロープで絞めた痕跡《こんせき》がかなり強く残っているのが認められ、警察は殺人事件と断定、捜査に入った。老人は頑健な体格をしており、頸部も太く、抵抗力も強かったために、犯人は完全に絞殺するに至らず、やむなく崖《がけ》から木曾川に突き落としたものと思われる。

老人の身元が意外に早く分かったのは、家の者がその日の朝、捜索願を出していたためである。捜索願を出したのは、塩尻市に住む平沼武一の妻・美津子であった。老人は武一の父・平沼武太郎七十五歳で、前日の夕方、人と会うと言って家を出たきり帰らず、老齢ということもあって、家人は心配し、夜が明けると同時に、塩尻警察署に捜索願を提出したというものだ。平沼武一と弟の武次は、前日から北海道旅行の途中だったが、急遽《きゅうきょ》引き返し、家人とともに木曾福島署に駆けつけ、身元の確認をした。家族の悲嘆ぶりは並大抵のものではなく、とくに長男の武一は遺体にとり縋《すが》って泣き、警察もしばらくは事情聴取に入れないほどであった。

老人が誰《だれ》に会うつもりだったのか、家人は知らないということだ。しかし、それまでの現場周辺——とくに国鉄上松駅などでの聴き込みによって、平沼武太郎と思われる老人が、何者かに会う約束がある様子で、夜の道を立ち去ったという目撃者が、数人あった。

老人はまず駅の改札口で、駅員に寝覚ノ床のバス停の方向を訊き、時計を確かめて「早すぎるかな……」と呟《つぶや》いて、駅を出て行ったという。時刻は午後七時三十分頃、上りの普通列車が出た直後なので、おそらく、その列車で到着したものと見られる。

次に老人は、駅前の食堂でそばを食べている。その時も、そばができるのを待ちながら、しきりに時間を気にして、寝覚ノ床のバス停まで何分かかるか、などと訊いていた。人と待ち合わせしているので、遅れては申し訳ない——というようなことも、クドクドと言っていたそうだ。その店にはほかにも馴染みの客がいたので、老人がそばを半分ほど食べ、勘定を払って店を出て行くのを、何人も見ている。その中の一人は、なんの気なしに、老人が街はずれの方角にトボトボ歩いて行く後ろ姿を見送ったということであった。

上松の市街地は猫の額ほどで、街を出外れると暗い道である。そこから先の老人の足取りは跡切《とぎ》れている。次に目撃された時は、武太郎老人は水の上だったというわけだ。

その現場の岸辺に立って、宮崎捜査一課長は、傍らの竹村に、「どう思うかね」と、憂鬱《ゆううつ》そうに訊いた。竹村の返事しだいでは、木曾福島署に捜査本部は置かず、竹村に飯田署の事件と両方を担当させる腹づもりだ。

「やはり、そっちの事件や、更埴の事件との関連があると見た方がいいのかな」

一連の事件の中から、水内《みのち》ダムの牧田局次長殺害事件をはずして言っているのは、例によって、うるさがたの安岡警部を刺激しないためだ。

「私はそう思いますが。しかし、正直なところ、確信はありませんよ」

竹村はあたり障りのない言い方をした。

「それに、これまでのヤッと違って、完全な絞殺ではなかったそうじゃありませんか」

「しかし、睡眠薬は服《の》まされていたよ」

「いや、服まされたのか、自分で飲んだのかは、はっきりしていませんよ」

「そんなことは、聴かなくても分かってる」

宮崎は不機嫌だ。ここ三カ月ばかりの間に、四つの殺人事件が連続して起きた。その中のどれ一つとして、いまだに解決はおろか、捜査の目鼻さえつけることができずにいるのだ。

「結論として、この事件もほかの事件と一連のものとして捜査すべきかどうか、きみの考えを述べてくれ」

「そうおっしゃられても、困ります」

竹村は水面から視線を離して、向う側の山並みを眺めた。木曾はヒノキなどの常緑樹が多いけれど、そのそこかしこにのぞく紅葉が美しい。

「とにかく、もう少し、この事件の内容を調べてからにしてくれませんか」

「大体のことは、さっきの説明で分かっただろう？　きみ得意の直感でさ、どっちかに結論を出せよ」

宮崎は駄々っ子のように言った。竹村は呆《あき》れて、捜査一課長の、歳《とし》よりずっと老けて見える顔を見つめてから、苦笑した。

「分かりました。一緒にやらせてもらいますよ」

「そうかそうか、それじゃ、早速、スタッフを増強するよう、手配する」

宮崎は手を擦《す》り合わせながら、待たせてあるパトカーの方へ歩き出した。

強引に口説かれて、引き受けたものの、竹村に確信はない。平沼老人は、過去の三事件の被害者とは、はっきり言って異質だ。牧田にしろ谷口にしろ、それに、女性とはいえ、甘利知美にしろ、いずれも働きざかりの壮年である。どこかの誰かに恨みを買うような、生臭い諍《あらそ》いがあったとしても不思議はないが、平沼老人はとうの昔に現役を引退した人物だ。なにも殺すまでもなく、やがては消えてゆく存在である。それに、死因も異なる。にもかかわらず、竹村が引き受ける気になったのは、宮崎が言うように、竹村一流の直感によるというべきかもしれなかった。

それにしても、平沼とほかの三人の被害者との類似性とは、いったい何なのだろう？

平沼武太郎の家は、塩尻市郊外にある。代々、大地主だった家柄だが、戦後の農地改革で山林を除く農地はほとんど失い、その山林も売り食いしたこともあって、いまでは塩尻付近にわずかな山林を保有するだけになってしまった。

しかし、二人の息子がなかなかの努力家で、温室による花卉《かき》類の栽培をするかたわら、国道沿いに数軒のガソリンスタンドを経営するなど、平沼家は、かつての斜陽時代を忘れさせるような繁盛ぶりだ。

当の武太郎は、早くに妻と死別したためか、事業欲もなく、あちこちの山を登ったり、独りで長途《ちょうと》の旅をするなど、気儘《きまま》に暮らしていたらしい。武太郎の長男・武一は評判の孝行息子で、父親が勝手気儘な暮らしをするのに、愚痴ひとつこぼさず、大事に扱っていたという。

その武太郎が、十一月三日の夕刻、「ちょっと人に会ってくる」と言い残して出掛けた時は、そんなわけで、家人はあまり気にしなかった。しかし、夜中過ぎになっても帰宅せず、連絡もなかったために、武太郎老人の身に何かあったのではないかと心配になり、翌朝すぐ、警察に届けたというものだ。

武太郎の息子は前記の武一（四十五歳）と次男の武次（四十一歳）の二人で、武次は同じ塩尻市内の、少し離れたところに住んでいる。それぞれ妻と二人の子供がおり、家庭は円満だそうだ。

花卉の栽培もガソリンスタンドの経営も順調で、経済的な不安はまったくなく、塩尻市内では高額所得者に属するということである。

武太郎老人が殺されなければならない理由や背景について警察が訊くと、家族のだれもが思い当たることはないと答えた。

もっとも、世間の風評はかならずしも好意的なものばかりではなかった。「あの人は難しい人だに」と、平沼家とは古い付き合いの近所の老人が言っていた。「難しい人」とはどういう意味か、捜査員が訊《たず》ねたが、悪口になるのを嫌ったのか、それとも、表現のしようがなかったのか、それ以上は、あまりはっきりした答えが聴けなかった。それでも、その老人は「殺されるほどのことはねえだ」と、その点には首をひねっていた。

周辺での聴き込みでは、とにかく付き合いづらい人物であったことは確かのようだ。もともと、地主という家柄だったせいで、土地の人間が一目置いた付き合いをしていたこともあるのだろう。

家族は武太郎老人が他人に恨まれるような理由は思いつかない——と言っているが、ただ一つ、恨みを買う可能性があった。

「平沼家の敷地の一部が中央自動車道の建設計画にひっかかった関係で、公団や行政機関とのいざこざが絶えなかったそうです」

平沼家とその周辺の聴き込みに当たった吉井部長刑事が、そう報告している。

「息子たちは、土地の買収に応じるのもやむを得ないと諦めたのですが、老人だけは、がんとして受け入れるつもりはないと撥《は》ねつけていたそうです」

「中央自動車道か……」

竹村は岡谷《おかや》付近で進められている、インターチェンジの高架橋建設工事の風景を思い浮かべた。地上三十メートルあまりもあろうかというコンクリートの高架橋が、人家や田畑を威圧するように聳《そび》え、連なっている。

中央自動車道長野線の工事は、当初予定よりは大幅に遅れている。県北地方の早期開通の悲願に対して、地元での幾多の反対運動が、用地の取得と工事の進捗《しんちょく》を妨げていた。

建設計画と反対運動は、どこでも、大なり小なり、つきもののようなものだ。成田空港に象徴されるような、過激派まで参加しての、政治的色彩の濃い闘争もあるし、ダム建設のように、住民の純粋に土地に対する愛着から生まれた抵抗もある。もちろん、その両方を兼ね備えた性格のものもある。中には、住民のエゴと呼ばれても仕方がないようなケースもないわけではない。

しかし、エゴといえば、建設派と反対派のどちらにしても、それぞれの目的なり思惑は、つきつめていえば「エゴ」であることには変わりないようにも思える。エゴとは、言い換えれば、基本的人権のようなものだ。第三者にしてみれば「なんて分からず屋な」としか思えなくても、当事者にすれば、絶対に譲れないということがあるのかもしれない。十把《じっぱ》ひとからげに、単なる我儘や、金欲しさだけから発している「ゴネ」であるかのごとく決めつけるのは間違いだ。

とはいえ、科学の進歩、社会の発達に伴って、個人の生活は変容を求められる。国家は、時には戦争という事業を遂行するために、生命の提供さえも、公然と要求するのだ。平穏な住宅地の真中に、とつぜんゴミ焼却炉が建設されたり、高速道路が通ったりすることは、むしろ、平和な状況に属するといっていいだろう。もちろん、気に染まないながら、ひとびとはやがて、それなりの代償と引き替えに、妥協することになる。それは敗北というより、現代社会に生きる者の宿命のようなものだ。

だが、中には、どうしても妥協できない人間だって、いないわけではない。どんなに札束を積まれても、金輪際、一歩も退くことを認めない。理屈でも欲得でもなく、これはもう、ある種の信念なのだ。

そのまさに典型的な人物が、平沼武太郎老人だったようだ。

吉井の報告によれば、老人の説得に当たった、建設公団の職員は、「あのご老人が生きておられるあいだは、正直、道路はできないのではないかと思いました」と語ったそうである。

「生きているあいだ……か」

竹村は吉井と視線を交錯させた。吉井も肯《うなず》いた。

「その老人が死んで、喜んだのは道路公団というわけです。実際、職員は遺族との間で、忌《き》があけたら、書類に調印する約束を取りつけたそうですよ」

「ふーん、ずいぶん手回しがいいなあ。いくら完成を急いでいるといっても、いささか強引すぎる」

竹村は憮然《ぶぜん》とした。

「平沼家では、老人を除く全員が、道路建設を受け入れるつもりになっていたのだそうですよ。文字どおり、老人だけがネックだったというわけです。それだけに、公団側としては、待ってましたというところだったのでしょうなあ」

「すると、公団の連中には、犯行動機があるというわけだ」

「ははは、そういうことですね。いや、そうなると、わたしも含めて、北信の建設推進派全員に動機があったことになりますよ。なんといっても、自動車道の開通は、われわれ北信の人間の悲願なのですから」

「新聞はどうだったのかな？」

竹村はふと思いあたった。南牧村《みなみまき》のダム建設反対運動について、信州毎朝の牧田は非難色の強い論説を書いた。平沼老人のかたくなな抵抗についても、何か論評を加えたのではないか——。

「調べてみます」

吉井は信州毎朝に電話して、中央自動車道関連の論説が掲載されたかどうか、問い合わせた。その結果、九月十三日の紙面に、中央自動車道に関する社説が出ているということが分かった。そして、執筆者はやはり牧田祐三であった。論説の主旨は、結論として、建設推進を呼びかけるものだ。南牧村のダムに対するよりは、いくぶん論調は抑えぎみになっているとはいえ、地元の一部の反対運動は、受容の限度を超えるものであり、これ以上、建設の遅れが続けば、すでに自分の土地を捨てた人々の苦労が水の泡になるだろう——と結んでいる。

「この論説がきっかけで、公団側と地元、両方の姿勢が変わったとか言ってました」

吉井の説明によると、公団側の提示条件はアップし、地元側の強硬な姿勢も和らいで、解決に向けて一歩前進のムードが出てきたということである。

「ただし、そういう中で、平沼老人だけはいぜん、徹底抗戦を続ける構えだったそうですがね。いや、むしろ、態度を硬化させたという人もいました。よほどのつむじ曲がりだったに違いありませんね」

「なるほど、そうすると、いよいよ自動車道建設にからむ事件の様相を呈してきたというわけだ」

そうは言ったものの、竹村は、もしそうだとしたら、他の三件との関連はまったく薄らいでしまうことを、どう解釈したらいいのか、さっぱり見当のつかないことになると思っていた。

3

中嶋夫妻からの連絡が、竹村警部に通じたのは、木曾の事件が発生してから、五日後のことである。留守がちの竹村に入った電話は、デスクの飯田署員が受けて、伝言を聴くのがふつうだが、中嶋夫妻は竹村に直接話すつもりだから、「またあとで電話します」と、用件を言わずに切ってしまう。

その日も、いままさに出掛けようとする竹村を、デスクの巡査が追いかけてきて、かろうじて摑まえた。

「なんか、タレコミらしい、変な電話です。このあいだから、なんべんもかかってきていたのですがねえ。用件を訊いても、何ひとつ話してくれないのですよ」

よほど腹に据えかねたのだろう、巡査は捜査主任の警部どのに対して、やや仏頂《ぶっちょう》面《づら》で訴えたものだ。

竹村が受話器を握って、「竹村ですが」と言うと、「ああ、やっと……」と言って、しばらく声が絶えた。

「あの、いつか、水内ダムのところで、青木さんと一緒にお目にかかった者ですけど」

「分かりますよ、中嶋さんの奥さんですね」

「ええ、そうです、そうです」

「だいぶ、たびたび電話してくれたそうで、申し訳ありません」

「とんでもない、こっちが勝手に電話しているのですから」

「で、どういうご用件ですか?」

「いま、主人と代わりますから、主人に訊いてください」

電話の向うで、「お前が話せばいいよ」「だめよ、あなた代わって」と押し問答があってから、「お待たせしました」と若い男の声が言った。

「信州毎朝の中嶋です、初めまして」

「どうも、竹村です、よろしく。何か話したいことがあるようですね」

「ええ、そうなんです。ちょっと気がついたことがありまして、ぜひ竹村警部さんにお話ししたいと思いまして」

「どういうことでしょう?」

「電話ではちょっと」

「というと、何か、事件に関係あることですか？」

「そうです」

「どの事件でしょうか。私が扱っている恵那山トンネルの事件ですか。それとも、牧田さんの？」

「全部です」

「全部？　といいますと、両方の事件について、ですか？」

「いや、そのほかの事件——、つまり、更埴の事件と木曾の事件も含めて、です」

「ほう……」

さすがの竹村も驚いた。どういう内容なのかはともかく、全部の事件に関係している話というのが、ショッキングだった。警察は四つの事件が関連したものだなどと、ただの一度だって発表したことがないのに、中嶋の口調は、まるで、竹村がそれらの共通性について模索しているのを、見透かしてでもいるかのようではないか。

「それは面白そうですねえ、ぜひ聴かせてもらいたいものです」

竹村は率直に、本音を言った。

「それじゃ、きていただけますか」

「きれくれ、というと、どちらへですか？」

「小諸です。いま、ぼくは小諸の支局詰めになっていて、それに、例の事件の重要参考人という身分なものですから、あまり遠くへは出にくい状態なのです」

「なるほど……」

そのことはよく分かった。安岡班の刑事の目が、中嶋英俊の周辺に、絶えず光っているのは、想像に難くない。

「すると、いまは捜査班の監視つきといったところですね？」

自分も警察の一員であるのを、忘れたような言い方をした。

「そうです」

「もしなんでしたら、電話で言ってくれると助かるのですがねえ」

「ええ、それでもいいのですが、女房のやつが、どうしても電話では話したくないというものですから。……つまりその、折角の発見だから、もったいぶっているわけです」

中嶋は笑いを含んだ声で言った。「何よ、わたしのせいにして」という声が背後でしているから、中嶋自身、そう簡単に教えてたまるか——という気持ちはあるに違いない。

「しかし、それくらいの価値はある情報だと思いますよ。警部さん自ら出てこられても、決して損はしません」

中嶋は、まるで安っぽいタレコミ屋のようなことを言った。

（何を発見したというのか――）

竹村は興味があるのと同時に、素人に過大な期待を抱く愚かさも思った。しかし、自分の性格からすれば、たとえガセネタの可能性が強いと分かっても、とどのつまりは好奇心に負けて出かけて行くであろうことも、十分、承知しているのだった。

「分かりました、それでは、参ります。しかし、お宅へ伺うのは具合が悪いですから、小諸駅前の喫茶店で落ち合いましょう。そこから電話を入れます。たぶん、夕方時分になると思いますが」

「結構です」と中嶋は電話を切った。

「タレコミですか？」

部屋のドアのところで待っていた吉井は、勘よく、訊いた。

「まあね、信州毎朝の中嶋からだよ」

「えっ？　例の、牧田殺しの容疑者からですか？」

「いや、中嶋はただの参考人だろう。逮捕は勇み足だよ」

「それにしたって、あの中嶋が安岡警部の頭越しにタレ込んでくるとは、どういうことですか?」

「そんなことは知らないよ。とにかく、話だけでも聴いてみようと思う」

「まずいんじゃありませんか? 安岡警部にバレたりすると……」

「いや、会うのは中嶋の細君だよ。それならべつに、問題はないだろう? ところで、そういうわけだから、このあとの予定は変更して、おれは小諸へ行ってくる。あとのことはよろしく頼むよ」

心配顔の吉井に駅まで送ってもらって、竹村は列車に乗った。飯田から小諸まで、直線距離は大したことはないのに、列車だとおよそ五時間以上かかる。飯田から飯田線と中央本線と篠ノ井《しののい》線を経由していったん長野まで北上し、今度は信越本線に乗り換えなければならない。正午過ぎの列車に乗って、小諸に着いたのは午後五時半を回っていた。まったく長野県はだだっぴろく、不便な土地だ。

県南の飯田からくると、小諸は寒い街であった。安岡班の捜査員を警戒する意味もあって、竹村はコートの襟を立て、少し顔を隠すようにして、約束の喫茶店に入って行った。

中嶋洋子はすでに来ていて、店の奥の方から手を振って「ここです、ここです」と呼んでいる。竹村は、夫の「災難」でしょげていた時の顔しか憶《おぼ》えていないが、根はあけっぴろげで、陽気な、彼女の性格が出ている。

「わざわざ、きていただいて、すみません」

洋子はペコリと頭を下げた。

「主人からも、あんじょう謝っておくように、言われております」

大阪なまりで言われると、しぜん、頬《ほお》がゆるんでしまう。

「警部さんは、やっぱしコーヒーでよろしいのですか？」

自分もコーヒーを頼んでいる洋子が訊いた。

「ええ、コーヒーでいいです。しかし、その警部というのはまずいですね。竹村と呼んでください」

竹村は声をひそめて言った。

コーヒーが運ばれ、ウエートレスが去ってしまうまで、会話が跡絶《とだ》えた。

「では、早速、お話を聴かせてください」

コーヒーの最初の一口を啜《すす》ると、竹村はすぐに催促した。

「はい」と答えたものの、洋子はゆっくりコーヒーを味わっている。もったいぶっているのか、それとも、話の順序を考えているのか、竹村はいくぶん焦《じ》れた。

「もしかすると、警察も気がついていやはるのかもしれませんけど」

洋子はちょっと心配そうに言った。

「四つの殺人事件に共通していることがあるのです」

(なあんだ――)

竹村は話を聴く前に、落胆した。

「そのことですか……」

正直な気持ちが表情に出た。

「えっ、そしたら、やっぱしご存じだったのですか?」

「ええ、四人の被害者の死因と、死体遺棄の状況が似ているということでしょう?」

「ああ……」

洋子はほっとした顔になった。

「違います、そのこととは違います」

「違うのですか?」

「はい、そんなことやったら、とっくに警察が知ってはる思います。わたしらの気付いたことは、もっとべつのことです」

「ふーむ……」

竹村は、得意げに微笑を浮かべた洋子の顔に見入った。

「というと、どういうことでしょう？」

「場所です、四人が死んではったところの場所が問題なのです」

「場所？」

竹村の脳裏には、水内ダム、恵那山トンネル、更埴、木曾——と、四つの現場の風景が走馬灯《そうまとう》のように浮かんで、消えた。それにどのような共通点があるというのか？

「そうです、あの四つの場所に、不思議な共通性があるのです。そのことに気付いたのです」

竹村は黙って、洋子の次の言葉を待った。

「四つの場所は、どういうわけか知らん、『信濃の国』の歌の中に出てくる地名と関係があるのです」

「『信濃の国』？」

「ええ、信濃の国は十州に……の、あの歌です。あの歌の、それも四番の歌詞の中に、全部出てくるのです」

洋子は、歌詞を書いた紙を、テーブルの上を滑らせて、竹村の前に出した。

　尋ねまほしき　園原や
旅の宿りの　寝覚ノ床

木曾ノ桟　かけし世も
心してゆけ　久米路橋
くる人多き　筑摩の湯
月の名に立つ　姨捨山
しるき名所と　風雅士が
詩歌に詠みてぞ　伝へたる

「この園原は恵那山トンネルの現場を意味しています。それから、寝覚ノ床と木曾ノ桟は木曾の現場、久米路橋は水内ダムの現場、姨捨山は更埴の現場に該当しているのです。この中で筑摩の湯だけが外れていますけど、これは、どこが筑摩の湯かはっきりしないためか、それとも、これから事件が起こるのか、どっちかやと思います」

洋子は十分に考え抜いているせいか、ほとんど一気呵成《かせい》に説明した。そうしておいて、竹村警部の反応を注目している。

竹村はすぐには、洋子の「発見」の意味がピンとこなかった。それは、あまりにも、常識からかけ離れたことだったせいかもしれない。

（四つの現場が、四つとも、『信濃の国』の中に歌われている――）

だからどうだというのか――、それがどうしたというのか――と、むしろ白けた感想さえ抱きかけたのである。

だが、その事実の奇怪さは、しだいしだいに、竹村の頭の内にかたちを成してきた。

4

元来、竹村岩男はキレ味のいい鋭敏な頭脳の持ち主なんかでは、決してない。むしろ泥臭い、田舎刑事といったタイプだ。とりたてて「名探偵」と呼ばれるゆえんを挙げるなら、それは、他の人間とは視点の異なる、一種、やぶにらみ的な発想ができる点だろう。ふつうなら、何の気なしに見過ごしてしまうような現象も、竹村の知覚のプリズムを通過すると、隠れていた部分に光が当たる。それをじっと眺めていると、やがて（なんだか、妙だな――）と思えてくる。そういうスローモーな思考の過程は、とてものこと、「ツーといえばカー」というような、目から鼻へ抜ける鋭い洞察力とは異質のものだ。

四つの事件現場が、『信濃の国』の歌詞に歌われているという事実が、どういう意味を持つものなのか、それはまだ分からない。しかし、ともかく、そのことが事件の核心を成すものであるに違いない――という予感が、竹村を興奮させた。

「すごいですよ」

竹村は呻《うめ》くように言った。「すごい発見ですよ、奥さん」

「そうでしょう、そう思うでしょう」

洋子は無邪気に、身を乗り出し、表情を輝かせた。

「思います、いや、感心しました。奥さんは大阪の人でしょう？　長野県人ならともかく、大阪の人がこんなことに気づくなんていうのは、まったく、参りました。よく思いつきましたねえ」

「そう言われると嬉《うれ》しゅうなってしまいますけど、あの歌、いい歌やし、主人が好きで、よく歌うもんですから、憶《おぼ》えてしもうたんです。それに、たまたま、長野へくる列車の中で、車掌さんが四番の歌詞のところを歌いはって、それをまた、お年寄のお客さんが、うるさいいうて、えらく怒りはった騒ぎがあって、それがすごく印象に残ったもんで、いっそう思いつきやすうなってたのやと思います」

「なるほど、そんなことがあったのですか。それは幸運でしたね。いや、われわれにとって幸運だったという意味です」

「そしたら、ほんま、お役に立ったいうことですね？」

「もちろんです」

「さすが信濃のコロンボさんですねえ。わたしら、発見したいうても、どういう意味があるのか、さっぱり分かりまへんのに」

「いや、それは私も同じですよ」

「あら……」

洋子は呆《あき》れたような顔になった。「分からないいうて、それ、ほんまですの？」

「ええ、分かりません」

「………」

「そんな、がっかりした顔をしないでください」

竹村は苦笑した。「この意味が分かる時は、おそらく犯人や犯行動機が分かっているはずですよ。いまはとにかく、犯人がこんな奇妙な行動をとった、その事実をわれわれが知っただけで、たいへんな前進をしたのだと思ってください。その目的や意味を調べることが、間違いなく犯人逮捕に繋《つな》がりますよ」

洋子は仕方なく、黙って肯いた。

「ところで、このことは、安岡警部の方には教えていないのですね？」

「ええ」

「どうしてですか？」

「どうしていうて……、悪いですけど、あの人には、絶対、教えるつもりにはなりません。竹村さんも、あの人には、このこと、黙っといてくださいね」

「はあ……」

竹村は当惑した。「しかし、もし四つの事件が繋がりのあるものだとしたら、安岡警部もその一連の事件の一つを担当しているのですからねえ。いずれは合同捜査に入るわけで、隠しておけるような性格のものではないのですが」

「だめです。竹村さんだけで解決してくれへんのやったら、主人の無念は晴れません。そやから竹村さんにお話ししたのです。それに、事件が解決する時は、ぜひ中嶋に特ダネを取らせてやってほしいのです。そのために、青木さんにも内緒にしているくらいなのです。竹村さんやったら、きっと、頼みをきいてくれはる思うたのですけど……やっぱし、このこと、言うんやなかったのかもしれまへんなあ」

洋子は泣きそうな顔になった。竹村は周章《あわ》てて言った。

「分かりました。できるだけ奥さんのご希望に沿うようにしますよ。しかし、最後に犯人逮捕をする際には、どうしてもそういうわけにはいかなくなります。それはいいのでしょう?」

「はあ、それは仕方ありませんけど」

興冷めた顔で、ようやく肯いたものの、洋子は竹村の気休めを、額面どおり信じる気にはなれずにいる。

帰宅して、中嶋から「どうだった?」と訊かれると、洋子は力なく首を振って、「あかんわ、たぶん」と言った。

「なんだ、竹村警部は、この発見の価値を認めてくれなかったのか?」

「ううん、それは認めはったけど、内緒にしておいてくれるかどうか、たぶん難しいのと違うかしら」

「ああ、そのことか、それはやむを得ないだろう。捜査を進めるには、どうしたって、安岡警部のところを無視できなくなるのは当然だからね」

「そうかて、それやったら、意味のないことになってしまうやありませんか」

「しようがないよ。要するに、結果として、ぼくの容疑が晴れればいいのだし、それに、スクープをもらえさえすれば、それでいいとしなければね」

「スクープかて、あてになるもんですか。安岡警部のことやから、自分一人で解決したみたいに、大きな顔して記者会見するに決まってますわ」

「ははは、なるほど、確かにその可能性はなきにしもあらずだな」

「よう笑ってられますなあ」

洋子は中嶋の妥協的な考え方が理解できない。

「やっぱし、警察には教えんといた方がよかったかもしれまへんなあ」

洋子はあらためて思い、言った。

「まあいいじゃないか、あとは竹村警部の人間性を信じて、待つしか仕方がないよ」

しかし、竹村の方も洋子の情報は買うとしても、同時に託された足枷《あしかせ》は、気の重いことだった。「秘密」を守るために、竹村は腹心の吉井部長刑事と木下刑事以外のスタッフには、このことを話さなかった。

「なるほど、四つの現場が、あの歌の中にあったのですねえ。子供の頃から知っているくせに、ちっとも気がつかなかった。面白いことを発見してくれたものです」

吉井は感心した。その点は竹村もまったく同感だ。

「しかし、それがどういう意味を持つのか、さっぱり分からない」

「それはそうですが、単なる偶然の一致ということはあり得ないでしょう」

「だろうね。一つか二つというのなら、偶然の一致かもしれないが、四つ全部となると、ただごとではない」

「犯人に、何か目的があってしたことだとして、どういうことが考えられますかねえ」

「目的もそうだが、おれは犯人像に興味を惹《ひ》かれるよ。犯人はいずれにしても、『信濃の国』の歌を熟知しているヤツだな。それがまず第一の特徴というわけだ」

「そんなの、いくらでもいますよ」

木下は反撥《はんぱつ》する。「長野県人なら、子供の頃からずっと歌ってますからね」

「しかし、とりあえず、長野県人であることだけははっきりするじゃないか」

「それにしたって、人口二百万人ですよ。大人の男と限定しても、七、八十万人です。いや、女が犯人である可能性だって、ないわけじゃないでしょう」

「なあに、日本人一億二千万から見れば、たったの一パーセントにすぎないよ」

竹村は笑った。「それは冗談だが、犯人像のめやすとして、まず長野県人と限定できることだって、たいへんな前進だよ。もっとも、長野県の人間でなくても、『信濃の国』の歌を知ってる者は多いだろうけれどね」

「いや、四番の歌詞を知っているところから推して、やはり犯人は長野県人だと思いますよ」

吉井は主張した。「余所《よそ》の人間なら、知っていても、大抵、一番か二番まで。四番は馴染みにくい難しいメロディーだし、第一、たとえば園原が恵那山トンネルのところだなんて、知りませんよ」

「その四番の歌詞を選んだ理由だけどね、なぜだろう」

「それは、『信濃の国』に歌われている地名の中で、ごく狭い、限られた場所が出てくるのは、四番の歌詞だけだからではありませんか？　その他の地名は、千曲川《ちくまがわ》とか、浅間山とか、善光寺平だとか、広い地域を指すものばかりなんですよね」

「あ、そうか……」

竹村は歌詞を思い出してみて、なるほどと思った。犯人は四番の歌詞を選んだのではなくて、使える地名が、たまたま四番の歌詞の中にしかなかったのだ。

「ということは、犯人はとにかく、『信濃の国』の歌にちなんだ殺しを演出することに、異常な執着を抱いたと考えられるね」

なぜだろう――と、三人の捜査官はそれぞれの思索に沈んだ。

5

中嶋にしてみれば、青木に対してまで、洋子の「発見」を隠しておくことには、かなり後ろめたい気持ちがあった。「彼はぼくの名誉挽回《ばんかい》のために、いろいろやってくれているのだからなあ」と言うのだが、洋子はきかない。

「特ダネはブン屋の命だって、あなた、言うてはったでしょう。それに、このことはわたしの発見ですからね、わたしの希望どおりにさせてもらいます」

（シンの強い女だなあ――）

中嶋は改めて洋子を見直しながら、その反対を押し切ってまで、青木に「秘密」を洩《も》らす気にはなれなかった。彼自身にも多少は、社の連中にひと泡ふかせ、名誉を回復するために、密《ひそ》かに特ダネを狙《ねら》う野心がないわけではなかった。それに、洋子の発見にどれほどの価値があるものか、いまの段階では、まだ判断できないことも事実なのだ。

その青木から、中嶋のところに、逆に「発見」の報告が入ったのは、十一月十六日のことである。

「ちょっと面白い発見をしたんだ」

電話で、挨拶《あいさつ》もそこそこにいきなり言うのを聴いて、中嶋はてっきり、青木もまた、四つの地名の秘密に気がついたのかと思った。

だが、そうではなかった。青木は「四人の被害者の類似性が、どうやら分かりかけてきた」と言っている。

「昨日の七五三にお宮参りのガキ共を見ているうちに、ふと思いついたことがあってね、それで調べてみたら、あったあった、意外な類似性があったのだ。もっとも、それが事件にどう関係しているのかは、これから先の話だけどね」

「ふーん、なんだい、その類似性というのは?」

「じつはね……」

言いかけて、青木は口ごもった。

「やめとこう、まだ喋《しゃべ》るには早すぎる。もうちょっとはっきりしたら教えてやるよ」

「なんだ、もったいぶるなよ」

「へへへ、折角、摑んだネタだもんな、しばらくあっためておきたいのさ、ブン屋根性ってとこかな」

「ちえっ、友達甲斐《がい》のないやつだ」

そうは言ったが、中嶋は人のことは言えない——と思った。それで、あえてそれ以上の追求をしなかったのだが、あとで考えると、その時に、こちらの「発見」と交換してでも、もっとしつこく問い質《ただ》すべきだったのである。その電話以後、中嶋は二度と青木に会うことはなかった。

青木の失踪《しっそう》がはっきりしたのは、それから二日後のことである。

十一月十八日、長野中央署に青木健夫に関する捜索願が提出された。提出したのは青木の父親だが、信州毎朝の上司である編集局長も同道している。

　青木が消息を絶ったのは、十六日の夜と見られる。だいたい、新聞記者の行動は気《き》紛《まぐ》れで、場合によっては、一日や二日、所在が摑めないようなことだってないわけではない。しかし、青木にかぎっていえば、少なくとも、一日に二度や三度は、社に連絡を入れるし、自宅にも帰るか帰らないかぐらいの挨拶は必ずする男だった。

　青木は歳は中嶋と同じ二十八歳だが、まだ独身で、長野市内の親の家に住んでいる。父親というのがしつけの厳しい人間で、無断外泊などにはやかましかった。「いい歳こいて、箱入り娘じゃあるまいしさ」と、青木がテレくさそうに言ったことがある。

　その青木が完全に連絡を絶ったのだから、父親が一日だけ待って捜索願を出したのは当然であった。

　正直なところ、社としては、もう少し様子を見たかったのだ。大の男がドロンを決め込んだからといって、周章《あわ》てて警察沙汰《ざた》にするのはどうかと思えた。「大騒ぎをしたら、かえって、出てきた時の青木の立場がないじゃないか」などと心配する者もいた。

　しかし、三日、四日と経過するにつれて、これは何かの事件に巻き込まれた可能性が強い、というムードになってきた。牧田局次長の例もある、ことによると――という気持ちが誰の胸にも湧《わ》いた。

中嶋がそのことを知ったのは、本社の人間より一日遅れだった。本社からの問い合わせがあって、はじめて、青木に捜索願が出されていることを知った。

「青木がいなくなったらしい」

中嶋が言うと、洋子は怪訝《けげん》な顔をした。

「いなくなったって、なんで？」

「分からないが、とにかく失踪《しっそう》したそうだ。警察に捜索願を出したと言っている」

「捜索願？……」

夫の深刻な表情を見て、洋子も顔色を変えた。「そしたら、青木さんの身に何かあったいうことですか？」

「どうもそうらしい」

「何があったのかしら？」

「それは分からないが、どうもいやな予感がするな」

中嶋は先日の青木の電話が気になった。

「やっこさん、四人の被害者の類似性が分かったと言っていたんだ。そして、もう少し調べてみるという話だった」

「類似性って、どういう？」

「ぼくも訊いたのだが、どうしてもそれを言わなかった。やつなりに、特ダネを狙《ねら》うつもりだったのじゃないかな。ただ、七五三を見ていて思いついたとか言っていたが、あれは何だったのかな？」

「七五三？」

「うん、たぶん、晴着を着ている子供たちを見ていたのだろう」

「それで何を思いつくかしら」

「さあね……」

中嶋はむろん、そんなことは分からない。

三日、四日と経過して、青木の失踪は動かしがたい事件性を帯びてきた。中嶋はこれ以上、放置しておくわけにいかないと思った。

「青木の家へ行ってみるよ」

「わたしも行く」

洋子も待っていたとばかりに、言った。

「そうか、一緒に行くか」

本来なら、夫婦の内、どちらか一方が残って、電話番をしなければならないのだが、いまのところ、佐久支社の内堀が頑張っているので、好都合だ。しかし、内堀は、夫婦揃《そろ》って出掛けるのをジロリと見て、「いいご身分だな」と厭味《いやみ》を言った。

青木家には沈痛な気配が漂っていた。長野市の中心を少しはずれた、閑静な住宅地である。父親は信州大学の教授で、専門が法学だけに、厳格な家風のようだ。中嶋は青木と同期の入社で、かなり親しい付き合いをしていたのだが、青木から自宅に遊びにこいと言われたことはついぞなかった。

「うるさい親父《おやじ》がいるからな、昔っから、友達に敬遠されたもんだ」

青木がそんなことを言っていたのを、中嶋は父親と挨拶しながら、思い出した。

父親は中嶋のことを知っていた。

「息子から、あなたのことは聴いております。なんでも、ずいぶん難しい立場にあるそうですな」

「はい、あらぬ疑いをかけられて、困っています。そのことで、青木君にはいろいろお世話になっているのです」

「そのあなたにも、息子は行き先を言っておらんのだそうですな」

「はあ……、ただ、このところ頻発している事件の被害者について、その人たちの類似性が分かりかけたようなことを言っておられましたが」

「ほう、そんなことを言っておりましたか」

「ええ、それで、そのことをもう少し調べてみるという話でした」

「何が分かったというのですかなあ」

「その件に関して、青木君は妙なことを言ったのです。七五三の子供たちを見ていて、ふと思いついた——というようなことを」

「七五三？　ああ、それはうちの孫たちのことでしょう。あれの姉で、この近くに嫁いだ娘がおりましてな、朝、二人の孫をお宮参りに連れて行くので、着飾った格好で立ち寄ったのですよ。それを見て、健夫は何かからかうようなことを言っておったからら」

「どんなことを言ってたのでしょう？」

「まるで漫画だとかなんとか、ろくなことを言ってませんでしたよ。それで、おまえも二十年前は、あんな洟《はな》たれだったと窘《たしな》めてやったのです」

「ほかには何か？」

「いや、べつに何もありませんな。そう言ってやったら、シュンとなって、黙ってしまいましたのでな」

「そうですか……」

中嶋は、父親に窘められて、黙ってしまったという青木の様子を思い浮かべた。

「その時の青木君は、何か考え込んだような様子ではありませんでしたか？」

「まあ、そう見えないこともなかったが」

しかし、それ以上のことは結局、分からなかった。警察の扱いも、あまり切実さはないらしく、父親はひとしきり不満をぶちまけていた。捜索願の扱いというものは、事件性を暗示するような具体的な証拠でもないかぎりは、警察の対応は冷淡なものだ。

青木家では終始、沈黙を守っていた洋子だが、外に出て車に乗ると同時に、言った。

「青木さん、昔のことを思ったのやないかしら？」

「昔のこと？」

車を発進させながら、中嶋は訊き返した。

「そう、自分の七五三の頃のことを言われて、ふと昔に遡《さかのぼ》ることを思いついたのやないかと思うの」

「昔に遡ることを思いついた、か……」

中嶋は、青木が「七五三を見ているうちに思いついたことがある」と言っていたのを、胸の内で反芻《はんすう》した。

「要するに、被害者の類似性は、彼等の過去にあるのではないか——と、そう思ったということか」

「そうそう、そうやないかしら」

「うん、考えられるね」

中嶋は車を社に向けた。

駐車場に車と洋子を置きざりにして、中嶋は駆け足で社屋の中に入った。社の連中は中嶋の顔を見ると、一様に驚いた顔になった。中には、明らかに「何しに来たんだ?」といわんばかりの目を向ける者もいる。中嶋が大阪から引き上げてきて以来、牧田が死に、青木が行方不明になるという、奇怪な事件が続いた。釈放されたとはいえ、一度は逮捕までいった中嶋を、前原部長のように、疫病神《やくびょうがみ》かなにかのように思っている人間だって少なくないのだ。

「なんだ、戻ってくる気になったのか?」

管理部の室《へや》に入ると、前原はそう言って迎えた。

「いや、戻りませんよ。ぼくは小諸が気に入っているのです」

「そりゃ、小諸はいいところかもしれないが、小諸にいたって、毎日、ブラブラしているのだそうじゃないか」

相変わらず、言うことが辛辣《しんらつ》だ。中嶋は無視することにして、資料室へ行った。

大林老人は中嶋を見て、「ほう、珍しい顔が現れたね」と言った。

「どうもしばらくです」

「きみも、なかなかの反骨だな、小諸を引き上げるのを、断ったそうじゃないか。前原君が、幹部会でこぼしていたそうだ」

言って、「あははは」と笑った。

まったく、大林は消息通であった。日がな資料室に閉じ籠《こ》もっているくせに、じつによく社内の情報に通じている。何か特別な情報ルートがあるのか、それとも好々爺《こうこうや》みたいな顔をしているけれど、存外、社内に情報のネットワークをもつ、隠然たる実力者なのかもしれないとさえ思えてくる。

根掘り葉掘り訊かれるかと思ったが、しかし、大林は、「若いうちは自分の思ったとおりのことを貫いた方がいいよ」と言っただけで、それ以上、無用な詮索《せんさく》はしなかった。

「青木がいなくなったの、知ってますか?」

逆に中嶋の方から質問した。

「ああ」と、大林は少しきびしい目付きをして、中嶋を見た。

「そうらしいね。詳しいことは知らない」

「彼、最近、ここへは来ませんでしたか？」

「そういえば、いなくなる前の日だったか、いや、当日だったか、朝からここにきて調べ物をしてたみたいだが……、何かあるのかい？」

「そういうわけじゃないのですが、何を調べてたか、分かりませんか？」

「古い県史とか、そういったものじゃないかな。何のためかは訊いても言わなかったが」

　言わなかったというのは、そのことが事件と関係するからなのだろう。しかし、そういうもので、四人の被害者の過去が分かるのだろうか？――

　中嶋は膨大な資料の列を見上げて、たじろぐ思いだった。青木がその中から、何かを摑み得たとするなら、自分にもできるはずだ。ただし、青木は取材を通じて、事件とそれに関《かか》わっている人間のデータを持っていた。

　中嶋は前原部長に、下げたくない頭を下げ、四つの事件に関するデータファイルのコピーを取らせてもらった。それには、事件の内容はもちろん、被害者の写真や経歴がきちんと整理されて載っている。

　社を出て車に戻ってくると、洋子が心配そうな顔を窓から出した。

「何か、いやなこと言われへんかった？」

「べつに」

中嶋は嗤って手を振った。

「やっぱり、青木は古い資料を調べていたらしいよ。被害者の過去に何か隠れた類似性があるというのは、当たっているのかもしれない。とりあえず、データをもらってきた」

中嶋はハンドルを握る代わりに、データファイルの入った大封筒を洋子に渡した。

洋子は中身を半分ほど引き出して、被害者の顔写真を眺めていたが、とつぜん、小さく「あらっ」と叫んだ。

「この人、あの時の人やないかしら?」

「えっ?」

中嶋は驚いて、かけたエンジンをストップさせ、洋子の手元を覗き込んだ。

「知ってる顔があるのか?」

「ええ、このおじいさん――平沼武太郎いう人。大阪から来る時の列車の中で、えろう怒りはった人やと思うわ。ほら、『信濃の国』の歌が五月蠅《うるさ》いいうて、怒りはった人の話、したでしょう」

「ほんとかよ?」

中嶋は洋子の手からデータをひったくるようにして取った。

「あの時、スピーカーの位置がどこか分からなくて、後ろを振り返って、はっきり顔を見せてはったから、まず間違いない思うわ」

「ふーん、それが本当なら、ずいぶん奇遇だねえ」

中嶋は写真と洋子の顔を見比べて言った。しかし、その奇遇が、事件とどう関わるのか、その時は二人とも思いもつかなかったのである。

第五章　死者たちの系譜

1

ずっと飯田《いいだ》の捜査本部に張りついていた竹村岩男が、青木の失踪《しっそう》を知ったのは、かなりあとのことである。飯田署に手配書が送られてきていたのを、たまたま見かけた。

その瞬間、反射的に竹村は、青木の失踪の原因は自分にあるのではないかと思った。

水内《みのち》ダムのほとりで、中嶋夫人と一緒に会った際、竹村は彼等の依頼と引き換えに、青木に捜査の応援を頼んだ。

——牧田と谷口の関係を調べて欲しい。

サツ回りの記者に向かって、ほんの軽い気持ちで言った言葉だが、それに報いようとして、青木が動き、功を焦るあまり、彼自身が事件に巻きこまれた可能性があるのかもしれなかった。

　捜索願の出されている長野中央署に電話して訊《き》いてみたが、「捜索」に関しては、大してめぼしい進展もないらしい。

「車で出掛けたそうだから、どこかで事故でも起こしているのじゃないかと思うのですがね、そういう報告もないし……」

　竹村も何度か会ったことのある、防犯課の警部補が、あまり気のなさそうな、のんびりした口調で言った。かといって、連中の怠慢を譏《そし》ることはできない。失踪や蒸発は日常茶飯事で、それにいちいちかかずらっていたひには、警察官を何人増やしたって足りやしない。手配書の発送など、所定の手続きをしてしまえば、あとは行方不明者が現れた時点で、すみやかな対応をすれば、それでこと足れりとしたものだ。もっとも、そうなった時には、大抵の場合、対象者が死亡しているケースが多いのだけれど……。

　竹村は捜査本部を抜けて、長野市に青木の実家を訪ねた。

　青木家はまるで忌中でもあるかのように、冷え冷えと静まり返っていた。

「何か、悪い報《し》らせですか？」

　父親は竹村の名刺を見て、眉《まゆ》をひそめた。

「いえ、そうではありませんが」

「そうでしたか、県警の警部さんが見えたので、そんな気がしたのです」

愁眉《しゅうび》をひらく様子を見て、竹村はいよいよ責任を重く感じた。

「女房が心労でダウンしてしまいましてな、何もお構いできません」

奥の客間に通して、父親は苦笑を浮かべながら言った。

「それで、ご用件は？」

「じつは、私はご子息の件については、直接タッチする立場にはありませんが、取材などでチョクチョクお会いしていたもので、たいへん驚きました。それで、もし何かお役に立てることがあればと思い、お邪魔したようなわけです」

「それはありがたい、なにしろあなた、警察はわたしらの話を聴いただけで、それっきり、こっちが問い合わせしないかぎり、何も言ってくれませんでなあ。お手数をおかけしているのは当方ですから、強いことは言えませんが、正直申して、ほとんど警察不信の状態なのです」

「いや、警察はやるべきことはやっております。まあ、それはともかく、ご子息の失踪について、何かお心当たりはありませんか」

「ええ、警察にもそのことは訊かれましたが、まったく思い当たることはないのですよ。しかし、昨日見えた、息子の同僚の方が、何かの事件の被害者の類似性だかなんだかを調べていたようなことを言ってましたので、そのことが関係しているのかもしれませんな。それと、七五三のことと……」

「七五三？」

「ええ、息子がその人に、七五三の子供を見ていて、何か思いついたようなことを言っていたのだそうです」

「はあ……、その同僚というのは、なんていう人ですか？」

「中嶋さんですよ。息子とは同期で、親しくしてもらっていたそうです」

「中嶋さんですか」

竹村は驚いた。

「ご存じですか。そうでしょうな、牧田さんの事件の容疑者だったのだから。じつは、そういう人と付き合っていたことが、息子の失踪に関係があるのじゃないかという気がしないでもないのですが……。どうなのです？　中嶋さんは本当に、完全な無実なのでしょうか？」

「ええ、あれは完全に警察の勇み足です」

竹村は中嶋のために、思いきってはっきりと断言した。これほどのインテリの老人でさえ、中嶋にたいして、いまだに、いくぶんかの疑惑を捨てきれないでいるのだ。一度、警察のいわゆる「臭いメシ」を食った者に対する世間の目は、いつまでも冷たい。それだけに、捜査官たる者、職権を揮《ふる》う際には、慎重の上にも慎重であらねばならない。そんなことは百も承知なのだが、実際の現場では、つい、自分も一人の社会人であることを忘れて、権力を行使したくなる。「警察」という言葉は、庶民に対しても警察官自身に対しても、魔力のような作用を与えるものなのだ。

青木家を辞去すると、竹村は小諸《こもろ》へ向かった。青木の父親の話では、中嶋夫妻が何かを摑《つか》んでいるような気がする。そして、青木の二の舞いを踏みそうな、悪い予感がしてならなかった。

小諸駅前の喫茶店から、中嶋の家に電話をかけた。「はい、信州毎朝です」と男の声がした。

「県警の竹村です」

「えっ?……」

一瞬、相手はとまどって、「県警の、というと、竹村警部さんですか?」と訊いた。

「そうです、先日は……」

言いかけて、竹村は「ハッ」となった。

「失礼ですが、中嶋さんですか？」

「いえ、私は内堀といいます。中嶋は出掛けておりますが」

（しまった――）と、竹村は狼狽《ろうばい》した。信州毎朝の小諸支局には、中嶋夫妻が住み込みで勤務しているはずではなかったのか？

「中嶋にご用ですか？　なんでしたら、お聴きしておきますが」

「いや、大したことではないですから、またあとで電話します」

「しかし、竹村警部さんが中嶋と知り合いとは驚きましたねえ。どういう関係ですか？」

内堀は鋭く突っ込んできた。

「ちょっと顔見知りなだけです。それでは」

相手がまだ何か言っている声の途中で、竹村はガチャリと受話器を置いた。

少し思案してから、飯田の捜査本部に電話した。

「あ、警部、探していました」

吉井部長刑事が急《せ》き込んで言った。

「中嶋さんがきているのです、例の中嶋さんです」

吉井は「例の」というところにアクセントをつけた。

「えっ、ほんとか？」

「三十分ばかり前にきて、しばらく待つというんで、応接室に入ってもらいましたが、警部はいまどちらです？」

「小諸だが……、それじゃ、この電話、応接に回してくれないか」

電話に出た中嶋は、竹村が小諸にいると聴いて驚いた。

「じゃあ、行き違いになってしまったのですね。しかし、家内がいたはずですが」

「あ、そうでしたか。じつは、お宅へ電話を入れたら、男性が出て、てっきり中嶋さんかと思ってこっちの素性を言ってしまったもんで、周章《あわ》てて、奥さんのことまで考える余裕がなかったのです」

「ああ、それは内堀という者ですよ。家内はおりますから、駅前の喫茶店で待っていただけませんか。すぐに連絡して、そちらへ行くように言います」

「そうですか、よろしく……、それはそうと、中嶋さんは何の用ですか？」

「そのことも家内からお話しします。そもそもは、家内が発見したことですから」

電話を切って、ものの五分もたたないうちに、中嶋洋子が現れた。走ってきたらしく、息をはずませ、髪のほつれを気にしながら挨拶《あいさつ》をした。

「内堀さんが、警部さんのことをいろいろ訊きたがって、往生しました」

大阪風のイントネーションで言うと、なんとなく陽気で、「往生した」という感じが伝わってこない。

「ご主人が飯田に見えているというのは、どういう？……」

「ええ、じつは、先日、信州毎朝の青木さんが行方不明になられて……、そのことはご存じですか？」

「知ってます」

「それで、主人と二人で青木さんのお宅に伺って……。あ、その前に、竹村さんがうちへ見えたのは、何かご用があるのと違いますか？」

「いや、私の用件もそのことですよ。さっき青木さんのお宅へ行ってきました。何か、七五三がどうしたとか聴いて、詳しいことを中嶋さんにお聴きしようと思ったのです」

「あら、そしたら、考えていることが一緒やったのですね。主人もそのことをお話しするために飯田へ行きました」

「そのようですね。何かを、奥さんが発見したと、ご主人は言っておられましたが？」

「ええ、まあそうなんです。主人と最後に電話で話した時、青木さんが、甥《おい》ごさんの七五三を見て、ふと思いついたことがある、いうてはったそうで、それは、もしかすると、昔のことやないかしら思ったんです」

洋子は、四人の被害者の過去を調べようと考えたこと、中嶋が信州毎朝へ立ち寄って、彼等の事件のデータファイルをもらってきたことを話した。

「そしたら、そこに出ていた、平沼さんいう人が、わたしが大阪からこっちへ来る時、列車の中で会《お》うた人だということが分かって、びっくりしました」

「ほう……、それは奇遇ですねえ」

「ええ、あの時のお年寄りが、殺人事件の被害者やなんて、ほんま驚きました」

「すると、中嶋さんは、そのことを伝えに飯田まで？……」

「いいえ、違います。そのことはどうでもええのですけど、さっき言うた、四人の被害者の類似点が、わたしら夫婦ではどうにも解明でけへんのです。でも、青木さんは、四人の類似点は過去にある思いはって、そして、現実にそれをつきとめはったのやないか、いう気がするのです。もしかすると、犯人のめやすまでついて、そのために消されたのやないかしらと……」

さすがに、それは言い過ぎと思って、洋子は口を閉ざした。

「なるほど……、四人の過去、ですか……」

竹村は肯《うなず》いた。

「過去といっても、青木さんが自分の七五三の頃《ころ》から連想したくらいですから、相当、古い過去ということのようですね。十年とか、二十年とか……」

「そうやと思います。それで、できるだけのことは調べてみたのですけど、四人の人の年齢もまちまちやし、わたしらの手では、調べるのにも限界があるのです」

「分かりました、あとはわれわれがやりましょう。いや、たいへん貴重なヒントを提供していただいて、感謝します」

「いえ、そう言われると心苦しいのですけど、それについて、警部さんにお願いがあるのですが」

「ほう、何でしょう？」

「あの、この前も言いましたけど、このことは、竹村警部さんだけにお話しするので、その代わりに、事件の特ダネは、絶対に中嶋に取らせて欲しいのです。中嶋はそんな無理、言わんとけ言いますけど、どうしてもそうしないと、わたしの気がすまんのです。それから、安岡警部さんには、絶対に内緒にしといてください。はっきり言うて、竹村警部さんの手柄にしてほしいのです。ほんま、お願いしますわ」

「はあ……」

竹村は（またか——）と苦笑した。しかし、洋子は必死の形相である。夫婦愛の発露といおうか、浪速女《なにわ》の心意気といおうか、強烈な毒気に当てられて、竹村は「分かりました、できるだけ、ご期待に沿うようにします」と、大きく肯いてしまった。

2

牧田祐三
谷口節男
甘利知美
平沼武太郎

この四人の被害者の経歴は、それぞれまったく異なるものであった。
牧田祐三は諏訪《すわ》の生まれで、四十九歳
谷口節男は松本の生まれで、四十七歳
甘利知美は上田の生まれで、三十九歳
平沼武太郎は塩尻《しおじり》の生まれで、七十五歳
比較的に近いのは牧田と谷口だが、小学校から大学まで、学校も違うし、スポーツなどでの交流もあった形跡はない。甘利知美と平沼武太郎にいたっては、どうにもくっつきようがなかった。

ただ、竹村は平沼の過去をずうっと遡《さかのぼ》っていて、平沼が若い頃、県会議員を短い期間、務めたことがあるのに気がついた。昭和二十二年から二十三年にかけて、である。いまから四十年近い昔のことだ。

（県議か――）

竹村はふと、いつかどこかで「県会議員」という単語を聴いた記憶があるのを思い出した。選挙や街の話題といったことではなく、捜査に関係する話の中に、その単語が出てきたような記憶だ。

（あれは、誰《だれ》が言ったのだったかな？――）

たぶん、そう重要な内容ではなかったのだろう。何気なく聴き過ごしてしまった言葉だったに違いない。

（まったく、俺《おれ》の記憶力のなさときたひには――）と、竹村は自分の頭を拳《こぶし》で叩《たた》いた。

確かに、竹村の記憶力はそういい方ではない。学校の勉強でも、英単語や歴史の年号など、暗記物には閉口した。憶《おぼ》えられないとか、そういう以前に、たとえば歴史など、年号を憶えようとしても、その時代の様子や人物の生活ぶりなどに思いがいって、思考がまとまらないのであった。もっとも、頭脳そのものは悪くないのだから、記憶力さえよければ、いい大学へ行って、いまごろは、一流商社員か何かになっていたかもしれない。自分に警察官の道を選ばせたのは、天の配剤だ――と、竹村はいまでは思っている。

頭を小突いているうちに、竹村の草臥《くたび》れた脳が、ようやく記憶の残滓《ざんし》を搾《しぼ》り出した。

「あっ……」

竹村は思わず声を出した。

（そうか、牧田は県議の息子だった――）

青木健夫がそんなことを言っていたのだ。

竹村は本庁に電話して、牧田の父親のことを調べてもらった。

――牧田登志夫　明治三十五年諏訪市に生まれ、松本中学、早稲田大学を卒業。昭和二十二年より長野県議を四期務め、昭和四十七年死去。

（あった――）

被害者同士の類似点らしきものが、ようやく一つ、見つかった。もっとも、竹村はそれで満足するどころか、かえって当惑ぎみであった。二人が県議だったからといって、本人にどう関係するものでもあるまい。第一、牧田の父親はとっくに死んでいる。

それでも、竹村は惰性のように、他の二人についても、父親のことを調べてみた。そして、その結果、唖然《あぜん》とするのである。なんと、驚くべきことに、甘利知美の父親も、谷口節男の父親も、ともに同時期、長野県議を務めていたのだ。

甘利知美は旧姓を宮沢という。父親の宮沢利一は昭和二十二年四月三十日の選挙で当選して以来、五期にわたって県議の職にあった。また、谷口節男も、谷口家の養子に入る前は前島姓で、父親の前島今朝男《けさお》は昭和二十二年から五期、県議を務めている。

いずれも昭和二十二年——、つまり、戦後最初の選挙での当選組であり、しかも平沼を含めて、すべてが故人である——ということの二点が共通している。

（一体、これはなんだ？——）

竹村はこれらの事実を前にして、いよいよ当惑するばかりだった。偶然の一致というには、あまりにも突拍子すぎる。かといって、その事実が事件と結びつくとは、ちょっと考えにくい。

竹村はもう一度、四人の元県議の名前を見直した。そして、四人の中で、平沼武太郎だけが、任期の途中で県議を辞めていることに気付いた。昭和二十二年の当選で、二十三年に辞めている。任期半ば——ということになる。当の武太郎は、七十五歳で殺されるまで、健康そのものだったそうだから、病気が理由だったとは考えにくい。

（なぜだろう？――）

もっとも、議員が任期途中で職を辞すことは珍しくないだろうから、もし、平沼武太郎だけが殺された事件だったら、それほど気にはならなかったに違いない。たまたま、四人の元県議に繋《つな》がりそうな事件であることが分かったために、その中の一人の、不自然な動きが目についた。

昼食時、竹村は吉井と木下を伴って、飯田署から少し歩いたところにあるレストランへ行った。飯田の街には、広い通りの真中にリンゴの並木が植えてある。捜査が始まったころにはみごとな実をつけていたのに、いまは裸木と化して、霜が落ちるのを待つ風情だった。レストランの窓からその風景を見て、竹村は過ぎてしまった時間を思った。

「平沼武太郎さんが県会議員だったこと、知ってるかい？」

注文したものが運ばれる前に、竹村は吉井に訊いた。吉井はむろん、そのことを知らなかった。

「へえー、県議さんですか」

「いや、昔の話だけどさ、吉チョーは古いから、知ってるのじゃないかと思ってね」

「昔って、いつごろのことです？」

「昭和二十二年から三年まで。おれの生まれる前だよ」

「そんな昔ですか。だったら、わたしだって赤ん坊ですよ」

「嘘《うそ》でしょう、小学校へは行ってたんじゃないですか？」

木下がまぜっ返した。

「冗談じゃないよ。小学校に入ったのは、二十五年だ」

吉井はムキになって見せてから、「その平沼さんが県議だったというのが、どうかしたのですか？」と訊いた。

「うん……」

竹村は難しい顔をして、しばらく考えてから、言った。

「この話は、しばらくのあいだ、われわれ三人だけのことにしておいてくれ」

「はあ……」

吉井と木下は顔を見合わせて、こくりと肯《うなず》いた。何人もいる捜査員の中で、竹村がこうして特別扱いするのは、この二人だけである。そのことを知っているから、二人とも竹村のために身命を惜しまぬ働きをする気にもなるのだ。

「じつはね、おれは非常に興味ある事実を知ることができたのだ」

「…………」

「平沼氏が県議だったと言ったが、他の三人の父親も、やはり県議だったのだよ」

「えっ？……」

「しかも、平沼武太郎氏と同じ、昭和二十二年の選挙で当選している」

竹村はかんたんに、自分が調べたことを話して聴かせた。

「驚きましたねえ……」

吉井は呻《うめ》くように言った。

「どういうことなのでしょうか？　何か事件と関係があるのでしょうか？」

その時、食事が運ばれてきたので、「話の続きはあとにしよう」と竹村が提案した。

しかし、どうやら二人の部下は食事どころではなかったらしい。ガッガッと飢えたオオカミのように定食を平らげ、竹村がフォークとナイフを置くまで、その手元を眺めていた。

「警部はどう思われるのです？　そのことについては」

食後の煙草《たばこ》に火をつける竹村に、吉井は急《せ》き込んで訊いた。

「分からないよ、そんなこと」

竹村は二人の期待を裏切って、あっさり答えた。二人は不満そうに口を尖《とが》らせて、黙っている。本当は何か知っているのじゃないですか？——と言いたげだ。

「ただね、ちょっと気になることがあることはあるんだ」

「何なんですか、それは？」

「いや、どうということはないのだが、平沼氏が二十二年に折角、県議に当選していながら、僅《わず》か二年たらずで辞めた理由は、何だったのかと思ってね」

「はあ……」

吉井は不得要領な顔をして、しばらく竹村を見つめていたが、「ちょっと行って、聴いてきましょう」と立ち上がった。それにつられるように、木下も立つ。吉井も木下も、竹村の考えを敏感に察知する習慣が身についていた。

「そうだね」

竹村はしばらく考えてから、「おれも行くことにしよう」と立った。飯田から塩尻までは、中央高速で行けば、ほんの小一時間といった距離だ。

塩尻市は長野県の中央に位置する。長野県そのものが日本の中央だから、塩尻は日本の真中にあたるといっていい。古くから交通の要衝《ようしょう》として知られ、鎌倉《かまくら》期以前は東山道、岐蘇《きそ》山道、鎌倉街道――、江戸期には中山道、北国《ほっこく》西往還（善光寺街道）、三州街道が交差して、塩尻、洗馬《せば》、本山、郷原の四宿が置かれた。平沼家は、かつてはその一宿の名主だったという、かなりの旧家だ。

平沼家の当主・武一には、そういう家柄を物語るような貫禄《かんろく》が備わっていた。四十五歳という実際の年齢よりは若々しく、歌舞伎《かぶき》役者のような切れ長の目は、なかなかの男ぶりといってよかった。

「父が県会議員を辞めた理由ですか?」

県警の警部が、二人の部下を伴ってやってきて、意外な質問を発したことに、平沼武一は戸惑いぎみだった。

「さあねえ、私がまだ七、八歳の頃のことでしょう? まったく記憶がありませんねえ。もちろん、県会議員だったことは知っています。選挙の時、家中に人が溢《あふ》れて、たいへんな騒ぎだったのを憶えています。その当時は知らなかったのですが、あれは、戦後最初の選挙でして、民主主義のはしりのようなものだったのでしょう。いまで言えば一種のフィーバーというやつですか。父は元来真面目《まじめ》一方のデリケートな人間で、とても政治に向くようなタイプではなかったのに、無理やり担ぎ上げられたのじゃないでしょうか。早々と議員を辞めたのは、その無理に堪えられなかったからではないかと思っていますよ」

「議員を辞められてからは、何をしておられたのですか?」

「さあ、何をしていたのか、その当時の父はワンマンでしてね、それにあまり家にいない方で、仕事のことは、われわれ子供たちにはさっぱり分かりませんでしたね。戦前はいわゆる地主としての呑気《のんき》な暮らしだったのでしょうから、仕事といっても、何もできなかったのじゃないですかな。農地解放で田畑はすっかり取られましたが、山林はかなり持っていまして、山を売ったり、先祖伝来の骨董品《こっとうひん》を売ったりで、生活していたのだと思っています」

話しながら、武一は怪訝《けげん》そうな顔をした。

「しかし、そんなことが何か事件と関係するのですか？」

「いや、そういうわけではないのですが。武太郎さんの人となりを知るためにお訊きしたのです」

「性格なら、ひと口で言って、父は頑固で生一本な人間でしたよ。言い出したらあとへ引かない……、そのことは自動車道路の用地買収に応じないことからもはっきりしていると思いますが、まあ、そういう男です」

「そういう性格だと、ずいぶん敵も多かったのではありませんか？」

「嫌われたことは確かでしょうね。ただ、父は極端に人付き合いが悪かったですから、敵とか味方とか、そういう関係の人はいなかったのじゃないですかねえ」

「しかし、道路公団の人なんかは、かなり手を焼いていたとか聴いてますが」

「ああ、あれはね。まったく気の毒な話で、息子のわれわれも同情しましたよ。いいかげんで売って上げたら、と進言しても、父は絶対に売らんと言い張って」

「なぜ、そんなに頑固だったのでしょうか」

「うーん……」と、武一はしばらく考え込んだ。言うべきかどうか、迷っている風情だった。

「こんなことを言うと、差し障りがあるかもしれませんがね、父は北の人間が大嫌いだったのですよ」

「北――というと、北信のことですか？」

「そうです。とにかく北信嫌いで、自分の土地を北信の連中のための道路なんかには、金輪際、させるものか――と意地を張っていたのです」

「なるほど、すると、道路公団の人はもちろん、北信の人たちにも憎まれたでしょうね」

「率直に言って、そうだと思います」

「なぜ、そんなに北を嫌ったのですか？」

「それは父に訊かなければ、正確なことは分かりませんが、しかし、北信と中・南信の対立というのは、大昔から続いているのではありませんか？　その典型的なやつだと思っていますよ」

「最後にお訊きしますが、お父さんが亡くなられてすぐ、あなたは土地の買収に応じられたそうですね」

「ええ、売りました。いつまでも個人的な理由で意地を張って、みなさん方に迷惑を掛けるわけにはいきませんからね。せめて忌《き》が明けてからにしたら——という意見もあったのですが、公団側が急いでいたし、それに、どうせ売るものなら、面倒なことは言わず、さっぱりした方がいいと思ったのです」

「失礼ですが、どれくらいの金額になったのですか？」

「うちの土地は道路がモロに貫通する場所で、面積も大きかったですから、全部で何億かになったと思いますよ。もっとも、その半分以上は税金で持って行かれますがね」

「はあ……」

竹村と二人の部下は、羨望《せんぼう》の声を発した。

「その何億だかの金というのが、殺しの動機にはなりませんかねえ」

平沼家を出ると、木下は言った。

「そりゃ、なるかもしれないが、平沼の二人の兄弟は、事件当時、北海道に旅行中だったのだから、関係はないだろう」

吉井が言った。

「いや、当人にはアリバイがあっても、誰か共犯者を頼むとかしてですね……」

「それはないな」

竹村は否定した。「事件後のあの兄弟の悲嘆ぶりには、嘘《うそ》はなかったと思うよ。それに、彼等が金に困っている状態でないこともはっきりしている」

「それもそうですね」

木下もあっさり納得した。

「問題は、いぜんとして、平沼武太郎氏がなぜ県議を辞めたのか――という謎《なぞ》にあると、おれは思う」

竹村は断言した。

3

昭和二十二年といえば、死んだ平沼武太郎が三十七歳、少壮といっていい年代だ。事実、調べてみると、当時の県議選で当選した者の中で、下から三人目の若さということであった。

牧田祐三、谷口節男、甘利知美という、三人の被害者の父親たちは、いずれもそれよりは年長で、したがって、すでにそれぞれ、物故している。

中・南信地区選出の議員で、当時のことに詳しい人物は、わずか一人だけが健在であった。伊那《いな》町出身で、やはり同じ時の選挙で初当選し、三期、在職した遠山光次郎という人が、臼田《うすだ》町の佐久総合病院にいることを突き止めることができた。

竹村は例によって木下の運転する車で、病院を訪ねた。飯田からだと中央自動車道で諏訪《すわ》インターまで行き、そこから八ケ岳の北側を抜けて国道一四一号に突き当たるとすぐ臼田町に入る。国道一九号線をノロノロ走って長野市へ行くより、時間的にはむしろ近いくらいなものである。高速交通時代にとり残された県北の不便さが、実感として分かる。

臼田の佐久総合病院は長野県随一の規模といわれる。建物、設備はもちろん、医師も一流の陣容を揃《そろ》えて、長野の日赤病院、松本の大学病院を凌《しの》ぐ勢いだ——という評判を、竹村は聴いたことがある。この大病院が「組合立」だというあたりが、いかにも長野県らしいところかもしれない。

遠山光次郎は、白髪の痩身《そうしん》を二人部屋のベッドに横たえていた。八十三歳で、高血圧症に悩んでいるということであった。しかし、顔の色艶《いろつや》もよく、耳が少し遠いことを除けば、記憶力もしっかりしているし、なかなかの元気さだ。

「ああ、平沼武太郎君のことなら、よく知っておりますよ」

遠山老人は斜めに起こしたベッドの上で、遠い昔を懐かしむ目になった。

「このあいだ、木曾《きそ》で殺されなさったそうですな。気の毒なこって……」

「その平沼さんですが、昭和二十二年に当選していながら、わずか二年たらずで、県議を辞めておられるのです。その理由が何なのか、ご存じありませんか？」

「そりゃ、あんた、いやになったからですがな」

「いやになった……」

あっさり言われて、竹村は面食らった。

「いやになった、というと、どういうことでしょうか？」

「つまりその、政治の世界に失望したのと違いますか。表と裏のある世界ですだでな」

「すると、その頃、何かそういった、失望をするようなことがあったのですね？」

「まあ、そういうことですが、しかし、その頃でなくても、政治に失望と裏切りはつきものでして、まっとうな者には勤まらん世界ですだに」

「裏切り……」

その言葉に、竹村は敏感に反応した。

「というと、平沼さんも誰かに裏切られたために、議員を辞めたのですか？」

「うーん、まあ、そういうことではないかと思いますよ」

「いったい、何があったのですか？」

「………」

遠山老人は口を閉ざした。

竹村は根気よく、老人の言葉を待ったが、老人は、その視線を避けるように、窓の方向に目を向けた。

「何か、おっしゃりたくない理由があるのですか？」

「古いことですに」

ポツリと言ったきり、また沈黙が続いた。

「聴かせていただけませんか、何があったのか」

竹村は粘った。

「いや、もう、あの話はしたくないですに、誰かほかのもんに聴いてくださいや」

「あの話――というと、どういう？」

「…………」

老人は完全に沈黙を通すつもりらしい。付き添いの看護婦が、「もう、そのくらいで」と促した。

竹村は立ち上がって、いったん、挨拶をしかけたが、もう一度老人の後頭部を睨《にら》むようにして、言った。

「遠山さん、この事件では、当時の県議だった牧田登志夫さん、宮沢利一さん、それに前島今朝男さんのお子さんたちも、殺されているのですよ」

「えっ？……」

老人は首を捩《ね》じ曲げて、大きな目を見開き、竹村を見た。

「それは、どういうことです？」

「いま言ったとおりです。次々に三人が殺され、最後に平沼さんが殺されました。しかも、全員が、ほぼ同じ手口で被害にあっているのです。現在までの捜査では、四人とも、殺されなければならない理由が見つかっておりません」

「ほ、ほんとうに、そんなことが起きているのですか？」

老人の声は震えを帯びていた。それに向かって、竹村は冷酷に感じられるほど、平板な口調で答えた。

「ほんとうに起きています。なんなら、新聞をご覧になってください。ただし、牧田さんの息子さん以外は、名前が違っています。宮沢さんの娘さんは甘利姓に、前島さんの息子さんは谷口姓にかわっていますがね」

ふーっと、老人は吐息をついた。

「恐ろしいことだ……」

胸の上に両手の指を組んで、目を閉じ、口の中で何か、経文のようなものを呟《つぶや》いた。

「いかがです？　それでもまだ、お話ししてくれる気にはなれませんか」

竹村は追い討ちをかけた。「このまま放《ほう》っておけば、さらに、第五の殺人、第六の殺人が起きる可能性があるのですよ」

「もう済んだことですに」

老人は、目を閉じたまま、言った。

「済んだこと？」

「ああ、これでもう、事件は終わりですに。いまさら、わしが何を言う必要もありませんに」

「というと、つまり、殺人はもう起きないとおっしゃるのですか？」

「そうです、もはや、すべてが終わったつうことですに」

「どうしてそう思われるのです?」

「それは言うわけにはいきませんに」

「しかしですね、それがそうではないのですよ。現に、信州毎朝の記者が一人、行方不明になっていて、安否が気づかわれています」

「ん?……」

老人は目を開けて、不思議そうに眉《まゆ》を顰《しか》めた。「まさか、その人も、かつての議員の子というわけではないでしょうな?」

「ええ、それは違いますが」

「それならば、この事件とは関係ないのと違いますか?」

「いや、おそらく関係があると思います。彼は事件の鍵《かぎ》を摑んだと考えられるような言葉を残して、調査に向かった直後、失踪したのですから」

「それは、いつのことです?」

「十一月十六日です」

「十六日……」

老人はおうむ返しに言い、混乱した頭を持て余したように、不安げな視線を、忙しく天井に這《は》わせた。「そんなばかな……」という呟きが聞こえ、それから、ふと思い当たることがあったのか、じっと動かなくなった。

「いかがです？　ご存じのことを教えていただけませんか」

竹村は、分からず屋の子供を説得するように、優しく言った。

「しばらく待ってもらえませんかな」

老人は苦しそうに言った。「三日……、いや、二日待ってもらえば、わしの知っていることはお話しししますに」

それ以上はテコでも動かない態度だった。

「分かりました」

竹村は諦《あきら》めた。「それでは二日だけお待ちします。明後日のこの時刻に、またお邪魔しますので、その時はよろしくお願いします」

一礼すると、木下を促して、病室を出た。

「あのじいさんは、いったい何を知っているというんですかねえ」

木下は車をスタートさせながら、不満そうに言った。

「たぶん、犯人に心当たりがあるのだとは思うが、それを言いにくい理由があるということなのだろうな」

「二日待てという意味は何でしょうか？」

「その間に、私の言ったことの真偽を確かめるとか、心の整理をするとか、そんなところかな」

「なるほど……」

車は八ケ岳高原の方へ、しだいに登り坂にかかった。千曲川《ちくまがわ》を挟んで、左手に小海《こうみ》駅付近の町並みが過ぎてゆく。やがて、ダム建設問題の現場を通過する。

「一つ、気になることがある」と、竹村は独り言のように言った。

「遠山老人は、もう事件は終わったというようなことを言ったのだよな」

「ええ、そうでした」

「ところが、青木健夫の行方不明の話をすると、またぞろ不安そうになった。あれはいったいどういうわけだ？」

「そういえば、変ですねえ」

それから長いこと、会話が跡絶《とだ》えた。二人とも、思い思いの思索に耽《ふけ》っている。もっとも、木下の方は運転に注意がいくから、思考も散漫だったろう。それでも、坂を登り詰め、野辺山《のべやま》の平坦地《へいたん》にさしかかると、また思い出したように、「変ですねえ」と言った。

「ちょっと、車を止めろや」

竹村は言って、道路脇《わき》に車を寄せさせた。

「また、青木の二の舞いになるのじゃないだろうな」

「ぼくも、そのことが気にかかったのです」

「しかし、あの老人は、まさか病院を抜け出して、出掛けたりはしないと思うが」

「ちょっと、病院に問い合わせてみますか」

木下は野辺山駅前に車を走らせ、公衆電話をかけた。竹村も車を出て、八ケ岳に向かって煙草をふかした。野辺山駅は国鉄の駅としては、最も標高の高い場所にある。八ケ岳連峰に冠雪はまだ見えないが、吹く風は冷たかった。

まもなく木下は電話ボックスから走り出てきて、「大丈夫のようです」と叫んだ。

「病院では、遠山老人は外出禁止にしているそうです。いま現在も、おとなしくベッドにいるということでした」

二人はひとまずほっとして、ふたたび車を走らせた。

須玉《すたま》インターチェンジから中央自動車道に乗り入れてまもなく、ずっとオープンにしてある無線に、竹村を呼び出す通信司令の声が入った。

「一課の竹村警部、応答願います」と言っている。竹村はマイクを手にして、「こちら竹村です、どうぞ」と応じた。

「直ちに、飯田署に有線願います、どうぞ」

「了解しました」

小淵沢《こぶちざわ》インターチェンジで下り、公団事務所に立ち寄って、電話すると、吉井の興奮した声が「青木さんの遺体が発見されました」と言った。

「そうか……」

予期していたとはいえ、竹村は最悪の事態を迎えて、戦慄《せんりつ》を覚えた。わずか一カ月位前に言葉を交わしたばかりの、あの、爽《さわ》やかな青年が、すでに還《かえ》らぬ人になってしまったという、運命の冷酷さと、犯人の非情さに名状しがたい怒りを感じた。

「場所はどこだ？」

「碓氷《うすい》峠の旧道の崖《がけ》下に転落しているのを、営林署の職員が発見したそうです。現在、軽井沢署で検分中です」

「碓氷峠か……」

「そうです」

吉井は、声のトーンを変えて、「ご存じでしょうが、例の『信濃の国』は、最後の六番の歌詞で、碓氷峠を歌っています」と言った。

（畜生――）と竹村は歯を嚙《か》み締めた。

「分かった。で、本庁からは誰が出ているか分からんか？」

「誰も出ていません」

「なに？」

「宮崎課長に、竹村警部が佐久にいるので、すぐに軽井沢署へ向かうよう、連絡すると言っておきました。課長もそれを希望しておられるようですので、至急、軽井沢へ向かってください」

「そうか、よくやってくれた。いま小淵沢にいるが、直ちに軽井沢へ向かう」

竹村は吉井の機転を賞賛した。青木健夫の死を、飯田の事件の延長線上にあることを知っているのは、県警内部にはいない。事件をキャッチした瞬間、吉井は宮崎課長に竹村を捜査主任に当てるよう、進言したに違いない。これで、事実上、竹村は安岡が担当している牧田事件を除く、四つの事件の合同捜査を指揮することになる。いや、もはやセクショナリズムを問題にしている段階ではない。安岡の思惑などを排除して、一連の事件すべてを一括捜査すべき時がきたのだ。

竹村はまだ見ぬ「敵」に向かって宣戦を布告するような形相で、木下刑事に「おい、軽井沢へ急行するぞ」と叫んだ。

4

吾妻《あづま》はやとし　日本武《やまとたけ》
嘆き給《たま》ひし　碓氷山
穿《うが》つ隧道《とんねる》　二十六
夢にも越ゆる　汽車の道

『信濃の国』は、歌の最後を締め括《くく》る第六連の前半の歌詞で、碓氷峠に鉄道を通した、二十六個のトンネルを取り上げ、新時代の幕開きを謳《うた》い上げている。それまでの五連では、すべて、自然の恵みや風景、産物、名所旧跡、歴史などを歌っているのと好対照といっていい。

日本書紀には日本武 尊《やまとたけるのみこと》と碓氷峠の物語が記載されている。

——甲斐《かい》より北のかた、武蔵《むさし》、上野《かみつけの》をめぐりて、西のかた碓日坂《うすひのさか》に逮《いた》ります。時に日本武尊、つねに弟 橘 媛《おとたちばなひめ》を偲《しの》びたまふ情《みこころま》有します。故《かれ》、碓日嶺《うすひのみね》に登りて、東南《たつみのかた》

を望《おせ》りて、三たび歎《なげ》きて曰《のたま》はく、「吾嬬《あづま》はや」とのたまふ。（日本書紀）

日本武尊の物語は、むろん史実ではなく、神話というべきものだが、その物語の中でも、右の「吾嬬はや」の一節はあまりにも有名だ。

日本武尊は景行《けいこう》天皇の皇子で、武勇に秀でた英雄であった。しかし、それがかえってアダとなり、父天皇に疎《うと》まれ、悲劇的な運命を辿《たど》ることになる。天皇は日本武尊を遠ざけるために、九州の熊襲《くまそ》を平定するよう命令し、苦難の末に戦い勝ち、凱旋《がいせん》したとたん、引き続き、東国の蝦夷《えみし》平定を命じる。日本武尊は「天皇すでに吾《あれ》死ねと思ほす所以《ゆえ》か」と嘆きつつも、東征の途につく。

途中、相模《さがみ》から上総《かずさ》へ渡る際に、海神の怒りを買って、船が難破しそうになった。その時、日本武尊の愛姫《あいき》・弟橘媛が「王《みこ》の命《おほみいのち》にかへて海に入らん」と、荒れ狂う海に身を投げ、海神の怒りを鎮めた。

関東を平定し、信濃に入ろうとした日本武尊は、碓氷峠から関東の野をかえり見て、愛する姫を偲び、「吾嬬はや（わが妻はもういないのか）……」と嘆いた。以来、碓氷峠より東を「あずまの国」と呼ぶようになったという、地名起原説話になっている。

碓氷トンネルは明治二十六年（一八九三）に開通した。「汽笛一声」の新橋・横浜間の鉄道開業から二十一年後のことである。麓《ふもと》の横川から軽井沢までの標高差五百五十二メートル。場所によっては一〇〇〇分の六六・七という急勾配《こうばい》路線を登るのに、アプト式軌条を採用したのは、鉄道ファンならよく知っていることだ（ちなみに、国鉄の急勾配の第二位は一〇〇〇分の三三）。

鉄道と並行する道路も、百数十ものカーブがある、街道きっての難所であった。昭和三十八年、碓氷峠の鉄道は複線化し従来の路線は廃止された。トンネルの数も下り線十八、上り線十一になり、アプト式軌条も昔話になってしまった。

昭和四十六年には、碓氷バイパスが完成、さしもの難所もぐんとスピードアップされた。しかし、鉄道の方は古い路線が廃止されたのに対して、道路は旧道もまだ生きつづけている。夏の渋滞時に利用する車もあるし、単に、物好きで旧道を走るドライバーもいる。バイパスと異なって、曲がりくねった悪路だが、頭上に樹木が葉を繁《しげ》らせ、鳥の鳴き声を聴きながら、のんびり走る風情は悪くない。時には猿やリスの姿を見掛けることもある。

もっとも、ドライビング・テクニックを要することは確かで、疲れるし、未熟者は避けたほうがいい。運転を誤れば、転落事故を招きかねない。

その碓氷峠旧道脇の谷底近くで、若い男の死体が発見された。発見者は、冬季に入る前の森林のチェックを実施していた営林署職員二名である。この付近は夜間など、かなり冷え込むのだが、死後、日数を経過しているのか、死体はすでに腐乱しかけていた。

通報を受けた軽井沢署で調べたところ、男の上着のポケットから、運転免許証と名刺入れが出てきて、かねて捜索願の出されている信州毎朝記者・青木健夫であることが判明した。

竹村と木下が、いったん小淵沢まで帰りかけたのを、引き返し、ふたたび八ケ岳の麓を越えて佐久平《さくだいら》を渡り、軽井沢へ駆けつけた時には、すでに遺体は軽井沢署内に安置され、現場の実況検分も終了したあとだった。

厳格な父親をはじめとする、青木家の関係者は遺体との対面を済ませ、主だった者は万平《まんぺい》ホテルに宿を取り、その他の者は全員、引き上げた。

「後頭部にほぼ致命傷に近い打撲痕《こん》がありますが、直接の死因は絞殺と思われます」

遺体安置室で、変わり果てた青木に合掌する竹村の背中に、軽井沢署刑事課長の上野警部が言った。上野の言葉をまつまでもなく、竹村は白布をめくって、遺体の頸部《けいぶ》に残る索条痕を確認している。

「またか……」という竹村の呟きを聴きとがめ、上野は「は?」と問いかける目をした。

「いや……」と竹村は首を振って、

「死後経過はどのくらいと見られますか？」

「医者の話では、一週間前後とかいうことです」

だとすると、失踪した直後に殺されたということになる。竹村は青木の軽率な行動を惜しんだ。青木にしてみれば、警察をだし抜いて、大スクープを狙《ねら》うつもりだったに違いない。

（しかし、なぜ青木は、殺されるような危地に飛び込んだのか？――）

いくらスクープに命をかける記者魂といっても、連続殺人の犯人と分かっていて、なお敵に接触するというのは無謀すぎる。

ということは、青木は接触する相手が、よもや殺人鬼だとは知らずに近づいたのではないだろうか？　いや、そうとしか考えられない。だが、相手は青木と会うのに、殺意をもって現れた。そのギャップはどういうものだったのか？

竹村が遺体安置室を出た目の前に、中嶋英俊・洋子の夫妻の顔が並んでいた。

「竹村さん、青木もやられました……」

中嶋は泣き腫《は》らした目を竹村に向けて、悲痛な声で言った。洋子も夫の肩にすがるようにして、泣き濡《ぬ》れている。竹村は「うん、うん」と肯いて、中嶋の腕を取り、応接室へ入った。

「青木のおやじさんについて、万平ホテルにいたのですが、警部が見えていると聴いて、飛んできました」

中嶋はようやく落ち着いたけれど、思い出したように、涙が滲《にじ》む。小諸と軽井沢は隣のようなものだ。悲報をキャッチして、報道関係者の中で、いの一番に現場に急行したのは中嶋だった。

「こんなことになるのだったら、あの時、青木から、無理やりにでも、話を聴き出すのでした」

中嶋は言っても詮《せん》ない繰り言を言った。

「とにかく、ヤツは何かを掴んだことは確かなのです」

「そのようですね、しかも、その何かは、青木さんが考えていたより、敵の核心に迫るものだったらしい。だから敵は、慌てて、青木さんを消したのでしょう」

「いったい、何者なのでしょうか?」

中嶋は怒りに燃える目を、竹村に向けた。それが分かる時は、事件が解決する時なのだが、そんな論理はお構いなしに、中嶋の憎悪は犯人の正体を追い求めている様子だ。竹村はそういう中嶋を見て、自分たちの捜査の内容を、ある程度、話してみようと思った。応接室には竹村と中嶋夫妻のほかは、木下刑事がいるだけだ。いわば、この事件にどっぷり漬かった同志といってよかった。

「中嶋さんは、平沼武太郎氏が県議だったことを知っていますか？」

「いいえ、知りません。そうですか、平沼氏は県会議員だったのですか……」

言いながら、「あっ」と気がついた。

「そういえば、牧田次長のおやじさんも県議だったと聴いてますよ」

「そのとおり」

竹村は大きく肯いた。「じつはね中嶋さん、牧田さんばかりでなく、ほかの、谷口さん、甘利さんの父親も、同じ年——昭和二十二年の選挙で県議に当選した仲間だったのですよ。もっとも、平沼氏は二年たらずで辞めてしまいましたがね」

「えーっ、ほんとですか……」

中嶋も洋子も、あまりにも意外な事実を聴かされて、悲しみの気持ちが吹き飛んだような顔になった。

「じゃあ、青木はそのことを発見して、そこに事件の鍵があると見て、スクープを狙ったんだ……」

「そう、たぶんそういうことでしょう。いまにしてみれば、危険な暴走だったわけだが、その事実を発見すれば、青木さんでなくたって、スクープを狙いたくなるでしょうね」

「もちろんですよ、ぼくだって同じ道を走ったに決まってます」

「それがどういう道だったか……ですね」

竹村は言った。

「青木さんが、事件を、昭和二十二年から三年までの、平沼武太郎氏の県議在任当時のことに関係すると考えたところまでは、われわれと同様の道筋を辿《たど》ったと思っていいでしょう。問題は、そこから先、どの道を行ったか――です」

中嶋は黙って、竹村の口許《くちもと》をみつめながら肯いた。

「当時、県議だった人の息子や娘さんが殺され、まだ健在だった平沼氏までが殺された。当然、県議に対する恨みを持つ者の犯行と考えられる……。さて、そうなって、青木さんは誰に接触し、何を訊こうとしたのか。どうです、中嶋さんならどうします？」

「まず、当時の事情に詳しい人を探そうとするでしょうね」

「それは、誰です？」

「遺族か……、いや、県議の仲間でしょう。当時の議員で、事情を知っている人を探しますね」

「なるほど、やはりそうですか。われわれも同じでしたよ。元県議の遠山光次郎という人が佐久総合病院に入院していましてね、ついさっき、その人を訪ねたところです。だが、遠山氏が青木さんの訪問を受けた形跡はありません」

「じゃあ、ほかの議員では？」

「いや、当時の議員で健在なのは、遠山氏ただ一人です」

「そうですか……、すると、誰のところへ行ったのだろう？……」

その時、部屋の隅にある電話が鳴った。竹村が受話器を取ると、交換が「吉井さんからです」と言う。吉井は急き込んだ口調で「木下君いますか？」と言った。

「うん、ここにいるが、何か？」

「至急、佐久病院の方へ電話するように言ってください」

竹村は、「了解」と電話を切り、その旨を木下に伝えた。

「えっ？　佐久病院ですか？」

木下は緊張した面持ちで、手帳の番号を見ながら、急いで、ダイアルを回した。呼び出し音を聴きながら、「もしかすると、遠山老人が動きだしたのかもしれません」と言っている。先方の交換が出ると、「看護婦の荒井さんを」と言い、竹村を見返った。

「何か変わったことがあったら、連絡するように頼んでおいたのです」

さすがに、木下らしく、抜け目がない。案の定、その「変わったこと」があったという連絡だった。

「遠山老人が病院を抜け出したそうです」

木下は電話を切ると、手帳をポケットに仕舞いながら、ドアに向かった。竹村も遅れじと続いた。

5

竹村が刑事課長に断りを言っているあいだに、木下は車を玄関前につけて待機している。竹村が助手席に潜り込むと、タイヤを滑らせて、景気よく発進した。

「あの老人は安静だったのじゃないのか？」

竹村は不審に思って言った。

「そうなんですが、夕食の準備でゴタゴタしている隙《すき》に、勝手にハイヤーを呼んで、外出しちまったらしいのです」

「どこへ行ったのか、分かっているのか？」

「迎えにきたハイヤーの会社に問い合わせたところ、運転手から茅野《ちの》市へ向かうという連絡が入ったそうです」

「茅野には何があるんだ？」

「老人の自宅が茅野市です」

「自宅か……」

竹村は気が抜けた。「それなら、そんなに心配することもないな」

「しかし、急に、それも無断で病院を抜け出したというのは、穏やかじゃありませんよ」

「それはそうだが……」

せっかくハッスルしている木下にケチをつけることはない。竹村はいくぶんゆとりを取り戻して、シートに座りなおした。

「ところで、中嶋夫妻を置いてけぼりにしたが、連中、こまっているんじゃないかな」

「いや、あの二人なら、ついてきてますよ」

「えっ？」

振り返ると、すぐ後ろに白いカローラが追随していた。夕暮がせまっていて、フロントグラスの中の顔ははっきりしないが、中嶋夫妻には間違いなさそうだ。

「驚いたなあ、一緒に行くつもりかよ」

「まきますか」

木下は、屋根に載せる赤色灯に手を伸ばした。

「いや、いいだろう、このままご一緒しようじゃないか。あのお二人さんには、いろいろお世話になっていることだしな」

木下はべつに異議も唱えず、赤色灯から手を離した。

軽井沢から追分、御代田《みよた》、岩村田《いわむらだ》、佐久と通って、また臼田の町を抜け、八ケ岳高原にかかる頃、完全に日が暮れた。朝、飯田を出てから、一日中、走りづめに走った感じだ。それも、同じ道を往《い》ったりきたりしているのだから、どうにも間が抜けている。シーズンオフで道路が空いているのが、唯一の救いではあった。「茅野」といっても、一般には馴染みのない名かもしれないが、「蓼科《たてしな》」「白樺湖《しらかば》」と聴けば誰でも知っている、長野県内でも有数の観光地だ。

遠山家は茅野市でも指折りの旧家で、代々、当地の指導者的地位にある。光次郎の代には、戦後の混乱を回復させ近代化を推進し、昭和三十九年には新産業都市の指定を受けるに至ったが、光次郎が隠居して息子の代になってからも、精密工業の工場を誘致して、市の過疎化を防ぐとともに、観光資源の整備・活用などを推進して、市の発展に寄与している。そういった知識は、あらかじめ仕入れてあったが、それにしても、遠山家の宏壮《こうそう》な屋敷には、竹村は威圧感を覚えた。

公道を折れて、古刹《こさつ》の山門を思わせるような門を潜ると、建物までは、両側に植え込みのある玉砂利の道である。建物は一部二階建ての純日本風建築で、京都の公家《くげ》屋敷か何かを連想させた。

玄関前に臼田のハイヤーが停《と》まっている。運転手は所在なげに、ルームライトの下で漫画を読んでいた。

木下が窓をコツコツと叩くと、慌ててドアを開けた。

「ご老人を乗せてきたね？」

木下は手帳を見せながら訊いた。

「ええ」

「ここに着いて、どのくらいになる？」

「三十分ぐらいですか」

「まだそんなものか。じゃあ、ずいぶんゆっくりだったんだね」

「ええ、病人だから、ゆっくりやってくれって言うもんで」

言われなくても、あの老人のいまにも壊れそうな様子を見れば、ソロソロ走ってくるのは当然だったろう。

竹村は玄関のチャイムボタンを押した。奥の方で女性の声がして、足音が近づいてくる気配があってまもなく、くもりガラスの嵌《は》まった格子戸の向うにシルエットが佇《たたず》んだ。「どちらさまでしょうか?」と言っている。

「警察の者です」

竹村は押し殺した声で言った。

「警察……」

女性は動揺して、瞬時、ためらったが、鍵を外し格子戸を開けた。格子戸の向うはおよそ三坪ほどもありそうな三和土《たたき》で、そこに老人の孫娘か、それともお手伝いか、二十三、四歳ぐらいの年格好の女性が立ち、少し脅えた目をして竹村の顔を見つめていた。女性の背後には武家屋敷のような式台と板の間が続き、板の間の真中には枯淡な山水画の屛風《びょうぶ》があった。その屛風の奥に視線を走らせて、竹村は言った。

「遠山さん……、光次郎さんが戻られていますね?」

「はい」

「すみませんが、光次郎さんのところへ、ご案内願えませんか」

「はい、あの、ちょっとお待ちになってください、訊いてまいりますので」

「いや、できれば、前触れなしにお会いしたいのですが」

「でも、それは困ります」

「もちろん、失礼なことは分かっていますが、ことは緊急を要するのです」

「いいえ、いくら警察の方でも、それは困ります」

シンの強そうな顔で、毅然《きぜん》として言った。

その時、屋敷の奥の方で「お父さん！」という、悲鳴のような男の声がした。続いて、「おい、誰か、救急車を呼べ、一一九番だ」と叫んだ。

ドドドという足音がいくつか響く。女性は「はっ」として、式台を上がり、奥へ走り込んだ。竹村と木下も乱暴に靴を脱いで、それに続く。女性は振り返ったが、闖《ちん》入者《にゅうしゃ》を制止する余裕も失ってしまったのか、無言で走った。

暗い廊下をいくつか曲がって、広い日本間に入った。雪見障子の向うは泉水のある庭らしく、チョロチョロと水音が聞こえる。どこかで電話をかける声が聞こえているほかは、不気味なほど静かだ。

部屋の奥の襖《ふすま》が大きく開いていて、その手前のところで、女性はひざまずいた。襖の向うの部屋の真中には黒檀《こくたん》の卓子がある。床の間や違い棚、手文庫といった、まるで時代劇映画のセットにでも出てきそうな調度品に囲まれて、遠山老人がこちらへ向かってつんのめるような格好で、倒れている。

老人の頭を挟んで、息子らしい年輩の男と、その夫人らしい女性が座って、老人の顔を心配そうに覗《のぞ》き込んでいた。

男が竹村たちに気付いて、手前に控えている女性に、「この人たちは？」と、不快そうに訊いた。

「警察の方です、困ると言ったのですけど」

「警察、いったいどういうことです？」

男は竹村に質問を向けた。

「いや、とつぜん上がり込んで恐縮ですが、ご老人が病院を抜け出したというので、心配して飛んできたのですよ」

「しかし、なぜ警察が？……」

「それはあとでご説明します。いまはそれどころではないでしょう。ご老人の様子はいかがですか？」

「分かりません、意識はないみたいです。動かさない方がいいと思って、こうしているのだが、……」

「そうですね、その方がいいでしょう」

ちょっと拝見——と、竹村は老人ににじり寄って、投げ出された腕を取り、脈搏《みゃくはく》を数えた。きわめて弱々しいが、まだ心臓は動いている。

脈を見ながら、竹村の目は、老人の右手の先に摑まれている封筒を眺めていた。

「その封筒は何ですか?」

「えっ?」

男は気付かなかったらしく、あらためて竹村の視線の先を見つめた。

「さあ、何でしょうか……」

「拝見してもいいですか?」

「ええ、そりゃ……、しかし、その前にあなたのお名前を聴かせていただけませんか」

「あ、これは申し遅れました。私は長野県警の竹村です。こちらは木下君」

竹村は名刺を出して渡した。

「ほう、一課の警部さんですか」

男はあまり風采《ふうさい》の上がらない相手を、少し見直したようだ。「わたしは遠山幸一といいます、こちらは家内です」

　正座して、夫人ともども、きちんと礼をした。竹村と木下も慌てて座り直し、挨拶を返した。

「とつぜん父が帰ってきたもので、われわれ家の者も驚いていたのです。病院に文句を言ったら、無断で抜け出したのだそうで、かえって叱《しか》られました。どうも我儘《わがまま》なもので、困ってしまいます」

　ピクリとも動かない父親の体を前にして、幸一は苦い顔で言った。

「はあ……」

　竹村は返事のしようがない。

　廊下に足音がして、中年の男がやってきた。

「いますぐ、救急車がきます。やはり動かさない方がよろしいそうです」

　男から少し離れて、少年が二人、廊下から顔を覗かせた。竹村たちを来客とみて、遠慮しながら、「何かあったの？」と訊いた。

「ああ、おじいさんの具合が悪いのだ。おまえたちはあっちにいなさい」

　幸一は息子たちを追いやってから、父親の手にある封筒を取った。古びた封筒で、宛名《あてな》も何も書いてない。

幸一は封筒の中を覗き、薄気味悪そうな顔をした。竹村は手を差し伸べて、幸一に封筒を渡すように催促した。

封筒の中身はさらに古びて茶色く変色した紙片であった。取り出して広げると、和紙に数行の文字が書かれてある。文字は縦書きで、最初の三行ばかりは墨書きだが、あとは茶色く不鮮明な文字で、ところどころ、虫が食ったようにかすれたり、消えたりしている。

紙片の右端に「誓」とあり、次の行に「我等盟約に背反したる場合は、死を与へらるるとも異を唱へず、右誓約す」と、達筆で書かれてあった。さらにその左には「昭和二十二年十二月十四日」と、そこまでは墨書で、はっきり読み取れる。

問題はそのあとだ。茶色く変色した文字はお世辞にも達筆とはいえぬ、不揃いな、ひどい崩し文字ばかりで、よくよく見ると、どうやら人名が並んでいるのであった。名前は五人、最後の一行は「遠山光次郎」と、それは目の前に本人がいるせいか、割とたやすく判読できた。

「何が書いてあるのですか?」

遠山幸一は顔を寄せて、紙面に見入った。

「なんですか、これは?」

「死を与へらるるとも――」という文面を読んで、幸一は不安そうな声になった。

「この署名が、ちょっと読みにくいですが、最初のは牧田登志夫ですか」

竹村はようやく読めた。

「次が前島今朝男、宮沢利一、平沼武太郎、そして父の名前が書いてありますね」

書の心得があるのか、幸一はスラスラと読んで見せた。

「なるほど……、たしかにそうおっしゃられてみると、そんな風に読めますね」

「なんでしょうか、これは……」

幸一はますます不安げになった。

「血書でしょうね」

「ケッショ？……」

「これは指に血を塗って書いたものですよ」

竹村は平然と言ったが、幸一は脅えた。流血に慣れっこの警察官や外科医をべつにすれば、血液に対して、ふつうの男性はひどく過敏なものである。

「では、血判状ですか……」

あらためて紙面に目を落とした。

「誓約書のようですが、何を誓約したのでしょうかねえ」

竹村が言った時、サイレンの音が前庭に入ってきた。竹村は紙片を畳み、元の封筒に仕舞って、「これ、お預かりします」と幸一に断って、胸のポケットに納めた。

救急隊員と一緒に、医師がきて、手早く老人を診察し、強心剤を打った。

「非情に危険な状態ですな、手遅れかもしれんが、とにかく手術をした方がよろしい」

竹村は神にすがる想《おも》いで、訊いた。

「意識は戻りませんか」

「さあねえ、なんとも言えませんなあ」

「このご老人に、ちょっと訊きたいことがあるのですが」

「そりゃ、当分……、いや、ことによると永久に無理かもしれませんな、かりに生命をとりとめたとしても、脳に障害が残るでしょうからね」

竹村は一瞬、目の前が真っ暗になった。

第六章　血染めの誓約書

1

満天の星空を流星が落ちた。

「あれは青木さんのいのちかしら」

洋子は感傷的なことを言った。

「ばかだな、青木は一週間も前に死んだのだよ」

中嶋は首をすくめて、無機質な答え方をした。

「寒いな、車に入っていた方がいいぞ」

言うと、洋子のためにドアを開けてやった。軽井沢から無我夢中で追いかけてきたものの、まさか竹村たち同様、屋敷の中にまで入り込むわけにはいかない。門を入ったところで車を停《と》めて、待機していると、屋敷の中が急に騒がしくなって、まもなく救急車が走り込んできた。何かあったらしいと、車から飛び出したが、その後、屋敷はひっそりと静かになった。

「もしかすると、いまの流れ星は、この家の人かもしれないな」

「誰《だれ》か死んだのかしら……」

「ああ、ひょっとすると、また殺しかな」

「やめてえな、気色悪い」

「しかし、竹村警部が出てこないのは、大いにあやしい。もし遠山光次郎氏が死んだのだとすると、またしても、かつての県議仲間が一人、消えたことになるじゃないか」

玄関から重そうなタンカを提《さ》げた救急隊員が現れた。家人が続き、さらに、彼等の後ろに竹村の姿があった。救急車はタンカと家人の二人を乗せて走り去った。残りの人々は家に戻りかける。

「竹村さん」

中嶋は近づいて、声をかけた。

「ああ、中嶋さん」

竹村は軒灯《けんとう》の下に佇《たたず》んで、世にも情けない顔を見せた。

「いまのは、遠山光次郎氏ですか？」

「そうです」

「遠山氏は、一連の事件に何か関係があるのですか？」

「おそらくね」と竹村は溜息《ためいき》をついた。

「病院で遠山氏から話を聴いた感じでは、あの老人は何か事件の鍵《かぎ》を握っていたと考えられる。ことによるとその貴重な手掛りが失われるかもしれないのです」

「それじゃ、遠山氏も殺された可能性があるんじゃありませんか？」

「まさか……」

竹村は狼狽《ろうばい》ぎみに、家の中を窺《うかが》った。中嶋の過激な言葉は、取りようによっては、遠山家の人間に犯人がいるとも聞こえる。

「医者は、高血圧症があるところに、過度の興奮と運動が重なったための発作だと言ってますよ」

「しかし、それにしても、遠山氏はそんな体で、どうして病院を抜け出したりしたのでしょうか？」

「うーん……」

竹村は難しい顔でしばらく考え込んだが、やがて意を決して、ポケットから例の封筒を取り出した。

「中嶋さん、これを見てください」

軒灯の明りの下に、紙片を広げた。

「なんです、これ？」

不気味な文面に目を通して、中嶋は眉《まゆ》をひそめた。

「遠山氏は、これを手にして倒れていたのですよ。これを私に見せるためか、それとも処分するためだったのか……、ともかく、とつぜん帰宅した目的は、この文書にあったことは間違いないでしょう」

「署名は血文字ですね」

さすがに、中嶋は見抜いた。

「しかも、死を与えらるるとも異を唱えず——とは、穏やかじゃないですね」

「ここにある名前は、牧田登志夫氏以下、軽井沢署であなたに言った、かつての県議ばかりです。最後に遠山氏の名前がある」

「なるほど……、するとこれは、五人の県議が死を賭《か》けて盟約を交わした、いわば血判状というわけですね」

「そうです。それで中嶋さん、あなたにお願いがあるのだが、この盟約なるものが、いったい何を意味するのかを調べて貰《もら》いたいのです。昭和二十二年十二月十四日に、何があったのか――。この人たちは、いったい何をしようとしていたのか――。おそらく、信州毎朝新聞になら、何か当時の資料が残されているでしょう。それを漁《あさ》って貰いたいのです」

「分かりました。喜んで引き受けますよ。任しといてください」

中嶋は芝居がかって、胸を叩《たた》いてみせた。

「頼みます」

竹村は中嶋の肩に手を置いてから、木下を促すと、ふたたび玄関に入った。

車に戻ると、中嶋はいきなり言った。

「おい、明日、長野へ引っ越しだ」

「長野へ？」

「ああ、前原部長のいうとおり、本社に戻ることにする。もう、メンツだの他人の思惑だのにこだわっている場合ではなくなったよ」

驚いている洋子を尻目《しりめ》に、中嶋は威勢よく車を発進させた。ハンドルを握っていても、明日からのことがいろいろ思い浮かんできて、運転から気がそれた。

茅野《ちの》から小諸《こもろ》へは、ビーナスラインという観光道路で、美ヶ原高原を越えて行く。昼間は景色のすばらしいところだ。山の稜線《りょうせん》で仕切られた星空に、包みこまれるような錯覚に陥る。

頂上付近の展望台で車を停め、フロントグラス越しに天を仰いだ。見ている間に、いくつもの星が流れた。

「青木の弔《とむら》い合戦だ……」

中嶋は興奮して、声が震えた。名刑事・竹村岩男に協力を求められたことも、中嶋を奮い立たせていた。

洋子は心配そうに中嶋の横顔を眺めた。

＊

翌日、中嶋は早朝から信州毎朝の本社に顔を出した。小諸引き上げは、洋子と運送屋に任せた。

編集局関係の社員の出社は、ただでさえ遅い。しかし、中嶋が誰《だれ》もいないつもりで入った資料室の奥の方では、すでに紙魚《しみ》の大林老人が、古い資料の山に取り組んでいた。

「青木君が殺《や》られたそうだね」

中嶋の顔を見るなり、言った。

「ええ」

「けさの記事はきみが送ってきたのだろう？　よく書けていた」

「どうも」

中嶋にしてみれば、親友の死を報じる記事を褒《ほ》められても、少しも嬉《うれ》しいことはない。

「そんな顔をしなさんな、身内の不幸を書けるようになれば、一丁前だよ」

老人は笑って、「ところで」と怪訝《けげん》そうな目を向けた。

「どうしたね、やけに早いじゃないか」

「はあ、ちょっと、急いで調べたいものがあるものですから」

いつもなら、煙《けむ》たい相手だが、この際、大林に会えたのは好都合だった。

「昭和二十二年、三年頃《ごろ》の、県政関係の資料が見たいのですが」

「ふーん、県政の何が知りたい？」

「要するに、昭和二十二年から二十三年までの長野県政や県議会の動きについて、洗いざらい調べたいのです」

「洗いざらいねえ……」

大林はニヤニヤ笑った。

「そりゃ、とてものこと、急いで――なんてわけにゃいかないな、一年はかかる」

「それじゃその、大きな事件だけでもいいのです。つまり、特筆すべき事件です」

「特筆すべき事件か……」

大林は天井を眺めて、「二十二、三年頃は動乱の時代だからね、事件は多いが、長野県政で特筆すべき事件といえば、まず二つに絞っていいだろうな」

「二つですか、それは何と何ですか？」

「第一に、昭和二十三年一月十四日の長野県庁の火災だな。もっとも、焼けたのは別館の六〇〇坪あまりだが」

「へえー、県庁が焼けたのですか」

中嶋ははじめて知ったが、しかし、それが今度の事件と結びつくという状況は、想像できない。

「それから、もう一つは何ですか？」

「分県問題の大騒ぎだろう」

「はあ……」

中嶋は少し落胆した。かつて、分県問題が論議を呼んだという話を、中嶋は聴いたような記憶がかすかにあった。しかし、どういう事情だったのか、いきさつや結果は知らないが、これも今度の事件に関係するとは考えにくかった。

「それはどういう騒ぎだったのです?」

「長野県を二つに分けるという議決が、県議会で成立しそうになった事件だ」

「県議会……?」

中嶋は背筋がゾクッときた。

「ああ、中・南信選出の議員が超党派で連合して……、つまり、保守も革新もいっしょくたに、鉄の団結をして、分県問題を展開したのさ。議員数は分県賛成派が多く、あわや本会議で可決されるか、というところまでいった」

「可決はされなかったのですか?」

「あたりまえじゃないか、可決されていたら、いまごろは、長野県は二つに分割されているよ」

「それはそうですが、しかし、可決されなかったのはなぜなのですか?」

「うーん……、表向きの理由は、GHQ——つまり、進駐軍からストップがかかったということになっている。県政の歴史には、そう記録されているはずだ」

「表向き……」

中嶋は大林の妙な言い方が気になった。

「表向き、なっている——というのは、つまり、真相はそうではないという意味なのですか？」

「まあね」

「その真相は何だったのです？」

「かんたんに言えば、分県派の腰くだけということだ」

「しかし、さっきは鉄の団結って言ったじゃないですか」

「ああ、確かに鉄の団結があった。北信や東信の連中がどんなに反対しても、断固として分県を貫徹する覚悟だった。利害関係、感情問題、あらゆる面で、中・南信出身議員の結束は動かし難いと思われていた。ところが、彼等が想像もしていなかった珍事が起きて、それ以来、鉄の団結も岩の結束も崩れてしまったらしいのだ」

「何が起きたのですか？　その珍事とは何なのです？」

「歌だよ歌、『信濃の国』の歌が、さしも固かった決心をぐらつかせた——というのが真相なんだ」

「『信濃の国』……」

中嶋の胸の中に、灯《ひ》がともった。

「そう、『信濃の国』。例の、信濃の国は十州に――という、あれだ。議会で論戦が展開されている最中に、議場の外と内で『信濃の国』の大合唱が沸き起こったのだ。それが推進派議員の動揺を招いた。分県が成立すれば、あの歌の生命が失われることを、それまで彼等はまったく失念していたのだ。『信濃の国』が歌えなくなるという、まことにセンチメンタルな理由から、彼等の信念も団結も崩れ去った。いや、笑い話のような、信じられない話だが、取材に行っていたわしだって、あの歌の大合唱を聴いた時には、胸がジンときて、分県なんかさせてたまるか――っていう気になったものな」

大林は若き日のことを思い出したのだろう、目を細めて、しきりに首を振った。

「『信濃の国』……」

中嶋はまた、呟《つぶや》いた。

「そうすると、分県運動を挫折《ざせつ》させたのは、反対派の力でも進駐軍でもなく、『信濃の国』の歌だったのですね？」

「あはは、そうだな、そういう言い方もできるな」

「じゃあ、分県を信じ、願った者にしてみれば、『信濃の国』の歌は憎んでも憎みきれない対象だったでしょうね」

「だろうね」

中嶋の脳裏に、洋子が列車の中で見たという、平沼武太郎老人の場違いな怒りの情景が浮かんだ。

2

「お訊《き》きしたいのですが」と中嶋は、自分の興奮を悟られまいと、平静を装いながら言った。

「その時の分県運動に火をつけたのは、どういう人たちだったのですか？　つまり、発起人というか、首謀者というか……」

「それは当然、中・南信の連中だが、はっきりしたことは分かっていない。当時の県会議員の中の誰《だれ》か数人という説があるが、これも確かな証拠があって言うわけじゃないのだそうだ。もう四十年も昔のことだし、おそらくこのまま、信州信濃の、歴史と伝説の中に埋没し、忘れ去られてしまうのだろうね。人間の営みなんてものは、所詮《しょせん》、はかないもんだよ」

だが、ある人物にとって、その事件のことは忘れ去るどころか、日々、新しい憎悪を生み出す根源だったのではないのか——。

「大林さんは、牧田局次長のお父さん——牧田登志夫氏が県議だったことを、知ってますか？」

中嶋は思いきって言ってみた。

「うん」と肯《うなず》いてから、大林は警戒する目で中嶋を見た。

「それが何か？」

「牧田さんのお父さんは、諏訪《すわ》の出身で、昭和二十二年の選挙で当選された議員ですから、分県推進派ということになりますね」

「うん」

「その登志夫氏が、分県運動の発起人の一人だったのではないでしょうか？」

「それは知らんが、しかし、きみはどうしてそんなことを訊くんだい？」

「じつは、青木がもしかすると、そのことを調べていたのじゃないかと思うのです」

「ふーん……」

大林は驚きの表情を浮かべた。

「大林さんは、そのことについて、お心当たりはありませんか？」

「さあねえ、ちっとも気がつかなかったが」

大林は首を振って、やりかけの仕事に手を戻した。それまでの、久々に話し相手に恵まれて嬉《うれ》しそうな喋《しゃべ》り方をしていたのとは、対照的なそっけなさだった。

(変だな——)と、中嶋は思った。大林は明らかにそのことに触れたくない様子だ。

中嶋は、さらに追い討ちをかけた。

「平沼武太郎氏のことは知っていますか?」

「平沼?……、どこかで聴いた名だな」

「このあいだ、木曾《きそ》で殺された老人ですが」

「ああ、そういえば、たしか平沼とかいったな。どうも近頃、物忘れがひどくていかん」

(嘘《うそ》だ——)と中嶋は思った。大林が忘れるはずがない。それどころか、平沼武太郎がかつての県議だったことだって、おそらく、先刻承知なのではないか?

「その平沼武太郎氏も元県議で、しかも昭和二十二年当選です」

言って、大林の反応を窺《うかが》った。

「ほう、そりゃまた、偶然だな……」

大林はさりげなく言って、「さて、モーニングサービスでも食いに行くか。まだ朝飯前なもんでね」と、資料室を出て行った。中嶋のそれ以上の質問を拒否する姿勢が、老人の背中に読み取れた。

〔長野県の分県運動とその挫折〕

この歴史的な事件の陰に、今回の連続殺人の根が潜んでいる——と中嶋は確信した。

あの不気味な血染めの誓約書は、運動を展開するにあたって、五人の同志がたがいの結束を固め、自らのいのちを賭《か》けて不退転の決意を約束するものだったことは、まず間違いあるまい。

だが、その盟約が反古《ほご》になった——。四面楚歌《そか》ならぬ『信濃の国』の大合唱という、思ってもみなかった奇襲に遇《あ》ったとはいえ、鉄の団結を破る離反者が出た。

五人の同志の、いったい誰が、盟約に背いたのだろう？

それは、一人なのか、それとも複数なのか、複数ならば何人なのか？

そして、離反者——裏切り者はどういう処断を受けたのか？

「死を与へらるるとも、異を唱へず」という誓約書の記述は実行されたのだろうか？

いくつもの疑問が、中嶋の頭を去来した。

いずれにしても、『信濃の国』の大合唱によってもたらされた、同志の混乱と離反は、彼等の心に癒《いや》しがたい傷跡を残すことになったに違いない。それは、平沼武太郎が列車の中で見せた『信濃の国』に対する異常な憎しみからも想像できる。老人にとって、『信濃の国』こそは、かつて、盛り上がり、まさに成就寸前までいった分県の機運を、あえなく挫折させた仇敵《きゅうてき》にほかならなかったに違いない。その想《おも》いは、離反する側も同じだったろう。いや、同志を裏切って離反しなければならない苦しさは、むしろ幾層倍も強かったのかもしれない。

だが、それでもなお、「裏切り」に対する「処刑」は行なわれたのか——。しかも、四十年近い歳月を経てなお、容赦もなく——である。

さらに、考えてみると、四人の被害者——牧田、谷口、甘利、平沼——の内、分県運動に直接関《かか》わった者は平沼老人ひとりで、あとは、いってみれば、直接には何の責任もない人々だ。もし、殺しの動機が分県運動の裏切り行為に対する「処刑」だとすれば、彼等はとんだとばっちりを受けたことになる。江戸の敵《かたき》を長崎で討った——としても、狂気の沙汰《さた》というしかない。

(四十年か——)

中嶋は信じられない気がした。自分が生まれる十年も昔のことである。人間の恩《おん》讐《しゅう》が、はたしてそんな長い歳月に耐えられるものなのか——。菊池寛《きくちかん》の小説に『恩讐の彼方《かなた》に』というのがある。恩人を殺す羽目になった男が、罪滅ぼしのために洞門《どうもん》を掘る話である。毎年、何人もの死者が出る難所の崖《がけ》に、ただ一人、ノミを揮《ふる》ってトンネルを掘り続ける。敵討ちにきた恩人の息子に、この洞門を掘り終えるまで待ってくれと頼む。息子は承諾し、早くその日がくるようにと、自分も穴掘りを手伝う。男は死ぬために、息子は殺すために、懸命にノミを揮うのである。やがて洞門が貫通した時、男と息子は抱きあって喜びを分かちあう。男は息子の前に首をさしのべるが、すでに息子の心から恨みは消えていた。

その洞門が貫通するまで、何年かかったか、はっきりは憶《おぼ》えていないが、四十年という長さではなかったと思う。人間《じんかん》五十年といわれた昔の話だ、そんなに長いはずはない。それでも恩讐は消えたのに、四十年間、一途《いちず》に復讐の炎を燃やし続けるなどということがあり得るものなのか――、中嶋はどうしても信じられない。

そう考えると、連続殺人を分県運動の後遺症として結びつけるのは、誤りではないかとさえ思えるのだ。

中嶋はついに匙《さじ》を投げた。犯罪者の異常心理や行動は、素人の理解を超えているとしかいいようがないのかもしれない。

ともかく、ここまでに得た知識を竹村警部に伝えることにした。昭和二十二年から二十三年までのあいだに何があったか――という、竹村の疑問には、十分応《こた》えるデータではあった。

竹村は飯田《いいだ》の捜査本部にいた。中嶋の連絡を受けるために、いつでも所在を明らかにしておく手筈《てはず》になっていた。

「なるほど、分県運動ですか……」

竹村は、中嶋の長い説明を聴くと、やや上《うわ》ずった声で言った。あの竹村警部にしては、珍しく興奮しているな――と、中嶋はそれだけで張り合いがあった。

「そうなると、中嶋さんの奥さんが列車で見た、平沼老人の異常な行動の意味が分かってきましたね。いや、ありがとうございました。これで、いままで説明のつかなかった部分が、一挙に明るくなりましたよ」

「しかし、ぼくなんかには、事件の動機が四十年前の恨みだなんて、信じられないような気がするのですがねえ」

「いや、必ずしもそうではありませんよ」

竹村警部は、妙に自信ありげな口調で言ってのけた。

「じゃあ、警部は納得できると言われるのですか？」

「まあね……、もちろん、これからいろいろ調べてみなければ分かりませんが、可能性ということでなら、見当がつきますよ」

「どういうことですか?」

「そうですねえ、いや、いまは言えません」

竹村は嬉しそうに、もったいぶった言い方をした。

「ほんのちょっと、事件に対する見方を変えてみればいいのです。中嶋さんにだって、見えるはずですよ」

「つまり、犯人の見当がついたということですか?」

「そこまでは断言できませんが、中嶋さんのお蔭《かげ》で、これまでとはまるっきり違った視点から、事件を眺めることができたことは確かです。そうすると、いろいろなことが見えてくるものですよ。とにかくありがとうございました。これからもまた、何か気がついたことがあったら、教えてください」

竹村は礼を言って電話を切った。

(何が見えてきたというのだろう?――)

中嶋は少し揶揄《からか》われたような気分で、しばらく受話器を握っていた。そして、もう一つ、竹村に言い忘れたことのあるのを思い出した。

(大林老人の奇妙な態度を、伝えておくべきなのだろうか――)

そう思いながら、中嶋はプッシュボタンを押して、小諸に電話をかけた。内堀が出て、もう引っ越しは完了して、洋子は出発したという。小諸ではなんだか気まずい同士だったが、最後に内堀は「しっかりやんなさいよ」と言ってくれた。

管理部へ行くと、前原部長が仏頂面で迎えた。

「さっき、内堀から電話で、きみのことを、小諸からこっちへ戻る気になったらしいと言っていた」

「ええ、そういうことなので、よろしくお願いします」

中嶋は神妙に頭を下げた。

「なんだ、やけに風向きが変わったな」

前原は面食らった顔で、「まあいいや、とにかく、明日から元のデスクに戻ってくれ」と言った。

それから中嶋は、社の隣のビルの地階にある喫茶店へ行った。コーヒーを飲むためもあったが、もういちど大林老人に会っておきたかった。

だが、大林の姿はなかった。店の女の子に訊くと、けさはきていないという。大林が他の店でモーニングサービスを食うとは考えられなかった。

(避けたな——)

中嶋は思った。なぜ避けるのか、大林に対する疑惑が強くなった。

昼過ぎに帰宅すると、すっかり片づけができていて、洋子は手回しよく、すでに近所への挨拶《あいさつ》まで済ませていた。大阪からやってきた当座と違って、洋子には主婦らしい自信と行動力が備わっている。

それにしても、善光寺裏の家を借りっぱなしにしておいたのは、中嶋夫婦にしてみれば幸運だった。権利金と敷金をはらった直後だったので、引き払うのがばからしかったからそうしたのだが、小諸に行ってすぐにゴタゴタが起きて、こんなに早く戻る羽目になるとは、予想もしていなかった。

「おい、洋子が列車の中で見た、平沼老人の怒りの理由がわかったぞ」

洋子の顔を見るなり、中嶋は鬼の首でも取ったような語調で、朝からの経緯を話して聴かせた。

「ふーん、そないなことがあったの。ずいぶん昔のことやのに、やっぱし、長野の人は律義なんやわねえ……」

「律義か。ぼくに気を使って、そんなふうに言ってくれなくてもいいよ。ほんとは執念深いって言いたいんだろ?」

「そんなことないけど。それにしても、あの『信濃の国』を憎んでいてはったの……。人さまざまやわねえ」

誰からも愛されるようなあの歌を、まるで敵のように憎んでいる者もいることに、洋子は感心してしまった。

「お父さんがそんなんやったら、息子さんも、『信濃の国』を憎んではるのかしら？」

何気ない言葉に、中嶋は「えっ？」と振り返った。

「平沼老人に息子がいるって、どうして知っているんだ？」

「あら、そしたら、いてはらしまへんの？」

「ぼくはそんな話をこれまでしたことがないだろ」

「そうかて、あの時、一緒にいた人が、きっと息子さんやと思ってましたもの。でも、考えてみたら、そんなこと、こっちが勝手に思い込んでいるだけで、ほんまのところ、分からへんわねえ」

「いや、そんなことはない。たぶん洋子の思ったとおりだろうよ。そうか、平沼老人は、その時、息子と一緒だったのか……」

いくら元気者とはいっても、七十五歳の平沼老人が、独り旅をするわけはないか

——と、中嶋は自分の迂闊《うかつ》さを思った。

「息子か……」

中嶋の脳裏に、閃《ひらめ》くものがあった。

3

「おい洋子、犯人が分かったぞ」

中嶋は叫ぶように言った。

「えっ？……」

洋子は大きな目と口を開けて、中嶋の顔をまじまじと見た。

「ほんま？　誰やの？」

「ははは、洋子には分からないだろう。いや、竹村警部だって、まだはっきりは分かっていないらしい。ぼくの電話を聴いて、すごいヒントを得たようなことを言っていたからね。しかし、その理由が分かったよ」

「誰やの？　その犯人て？」

洋子は少し焦《じ》れて、訊いた。

「重大な事実を見ていながら、それを見過ごしていることってあるものだな。そもそも、洋子が大阪から長野へやって来る時に出会った、平沼武太郎老人の奇矯《ききょう》な振る舞いが、じつは重要な意味を持っていたわけだろ？　あれは、安眠を妨げられたことを怒ったものだとばかり思っていたのだが、いまは、老人の怒りが『信濃の国』そのものへの嫌悪と憎悪だったことが分かっているわけだよ。遠山老人も、当然そういう気持ちを持っていただろう。そして、息子が、そういう親の気持ちを受け継いでいる可能性だって、十分考えられることだよ。昔の敵討ちだって、親から子へ、遺志が伝えられたじゃないか。親の代わりに、裏切り者の『処刑』を実行する息子がいたとしても、決して不合理ではないかもしれない」

「え？　親の代わりを息子——っていうと、遠山さん親子が？……」

「ほう、さすがに勘がいいな」

「そんなもん、べつに勘がようなくても分かります。そしたら、あの遠山老人が真犯人いうこと？」

「そうだよ。いままで、遠山老人は身動きもままならない病人だと思って、まったく度外視していたけれど、実行者がほかにいたと考えれば、不可能じゃない」

「それはそうやけど……」と、洋子は首を傾《かし》げた。

「四十年前の恨みを、いま頃になって持ち出すことだけでもおかしいのに、それを、当人でもない息子さんが実行するなんてことが、あり得るものやろか？」

「そりゃ、きわめてばかげているし、信じられないことだけどさ。現に殺人が行なわれているのだし、あり得ると考えるしか、しようがないだろう」

「うーん、なんか、信じられへんなあ……。その説はちょっと問題が多いのと違う？」

「何が問題なんだよ」

「たとえば……そうやなあ、まず第一に、なぜこの時期に殺さなならんのか、やっぱしおかしいわねえ。分県騒動から四十年になろうとしてるのでしょう？　なんぼ憎かったかて、当時の記憶も歴史それ自体も、ええかげん風化した頃になって、とつぜん犯行を開始するなんて、まるでドラキュラが蘇《よみがえ》ったみたいやないの」

「そりゃそうかもしれない、確かにふつうじゃないよな。今度の連続殺人そのものがふつうじゃない、狂気の沙汰《さた》としか言いようがない。理性で理解しようとするのが、所詮、おかしいのさ。しかしね、いくらおかしい、ふつうじゃないって言ってみたところで、事件は現実に起きているんだよ。この事実は動かせないじゃないか。そしてとにかく、あの誓約書にサインしたメンバーの中で、ただ一人の生き残りは、遠山光次郎だけということも、厳然たる事実なんだ。それでも違うというのなら、ほかにどういう人物が、あんなばかげた連続殺人を犯すと思う？」

「…………」

「ほら見ろ、何も思いつかないだろう？　そんなもの、あるはずがないものな。それこそ、あり得ない話というべきじゃないか。それに、遠山光次郎が誓約書を持っていたということは、五人の同志の中で、遠山老人が首謀者格であったということを物語っているよ。だとすれば、たとえ他の四人が裏切ったとしても、遠山だけは節《せつ》を曲げなかったと考えることができる。青木だって、ぼくと同じようなところに目をつけ、真相を暴くために遠山の息子に接近を図ったに違いないよ。そして、逆に消された。そのことだけでも、敵は狂気と残酷さを兼ね備えた殺人鬼であることが、証明されているじゃないか」

中嶋は洋子を説得しながら、しだいしだいに確信が深まり、自分の言葉に興奮した。そうなると、一刻もじっとしていられない性分だ。信州毎朝の社会面――いや、事件の規模からいって、おそらく、その記事は一面トップの大スクープになるだろう。並み居る一線記者を出し抜いて、一管理部員にすぎない――しかも、小諸支局をおん出されたような、落ちこぼれ社員の取材記事が、ある日の朝刊一面をデカデカと飾るのだ。中嶋には、黒ベタ白ヌキの大見出しが、ありありと見えるような気さえした。

『信濃の国』連続殺人事件解決！

四十年の歳月を越えてなお、歌声によみがえる怨念《おんねん》――

（どうだ、このセンセーショナルな見出しは――）

中嶋は笑いが込み上げて、頬《ほお》の筋肉を刺激するのを、抑えることができなかった。およそ新聞記者を志したほどの者ならば、一面トップのスクープを夢見ないものはあるまい。あの青木健夫にしても、だからこそ、危険を承知の独走をしたに違いないのだ。

唯一、心しなければならないのは、青木のテツを踏まないことだ。幸い、自分には竹村警部との盟約がある。捜査に協力することを交換条件に、スクープは約束されている。

中嶋は、おそらくまだ何も気付いていないであろう竹村警部に、一刻も早く、このあざやかな推理を、突きつけてやりたかった。

＊

その日の夕刻、滋賀県警から長野県警を通じて、飯田署の捜査本部あてに、連絡が入っている。

――お手配中のものと同型の五十七年型日産サニー（グレイ塗装）を本県内長浜市郊外の琵琶湖畔《びわこはん》空地にて発見いたしました。当該車両は十一月中旬より同所に放置されていたものと思料され、二十二日に長浜市内の解体業者より届け出があったものです。同車両はナンバープレートは剝奪《はくだつ》され、その他、所有者の手掛りになるような品は一切遺留されておりませんが、貴県警よりの手配がありました前記車両と型式等が一致しておりますので、ご照会するしだいです。

連絡文は以上のようなもので、数葉の写真と車両の製造番号や特徴、採取した指紋などが添えられてあった。そして、その日の夜には、その車が青木健夫のものであることが判明したのである。

滋賀県警は関西地区を中心に発生した毒入り菓子事件の捜査で、不審者をチェックしていながら取り逃がすという不名誉があって以来、放置車両などのチェックには神経を尖《とが》らせている。青木の車はその網に引っ掛かったようなもので、その点、犯人にとっては不運だったかもしれない。

竹村は直ちに滋賀県警に対して、当該車両の確保を依頼する一方、現地に向けて吉井と木下を派遣した。

調査の結果、青木の車は青木が行方不明となった十一月十六日の深夜乃至《ないし》、十七日の未明以降、現場に放置されてあったと断定された。犯人は青木の死体を碓氷峠《うすい》に遺棄したあと、その足で滋賀県まで走り、琵琶湖畔の現場でナンバープレートを剝《は》がし、立ち去ったものと考えられる。

なお、指紋は十数種類採取されたが、ほとんどが青木健夫本人のもので、それ以外では、助手席側に数個の、ごく古い指紋がかろうじて検出できた。しかし、ハンドルや把手《とって》などから、明らかに革製手袋によると思われる痕跡《こんせき》が採取されたこともあって、犯人は手袋を着用していたものと見られ、指紋を残した可能性は期待できそうにない。

（指紋の中には、中嶋洋子のものも含まれているのだろうな――）

竹村はそんなことを漠然と考えた。久米路橋《くめじばし》で声をかけてきた時の、青木の頼もしげな姿が目に浮かんだ。青木は親友の危難をわがことのように心配し、熱意を籠《こ》めて、警察の不当を詰《なじ》っていた。

青木をして危険な行動に走らせたのは、おそらく、特ダネを狙《ねら》う新聞記者らしい功名心だと思うが、考えようによっては、警察に対する不信感がその背景にあったとも考えられなくはない。

毒入り菓子事件や、暴力団の抗争事件、警察官や元警察官による犯罪の続出などで、市民の警察に対する信頼はかつてないほどに揺らいでいる。そしてまた、中嶋英俊の不当逮捕に見られるような、弱者に対する職権の濫用や、それによって生じる冤罪《えんざい》事件もあとを絶たない。警察内部の人間である竹村ですら――、いや、内部にいるからこそ、竹村には警察の問題点は無数に見えている。

(いつの日にか、おれは警察に絶望し、去ることになるのかもしれない——)

竹村は折にふれて、そういう感慨が浮かぶのを抑えることができなかった。竹村を捜査に駆り立て、のめり込ませるものは、上からの命令に対する服従とはまったく異質のものだ。突然の死を与えられた死者たちへの鎮魂と、犯人への憎悪はむろん、単なる建前でなく、本音の部分として、ある。しかし、それにも増して、犯罪という現象を演じる人々——加害者も被害者も含めて——や、その舞台、背景を構成するさまざまな事象への、かぎりない驚きと好奇心が、竹村のエネルギーの根源を成していた。だから、事件の不可思議さ不可解さが深ければ深いほど、竹村の精魂は捜査に向かって燃焼するのである。

そして、まさにいま抱えている事件は、竹村がこれまで扱ったどの事件よりも過激で、難解で、規模も大きかった。そのスケールのあまりの大きさに、事件の全体像を見極めることができなかったほどだ。

だが、事件は青木健夫の死によって、はじめてその生《なま》の姿を現した。それまで竹村や捜査員たちが見ていたものは、虚像にすぎなかったのではないか——と、竹村は思った。青木は自らの死を賭《と》して、事件の真相に切り口を刻んだ——と信じた。

＊

十二月一日、竹村岩男警部は県警刑事部の定例幹部会議に出席している。当日の会議には、着任まもない県警本部長の保良《やすら》警視監も顔を出し、訓示を垂れた。その訓示もそうだが、会議の議題の中心は、もちろん、県下で連続的に発生した殺人事件の捜査に関するものであった。

現在、一連の事件の特別捜査本部の状況は次のとおりである。

一、牧田祐三殺害事件
　長野中央署内
　捜査本部長・長野中央署長佐藤警視正
　主任捜査官・安岡警部

二、甘利知美殺害事件
　更埴《こうしょく》署内
　捜査本部長・更埴署長鳥井警視
　主任捜査官　高杉警部

三、谷口節男殺害事件

平沼武太郎殺害事件
青木健夫殺害事件
飯田署内
捜査本部長・飯田署長吉沢警視正
主任捜査官・竹村警部

このうち、更埴の捜査は高杉警部が竹村警部に協力を要請し、実質的な合同捜査に入っている。つまり、牧田の事件を除く四つの事件については、竹村警部を中心とする全県規模の捜査体制で臨んでいることになる。

「牧田殺害事件については、他の事件との合同捜査は行なわないのか」

保良本部長は刑事部長に質問した。飾りけのない、率直なもの言いはさっぱりしていて、男らしい。保良は熊本県出身で東大卒――という、典型的なエリート警察官僚である。どういうわけか、伝統的に、九州出身者には警察官僚が多い。肥後《ひご》モッコスだの薩摩《さつま》っポだのは、資質的にいって、警察向きなのかもしれない。

「はあ、同事件は他の事件との関連があるという感触を得ておらず、安岡警部担当によって、別個に捜査が続けられております。安岡君、そうだったね?」

刑事部長は要領よく、質問の矛先《ほこさき》を安岡の方に向けた。

「はい、そのとおりであります」

安岡は起立し、緊張して答えた。保良は安岡を座らせ、訊いた。

「それで、捜査の状況はどうなの？　確か、容疑者の逮捕までいったと聴いておるが」

「はあ、その人物につきましては、証拠不十分で釈放のやむなきにいたりました。しかしながら、同人にはなお状況的な証拠ならびに犯行の動機がありますので、継続捜査を行なっております。また、それとは別に、信州毎朝新聞社内部に犯行の動機を持つ人物のいることを突き止め、前の人物との関連も確認しておりますので、早晩、新たな進展を見るものと確信しております」

「そうかね。それは結構。ところで、竹村警部はいまの件についてはどう考えているのかね？　つまり、牧田事件については、別個のものであるかどうか」

「はあ……」

竹村は当惑した顔になった。安岡を前にして、その問題を論じるのはどうかと思う。

「いや、安岡君の考えは考えとしてだよ、きみの意見も聴いてみたいと思って質問をするのだ。それに対して、安岡君に反論があれば、それもむろん聴きたいしね」

保良本部長は、さすがに察しがいい。

「じつは、この一連の事件は、やはり同一犯人による連続殺人である公算が大きいと、私は思います」

竹村は仕方なく、思ったままを言った。安岡がムッとした顔で、「そんなことはないでしょう」と言った。

「私はそうは思いません。個々の事件は一見、似ているようでいて、それぞれの手口は明らかに異なるものです。牧田事件は紐《ひも》様のものによる絞殺。谷口事件はロープ。甘利事件は手による扼殺《やくさつ》。平沼事件はロープを使いながら、絞殺では死に至らず、崖《がけ》から突き落としている。青木事件ではほとんど撲殺といってもいいでしょう。これだけ相違点があるにもかかわらず、同一犯人であると断定するのは、きわめて危険なことであると考えるのであります。牧田事件はもとより、他の事件についても、安易に合同捜査に踏み切るのは、忌憚《きたん》のない言い方をお許しいただけるなら、事実認定に重大な錯誤があると言わざるを得ません」

最後は切り口上になっていた。

「ふーん、なるほど。安岡君はああ言っているが、竹村警部はどう思う?」

保良は面白そうに訊いた。警察幹部が刑事事件に関与することは滅多にない。現在の警察は公安と警備に力点が置かれ、幹部の関心はどうしてもそっちの方に向かいがちだ。しかし、彼等とて、本質的には「探偵ごっこ」が嫌いなわけではないのだ。第一線捜査員——それも、竹村のように「名探偵」だとか、「信濃のコロンボ」だとか謳《うた》われるほどの刑事が、どういう推理を展開するのか、興味津々《しんしん》たるものがある。

「もちろん、殺しの手口そのものは、いま安岡さんが言ったように、かならずしも同じではありません。手口だけから見ては、同一犯人だともいえるし、そうでないともいえましょう。私が同一犯人であるとする決め手は、じつは犯人側の問題ではなく、被害者側の問題なのです」

「？……」

思いがけない発言に、出席者の目が、いっせいに竹村に注がれた。

「それは、どういう意味かね？」

保良本部長は訊いた。

「今回の一連の事件で、もっとも特徴的であり、奇怪なのは、どの被害者もほぼ同時刻に、しかも相手が誰であるかを言わずに、出掛けていることです。いとも簡単に犯人の誘いに乗っているわけで、青木さんの場合はべつにしても、四人が四人とも同じというのは、単なる偶然だけでは片づけられないことだと思うのです」

竹村はしかし、肝心の「県議」のことには触れなかった。しばらく沈黙があって、安岡が言った。

「だからといって、四事件が同一犯人による犯行だとは、それこそ独断と偏見でしかありませんよ。論理的な根拠はまったくない」

「そうですね、それはそのとおりかもしれません」

竹村はあっさり認めた。「論理的な根拠ということになると、ぜんぜん自信はありません。私のは、どちらかというと、直感的な要素が強いのですから」

「そんな、勘に頼った、古めかしい捜査は、おやめになった方がいいのじゃありませんか？　現代は科学捜査の時代ですよ」

「まあ、そう決めつけたものでもあるまい」

保良が安岡を窘《たしな》めた。

「直感がしばしば名推理を生むことは、なにも推理小説の中だけの話ではないだろうからね。ところで、竹村君、それでは改めて訊くが、肝心のきみの方の捜査状況はどうなっておるかね？　きみの名推理を聴かせてもらおうじゃないか」

「はあ、あまり芳しいとはいえませんが、捜査は一歩ずつ進んでいるとご理解ください」

「ふーん……」

保良はちょっとアテが外れた顔になった。

「もう少し、具体的なことは聴かせてもらえないのかね」

「具体的ということになりますと……、そうですね」

竹村は困ったように下を向いて、「年を越すことはないと思いますが、それ以上のことはなんとも……」と言った。

「ほうっ……」

保良本部長も驚いたが、居並ぶ連中が一様に唖然《あぜん》とした。

「ほんとかね、竹村君？」

宮崎捜査一課長が、真先に訊いた。「私は何も聴いていなかったぞ」と不満顔だ。

「はあ、もちろん、どなたにも言っておりませんから……。本部長から、あえて具体的にとおっしゃられたので、申し上げただけでして……」

「それにしたって、きみの言い方だと、いかにも、すでに犯人のメドはついているというふうに聞こえるぞ」

「そりゃあ、もちろん、犯人のメドぐらいはついています」

「えっ、ほんとなのか？　だったら、さっさと逮捕したらどうなんだい？」

「いや、まだ逮捕は無理です。証拠が不十分ですから、裁判所はもちろん、検事さんだって認めてくれないでしょうし、無理に逮捕したところで、じきに釈放することになるのでは、意味がありません」

べつに意識して皮肉を言ったわけではないのだが、安岡は目を三角にして竹村の横顔を睨《にら》んだ。

「逮捕状の請求が無理なら、別件逮捕でも何でもすればいいじゃないか」

宮崎はしつこく迫る。

「そういうのは、自分は嫌いです」

竹村は無愛想に脇《わき》を向いた。「あははは」と保良が笑い出した。

「なるほど、なかなかのサムライだね。いや、竹村君の言うのが正論だよ。宮崎君の早期解決を望む気持ちも分かるが、年内に解決するという、竹村君の言葉が本当なら、それで十分。われわれは竹村君のお手並みを見物することにしようじゃないかね」

保良本部長は所用があると言って、そこまでで退席した。本部長がいなくなると、竹村にやりこめられたかたちの宮崎課長は、腹の虫が収まらないというように、詰問口調で言った。

「おい竹村君よ、でかいこと言ったけど、ほんとに犯人のメドがついてるのか?」

もちろん、これは安岡の立場を意識してのことだ。こっちの方は難行苦行しているのに、竹村ばかりがカッコよくては、安岡の立つ瀬があるまい——という、いかにも苦労人の宮崎らしい配慮があった。

「課長もしつこいですねえ」

竹村は冗談まじりに、溜息《ためいき》をつきながら、言った。

「メドはとっくについているのですよ。ただ、それを立証するのが難しくて、困っているだけです。そんなことより、安岡警部が新たに目をつけたという、信州毎朝の人間が誰なのか、私としては、そっちの方に興味がありますが」

出席者の視線が、いっせいに安岡に注がれた。安岡は不意を衝《つ》かれて、うろたえ、顔面を紅潮させた。

「竹村警部、それは皮肉ですか」

鋭く、言った。竹村は驚いた。

「皮肉？　とは、どういう意味です？」

「あんたの方は順調にいってるそうで結構だが、だからって、私の方に余計なお節介は焼かないでもらいたいですな」

「いや、そんなつもりはありませんよ。安岡さんの目をつけた人物が何者か知りたいという、それだけのことです」

「それが余計だと言うのです。私がその人物を不当逮捕しようとどうしようと、私の責任においてやるのだから、あれこれあげつらうようなことは言わないでもらいたい」

言うと、憤然として席を立った。

4

北アルプスの嶺々《みねみね》は冠雪して、白く輝いていた。安曇野《あづみの》はもう冬の気配だ。犀川《さいがわ》沿いの国道一九号は、長野から明科《あかしな》町までは屈曲のはげしい難路だが、安曇野に出ると、とたんに視界がひらけ、平坦《へいたん》な直線路になる。

(すべての始まりは、この道に象徴されているのかもしれないな——)

竹村は後部座席の背に頭を凭《もた》れさせ、ゆるやかな振動に身を任せながら、ぼんやりと思った。

二カ月前、「恵那山《えなさん》トンネルで死体発見」の通報に駆けつける道すがら、吉井や木下と、長野県の道路事情の悪さについて、ちょっとした議論を交わした。北と南の、宿命的ともいえるような対立が、今度の事件の遠い原因になっていたというのは、信州に住む人間でなければ理解できないことだろう。

かつて、犀川にバスが転落して、多くの死者を出した時、信州毎朝の投書欄に「事故の原因は国道一九号線の悪条件にある」という声が載った。投書者は隣の県では道路も鉄道もどんどん整備されているのに、長野県の開発が遅れているのは、力の強い政治家がいないためか——と悲憤慷慨《ひふんこうがい》していた。そのとおりだ、と竹村も同感だった。新幹線も、隣の群馬県から新潟の方向へ向かう上越新幹線ができたが、北陸新幹線はまだ着工のメドすらついていない。上越新幹線は早い話、新潟でドン詰まりだが、北陸新幹線は、長野、新潟、富山、石川、福井の各県を結ぶことになり、効率的に見てもはるかに有用なはずだ。にもかかわらず、建設が遅れたのは、やはり政治力の差と見るほかはないのだろう。たった一人の政治家のために、新幹線や高速道だけでなく、町や村に通じる道路すべてについて、国の予算が注ぎこまれる——。これが日本の政治の実情なのだ。

しかし、すべてを国の政治の貧困に理由づけしてばかりはいられない。その土地その土地に住む者自身が、広い視野と協調性をもって、将来を展望するのでなければ、環境の改善は遅々として進まないだろう。そういう意味での資質において、信州人の、よくいえば孤高、悪くいえば融通性のない気風は、かなり問題があるのかもしれない。

それに、信州には、古く大切な風物が数多くありすぎるのだ。それらを保存するのがいいか、新陳代謝を進めるのがいいか、それぞれの立場で悩みが大きく、それが地域対地域の軋轢《あつれき》の根源となっている。その集約された最大のものが、国道一九号線で細々と結ばれている、南・北信の対立であった。

四十年の歳月をもってしても、国道一本の改革もできないでいる、信州と信州人の心のことを、竹村はむしろ、いとおしく思った。不毛のように痩《や》せた土地に蕎麦《そば》を蒔《ま》き、藁靴《わらぐつ》を編み、長い冬を耐える暮らしが、たかだか三十年あまり遡《さかのぼ》ったところに、確かにあったということを、信州の人間は忘れてはいないのだ。めくるめくような繁栄がやってきた現在でも、信州人の心のどこかに、その繁栄や幸福をさえ信じきれない疑心が、かならずあるに違いない。そうして、おそらくその判断は間違っていないだろう。かつて夢見た虚像が、あの戦争であえなくついえた事実は、いまもなお、現実の痛みとして、信州人の胸に突き刺さっている。中国残留孤児の多くが、長野県出身の満蒙《まんもう》開拓団の子供たちであったことだけを思っても、伏目がちな人々の生きざまの底に潜む、遣《や》り場《ば》のない悲しみが身にしみるのである。

飯田署に戻るとまもなく、中嶋英俊から電話が入った。竹村がさっきまで長野にいたと知って、「残念だなあ、だったら会いたかったのに」と、少年のような声を出した。

「なんだか、やけに嬉《うれ》しそうですね」

竹村が冷やかすと、へへへと笑った。

「あれから女房と二人でいろいろ考えましてね、とうとう犯人を推理したのです。竹村さん……いや、『信濃のコロンボ』もあっと驚くような、奇想天外な名推理であることはまちがいありません」

中嶋が電話の向うで、ほくそ笑んでいるのが、目に浮かぶような気がした。

「へえー、そりゃすごい。本当にそうなら、まちがいなく驚きますよ」

「じゃあ、聴いてくれますか？」

「もちろんですとも、で、犯人は何者ですか？」

「え？　いきなり結論を言うのですか？　それじゃつまりませんよ。どうせなら、ちゃんと、筋道立てて話したいですねえ」

「なるほど、それもそうですね。それではどうぞ、話してみてください」

「お話しする前に、もう一度確認しておきたいのですが、この件については、犯人逮捕の寸前まで、マスコミ各社――もちろん信州毎朝も含めて――には秘密にしておいていただけるのでしょう？」

「もちろんですよ、お約束したとおりです」

竹村は苦笑して、受話器に向かって大きく肯いてみせた。

「それで安心しました。なにしろ、これはぼくにとって、久々といおうか、一世一代の大スクープになるかどうかですからね。くどいようですが、ほんとうにお願いしますよ。さて」と、中嶋は少し間をとって語り始めた。

「この前、電話で話したように、平沼武太郎氏をはじめとする四人の被害者は、四十年前の分県騒動のしこりが原因で殺されたということは、ほぼ間違いないと思うのですよね。つまり、裏切り者に対する制裁です。となると、最後に残った人物が犯人——というわけですが、それは遠山光次郎氏で、あの老人には、物理的な意味で犯行は不可能だと思ったものだから、対象外に置いたのでした。しかしですね、老人自身が動けなくても、老人の意志を実行する人物がいさえすれば、犯行は可能です」

「なるほど」

竹村は感心した声で、相槌《あいづち》を打った。

「中嶋さんが言おうとしているのは、遠山氏の息子さん——遠山幸一氏ですね」

「そうです、そうです。じゃあ、竹村警部も遠山老人に目をつけていたのですか？」

「いや、そういうわけではないが」

竹村は口を濁した。

「だったら、絶対、遠山氏を逮捕すべきですよ。いや、遠山老人は病床にあるから、息子の遠山幸一を逮捕すべきです。彼を犯人と仮定すれば、今回の一連の事件はすべて説明がつくじゃありませんか」

「たしかに、犯行の動機という点についてなら、遠山幸一氏も有資格者といえなくはありませんね。だとすると、その場合は遠山光次郎氏が教唆《きょうさ》犯で、息子が実行犯ということになりますが」

「もちろんそのとおりです」

「しかし、その推理を正しいとするには三つの条件がありますよ」

「？……」

「まず第一に、遠山幸一氏に事件当時のアリバイがないこと。第二に、父親のきわめて狂気じみた、無謀な殺意を実行するような事情があったこと。第三に、遠山老人が、五人の同志の中で、裏切り者の側ではなかったことです。これらの、どれ一つが欠けても、その推理は成り立たなくなってしまいます。そうではありませんか？」

「そりゃまあ、そのとおりですが、そんなことはこれからの捜査で明らかにすればいいことでしょう？」

「そうです、中嶋さんの言うとおりですよ。確かに、第一のアリバイの問題については、犯人がアリバイ工作をしている可能性があるでしょうし、第二の問題にしても、どういう事情があるのか、それとも幸一氏自身、狂気の持ち主であるのかもしれませんからね。しかし、第三の点についてはどうでしょうか。遠山光次郎氏ははたして裏切り者ではなかったかどうか……、調べてみましたか？」

「いや、調べてはいませんが……、しかし、殺されたり狙《ねら》われたりしていないのですから、裏切り者の側ではなかったのじゃありませんか？」

「なるほど……」

竹村はしばらく考えてから、「いや、わざわざありがとうございました。大いに参考になりましたよ」と言った。

「本当ですか？」

中嶋は竹村の反応が思ったほどでなかったことに、やや不満と不安を感じている。

「本当です」

竹村はしっかりした口調で、繰り返した。

「ですから、これから先のことは警察に任せて、くれぐれも軽挙妄動《けいきょもうどう》はしないようにしてください。そうでないと、また、青木さんの二の舞いになってしまいますから」

「えっ？　そうですか、やっぱり警部もそう思っているのですか」

「もちろんですよ、青木さんはもう一歩のところまで肉薄して、そのために殺されたのです。敵は必死ですからね、想像以上に危険だと思ってください。よろしいですね」

「分かりました。決してみだりに動きませんよ」

竹村の緊迫した語調に気圧《けお》されたように、中嶋は神妙に答えた。


翌日の夜八時過ぎ、竹村警部は木下の車で、中央自動車道諏訪湖サービスエリアの片隅に待機している。ここのレストランから見下ろす夜景は、なかなかの眺めなのだが、彼等がいる場所からは、何も見えない。

運転席の木下はすこぶる機嫌が悪かった。本来なら非番で、デートの約束があるのを、スッポかす羽目になったのだ。朝、顔を合わせたとたん、竹村警部が「キノさん、今夜、車頼むね」と言った。

竹村が優しい声をかける時は、木下のプライベートタイムを侵害するものと、相場が決まっている。木下はあからさまにしかめ面を見せて、言った。

「今夜ですかぁ?」

「そう、悪いな」

「ちょっとまずいんですよねえ」

「非番なのは分かってるよ、デートの約束があるのかもしれないが、そこを曲げて頼むのだよ」

「申し訳ないですが、吉チョーさんに頼んでいただけませんか」

「いや、吉チョーさんは運転ができないからね、きみに頼むしかないんだ」

「車だったら、自分でなくても、ほかに何人もいるじゃありませんか」

「あ、それはないだろう、おれとキノさんの仲じゃないか」

そう言われると弱い。

「分かりましたよ」

木下は泣きそうな顔になって、部屋の隅の電話に向かった。むろん、電話の結果は思わしいものではない。警察を取るか恋人を取るか、木下は決断を迫られることになった。とてものこと、笑顔など見せられる心境ではないのだ。

諏訪湖サービスエリアにかぎらず、中央自動車道の利用客は、東名高速道などに較《くら》べると、はるかに少ない。しかも初冬といっていいこの時季になると、サービスエリアの客はめっきり減って、だだっ広い駐車場は閑散としたものであった。

「いつまでこうしているのですか？」

木下はハンドルの上に顎《あご》を載せた不貞腐《ふてくさ》れた格好で、突慳貪《つっけんどん》に言った。

「八時から八時半の約束だからな、そろそろやって来てもよさそうなものだが」

竹村は木下の不機嫌に逆らわない。

「いったい、誰が来るのです？」

「来れば分かるよ」

「そんな、もったいぶって……」

その時、竹村の手が木下の肩を叩《たた》いた。

サービスエリアに入ってきて、最初の駐車ブロック——つまり、はずれもはずれ、レストランなどの施設から最も離れた位置に、白っぽいベンツが停まった。それを竹村は指さした。

「来たらしい」

ベンツはしばらくじっと停まっていたが、左側の運転席のドアが開いて、男が降り立った。周囲を見回して、腕時計を見て、また周囲に気を配っている。遠いのと暗いので、はっきりしたことは分からないが、中年の男性であることは確かだ。

「どこかで見たことがありますねえ、誰だったかな……」

木下は猟犬のように目を凝らして、しきりに思い出そうとしているのだが、ピンとこない。

「誰かを待っているようですね。女じゃないな、なんとなく不安そうだ……」

「キノさん、近づいてみてくれ」

竹村は命じた。木下はさっきまでとはうって変わって、機敏に反応し、竹村がそう指示したわけでもないのに、ずっと迂回《うかい》して、サービスエリアの入口に近い方向からベンツに接近した。

「あ、遠山さんの……」

木下はようやく思い出した。

車を横づけにすると、竹村は後部座席のウインドウを下げて、陽気な声をかけた。

「やあ、遠山さんじゃありませんか」

呼ばれた男は、ギョッとして振り返った。

「あ、これは警部さん……、竹村警部さんでしたね」

遠山幸一は相手の素性を知ると、ほっとしたように近づいて、腰をかがめた。

「こんなところで、何をしておられるのですか?」

竹村は訊いた。

「はあ、ちょっと、人と会う約束があるものですから」

「ほう、失礼ですが、女性ですか？」

「とんでもない」

遠山は大仰《おおぎょう》に手を振って否定した。「男ですよ、男」

「あははは、冗談です。申し訳ない」

竹村は言って、ドアを出た。遠山は迷惑そうな顔をしている。それに構わず、竹村は煙草《たばこ》に火をつけながら、遠山の前に立った。

「ずいぶん冷えてきましたねえ、また冬がきますか」

のんびりした口調に、遠山はますます迷惑げだ。早くこの場を立ち去ってもらいたい——という気持ちが、ありあり見て取れる。

「お父さんのご容体はその後、いぜんとして、芳しくないようですね」

「ええ、どうしても意識が戻りません。私どもは諦《あきら》めていますよ、歳《とし》も歳ですからね」

「しかし、われわれとしては、なんとかお父さんの口からお話をお聴きしたいわけでして、回復されることを切望しております」

「お役にたてることができればいいのですが、難しいと思いますよ」

話しているあいだにも、遠山幸一は落ち着かない視線を周囲に配っている。

「なかなか来ませんねえ」

竹村も一緒になって、辺りを見回した。

「寒いですから、どうぞ……」

遠山は迷惑そうに言って、竹村に車に戻るよう、手で示した。

「なあに、大したことはありません。それにしても、こんな場所で落ち合うとは、珍しいですねえ」

皮肉に聞こえたのか、遠山はムッとした顔になった。

「先方がこの場所を指定したのだから、仕方がありませんよ」

「ははあ、なるほど、そうでしたか」

竹村はニヤニヤ笑って、「それでは、お邪魔になるといけませんので、われわれはこれで失礼します」と一礼して車に戻った。

「このまま行ってしまっていいのですか？」

車を発進させながら、木下は怪訝《けげん》そうに訊いた。

「うん、いいよ」

「誰が来るのか、確かめる必要があるなら、自分だけでも張ってみますが」

「いや、いいんだ、誰も来ないのだから」

「えっ？」

木下は驚いた。「たしか、待ち合わせしていると言ってたのじゃないですか？」

「ああ、そう言っていたが、いくら待っても誰も来やしないよ」

「どういうことですか？」

「もう来てしまったからさ」

「えっ？　そうだったのですか。すると、われわれの姿を見て、ズラかったわけですか」

「いや、そうじゃない」

竹村はおかしそうに笑った。木下は口を尖《とが》らせて、「何だかさっぱり分かりゃしない」とボヤいた。

「なんだ、まだ分からないのか、そんなこっちゃ、昇級試験はヤバいぞ」

「分かるわけがありませんよ、警部とは頭の構造が違うのですから」

「そう怒るなよ。だってキノさん、おれたちがいるあいだ誰も来なかったのに、おれが来たと言ってるのだから、分かりそうなもんじゃないか。第一、遠山氏があそこに来ることを、なぜおれが知っているのか、考えてみたらどうだ」

「あっ……」

木下は呆《あき》れて、ハンドルから手を離した。

「おい、ちゃんと運転してくれよ」

竹村は真面目《まじめ》に窘《たしな》めた。

「驚いたなあ、それじゃ、遠山氏と待ち合わせたのは、警部自身だったのですか？」

「まあそういうことだな。もっとも、呼び出しの電話をかけたのは吉チョーだがね」

「しかし、いったい、どういう？……」

「試してみたのだ」

「試すって、何をです？」

「はたして、遠山氏が現れるものかどうかをさ」

「それで、どうするのです？」

「どうもしやしないさ。遠山氏が現れたことだけを確認できれば、それでいいんだ」

「はあ……」

木下はいよいよ分からない。バックミラーの中の竹村を、多少、薄気味悪そうに、チラッと見た。

第七章　塩の道

1

　十二月五日、竹村は例によって木下の運転する車で、塩尻《しおじり》の平沼家を訪ねた。今年最初の寒波がきそうだという予報が出た、寒い日であった。空は澄明《ちょうめい》に晴れわたり、こんな日には塩尻峠から、みごとな富士山を見ることができる。

「塩尻」という地名のいわれには二つの説がある。一つは、「塩尻」というのは、もともと塩田の砂を掻《か》き集め三角錐《さんかくすい》状にうずたかく積み上げた山のことであって、それからきているという説だ。その形が富士山に似ていることから、富士山の別名を「塩尻」と呼んだという記述は、『伊勢《いせ》物語』などの古書に散見する。関西方面からこの地方に旅した者が、街道で最初に富士山を見ることができる峠を、いつか「塩尻峠」

と名づけ、その麓《ふもと》の宿場を「塩尻」と呼ぶようになったという。

もう一つの説は、「塩の道」の終点を意味するというものだ。かつて、海岸の塩生産地から内陸部に塩を運ぶ道が各所にあり、その中でももっとも有名なのが、越後《えちご》海岸から信濃へ入る「千国《ちくに》街道」であった。千国街道は新潟県糸魚川《いといがわ》市付近から長野県塩尻市に至る山越えの道で、約百二十キロに及ぶ。現在通っている国道一四八号線や、国鉄大糸線とほぼ並行しているけれど、山越えの部分は険しい隘路《あいろ》で、塩の運搬は牛馬や人力によらなければならなかった。ことに、冬、積雪の中をゆくには人力に頼るほかはなく、これをボッカという。いまでも千国街道を歩くと、牛方宿や塩倉などが残り、路傍にはボッカの霊を慰める小さな地蔵尊が祀《まつ》られている。越後の上杉謙信が甲斐《かい》の武田信玄に塩を送ったという「義塩」の故事は、この塩の道にまつわるものだが、かなり眉唾《まゆつば》の話だそうだ。

平沼武一は温室にいた。クリスマスを控え、まもなく出荷の始まるシクラメンの手入れに余念がない。「お忙しいでしょうから」と竹村の方から希望して、温室内で話を聴くことにした。温室の中は心地よい暖かさで、竹村はコートを脱いだ。

「今日はまた、どういうことで？」

武一はあまり歓迎していない気持ちを露骨に見せて、花の方を向いたまま訊《き》いた。

「いや、べつに大した用事があるわけでもないのです」

竹村はのんびりした口調でいった。

「以前、お父さんが県議を辞めた理由のことをお訊きしましたねえ」

「ああ、そうでした。それが何か？」

「じつは、その理由が分かりましてね、それで、もしかすると、あなたも思い出されるのではないかと思ったものですから」

「ほう……、で、何だったのです？」

「あまり気分のいい話ではないかもしれませんが、じつは、お父さんはご病気だったらしいのです」

「病気？……、そんな話は聴いたことがありませんが。父はめったに風邪も引かないような、頑丈な男でしたよ」

「いや、体の病気ではなく、心の病と言った方がいいでしょう。つまり、ノイローゼのようなものだったようです」

「ほう、そうですか、ちっとも知りませんでした。なるほど、そう言われてみると、のんびり気儘《きまま》に暮らしていたのは、そのせいだったのかもしれませんね」

「しかし、最近でも、ときどきは、ノイローゼ症状が出ることがあったのではありませんか?」

「いや、べつに、ごく正常でしたよ。妙なことを言わないでくださいよ」

「そうでしょうか、完全に正常だったのでしょうかねえ。じつは、お父さんが、列車の中で、スピーカーに向かって怒鳴っているのを見たという人がいるのですが」

「へえーっ、ほんとですか? いつのことです?」

「ご存じありませんか、あれは、九月の末だったと思いますが、中央本線の、名古屋から長野へ来る列車の中です。お父さんとご一緒だった男性はあなたではなかったのですか?」

「ああ、あの時ですか。いや、それは弟の方ですよ。弟と父は関西に旅行に行ってお りましたからね、たぶんその帰り路《みち》だったのでしょう。そうですか、父がそんなことをしたのですか。そりゃあ、よほど虫の居所が悪かったのじゃありませんか? 眠っているのを起こされたとか……、それだからって、ノイローゼだというのは、ちょっと飛躍しすぎじゃないですかねえ。第一、失礼ですよ。死んでしまったからいいけれど、本人が聴いたら怒りますすよ」

武一は笑いながら言っているが、眼は鋭かった。

「いや、これはどうも失礼なことを申し上げました、お許しください」

竹村は頭を下げ、話題を変えた。

「ところで、お父さんが分県運動の熱心な提唱者であったことはご存じですか?」

「ブンケン?……、ああ、昔あった分県運動のことですか? いいや、知りませんが」

「そうですか、じゃあ、お父さんはそのことについて、何もお話しにならなかったのですね。じつは、その運動を進めたのは、当時の県議の内、有力者五人だったのです。その人たちは血判状のようなものまで書いて、結束を固めたのですが、その中の一人が平沼武太郎さんでした」

「………」

武一は、竹村が何を言い出そうとしているのか、じっと見守っていた。その前で、竹村はポケットから五人の名前を書いた紙片を取り出した。

「これがその五人の方の名前です。そしてですね、この中の牧田登志夫、宮沢利一、前島今朝男のお三方はすでに病死していますが、その息子さんと娘さんが、ここ二カ月ばかりのあいだに、次々と殺されているのです。そして、最後にお父さん、平沼武太郎さんが殺された……」

武一はしばらくのあいだ絶句して、竹村の手にある紙片を凝視した。

「そ、それは本当なのですか？　つまり、県議の子供たちだというのは……」

「本当です」

「しかし、また、なんだって……」

「現在、警察で捜査を進めておりますが、事件の鍵《かぎ》は、どうやら、いま言った血判状にあると思われます。血判状にはこう書いてあったのです。『我等盟約に背反したる場合は、死を与えらるるとも異を唱えず』と」

「それで、殺された……ですか。しかし、父はともかく、ほかの方々は殺される理由なんかないじゃありませんか」

「さあ、それはなんとも言えません。犯人としては、裏切りに対する憎しみが、いまなお消えなかったのかもしれません」

「その犯人というのは誰《だれ》……、いや、もう分かっているじゃないですか。ただ一人生き残っている、遠山光次郎という人なのでしょう？」

「なるほど、いや、じつは私もそう思ったのですが、しかし、その場合の犯行の動機は、いったい何でしょうか？」

「それは、いま、竹村警部さんが言ったじゃないですか。裏切りに対する憎しみだって」

「ところが、残念ながら、遠山老人はあの時の裏切り者の一人だったのですよ」

「えっ、ほんとですか？」

武一は唖然《あぜん》として、もう一度紙片に見入り、「しかし、ほかに誰が……」と呟《つぶや》いていたが、ふと思いついたように顔を挙げた。

「遠山さんが裏切り者だということは、どうして分かったのです？　遠山さんがそう言ったのですか？」

「いや、遠山老人自身は脳卒中で倒れましてね、まだ意識を回復していません。そのことは、遠山老人が昔から親しくしている茅野《ちの》病院の院長から、先日、興味深い話を聴きましてね」

「その院長は、五人の仲間や、血判状のことを知っているのですか？」

「いや、院長は詳しい背景など知りませんでしたよ。私が院長の話と、その話を証明する証拠を突きあわせて、そうじゃないか――と推理したのです」

「証拠、というと、どのような？」

「傷ですよ、遠山老人の脇腹《わきばら》に古い刺し傷の痕《あと》がありましてね、それが証拠です」

「？……」

「その傷は、かつて、遠山老人が裏切りを行なった時に受けた、制裁の刃《やいば》の痕ではないかと思ったのです。そこで調べてみると、そういう傷害事件があったことは、昭和二十三年末の法務局の記録で確認できました。つまり、遠山老人は、過去において、すでに誓約書の記述どおり、制裁を受けていたというわけです」

「そうだったのですか……」

武一は肯《うなず》いた。「それで、その時の犯人は誰だったのです?」

「残念ながら、その犯人の名は記録に残っておりません」

「えっ? そんなばかな……」

「いや、事実そうなのです。遠山氏は犯人の名をついに明かさなかったのです。捜査に対しては、自分が悪いのだからとしか言わなかったらしい。その時、手術した医師というのがさっき話した院長で、院長の話によれば、生命にかかわるほどの深手だったそうです。それにもかかわらず、遠山氏が犯人を庇《かば》ったということは、自分の裏切りが制裁に価するものであると認めたからにほかならないでしょうね」

「しかし、その犯人が誰であったにせよ、五人の同志の一人であることは確かなのではありませんか?」

「たぶんそうでしょう」

「いったい誰なのですか?……まさか、うちの父じゃないでしょうねえ」

武一は急に不安そうな顔になった。

「それは分かりません。ただ、事件直後にお父さんが議員を辞められたことが、ちょっとひっかかるのです」

「というと、父は病気で辞めたのではなかったというのですか？」

「いや、ご病気だったかもしれませんが、それの一つの表れとして、傷害事件を起こしたのではないかと……」

「なんてことを……」

「あるいは、ご病気ということにして、傷害事件を不問にしたとも考えられます」

武一の顔が紅潮して、眉《まゆ》が険しくなった。

「いいかげんにしてくれませんか。あんたはいったい、何が言いたいのです？　父を侮辱したいのですか？」

「いや、とんでもない、私はただ、あくまでも事件の真相を知るための手掛りを求めているだけですよ」

「そんな古い、カビの生えたような話が、事件とどういう関係があるのです？」

「ですから、問題の誓約書を巡ってのシコリが、今回の事件の遠い原因になっているのではないかと思いましてね」

「それじゃ、父はその時の仕返しで殺されたということですか？　えっ？　それは、さっきあんたが言ったことと違うじゃありませんか。今度の事件は、何でしたっけ……、そうそう、かつての分県運動の時の裏切り行為に対する制裁みたいな動機によるというのでしょう？」

「そうです」

「だったら、父が殺されたということは、つまり、父もその裏切り者だったわけじゃありませんか。それなのに、遠山さんを刺したりするはずがないですよ。そりゃ、めちゃくちゃな矛盾だ」

「そうなのです、矛盾だらけですよ。それで困っています」

心底、困り果てたような竹村を見て、平沼武一は呆《あき》れた顔をしていたが、とうとう笑い出した。

「参ったなあ、おかしな警部さんですねえ。竹村さんは『信濃のコロンボ』と呼ばれるほどの名探偵だと聴いてましたが、信じられなくなってきましたよ」

無遠慮な言葉だったが、竹村は怒りもせず、「まったく」と苦笑した。

「どう組み立てれば、事件全体の筋書が成立するのか、実際、悩ましい事件です。ただですね、一つだけ矛盾を解決できる方法はあるにはあるのですよ」

「はあ、それは何なのです」

「つまりですね、平沼さんのお父さん・武太郎さんは、殺されたのではない——と仮定すれば、すべてがうまい具合に説明がつくのです」

「何ですって？……」

武一の顔色がまた変わった。今度は蒼白《そうはく》になった。

「どういう意味です？」

「言ったとおりの意味です。要するに、もし武太郎さんの死が自殺だったならば——ということなのです。そうすれば、じつに簡単明瞭《めいりょう》に、事件全体のストーリーが作れるので……」

「やめなさい！」

武一はついに怒鳴った。

「どこまで父を侮辱すれば気が済むのだ。心の病だの、傷害事件を起こしただの、あげくの果てに、自殺しただと？　いくら捜査が行き詰まって苦しいからって、人をばかにするのもいいかげんにしてくれ。ふざけるな」

「いや、ふざけてはいません。私は真剣にそう考えているのです。ほかの三人の被害者と違って、武太郎さんの場合だけは、直接の死因が絞殺ではありませんでした。頸《けい》部《ぶ》に縄か何かで絞めた痕跡《こんせき》はありましたが、死因はあくまでも転落した際に受けた頭部の挫傷《ざしょう》です。つまり、絞められたというのは見せ掛けであって、じつは自殺だった可能性もあるわけです。お父さんの死が自殺だとすると、ほかの三つの事件が、すべて説明できることになります」

「どう説明できるというのだ、はっきり言ったらどうです、犯人は父だと」

竹村はほんのわずか、頭を垂れた。

「もちろん、これは仮定の話であって、こういう見方もある——というふうにご理解願いたいのですが、確かにあなたのおっしゃるとおり、平沼武太郎さんが犯人である可能性もあるということなのです。それで、本来ならば、あなたに警察の方にお越しいただいて、事情聴取をさせていただくのですが、それではあまりにも失礼だと思いまして、こうしてお邪魔したようなわけです」

「それはわざわざどうも……と、礼を言えとでもいうのですかね。十分、失礼すぎる話だと思うが」

「失礼を承知の上でお尋ねしますが、たしか、お父さんは、気儘《きまま》に家を出掛けられたそうですね？」

「ああ、割と気儘でしたよ。一応、言葉はかけて出掛けましたが、こっちもいちいち気にかけたりはしませんでしたからね。だから、アリバイがどうのこうのと言われると、何も弁解できませんよ」

　武一は落着きを取り戻して、先回りした皮肉を言った。

「しかし、お歳《とし》がお歳ですから、夜間など、お一人で外出されるような場合には行き先ぐらいは、訊かれたのじゃありませんか？」

「そりゃまあ、そのくらいはね」

「それではお訊きしますが、九月三十日の午後八時頃《ごろ》は、武太郎さんはどこにおられましかた？」

「ほう、いよいよ本格的なアリバイ調べですか、驚きましたねえ。しかし、身内の者の証言は役に立たないのじゃありませんか？」

「ええ、まあ厳密にいえばそうですが、あくまでも参考までにお訊きするのですから」

「そうですか、それなら構いませんがね、それで、その九月三十日というのは、いったい何があった日なのですか？」

「ご存じでしょうが、信州毎朝新聞の牧田という人が殺されたのが、その晩のことだったのです」

「ああ、なるほど、そうですか、九月三十日ねえ……。え？　九月三十日ですと？　あははは……」

とつぜん、武一は笑いだした。

「思い出しましたよ、つまり、事件のことが報道されたのは、十月一日だったというわけでしょう？　だったら、はっきり憶《おぼ》えています。第一、警部さんだって知っているはずじゃありませんか」

「え？……」

竹村は面食らった。相手の言っている意味が、まったく理解できない。「どういう意味でしょうか？」

「だって、さっき言ったでしょう、列車の中で父が怒鳴ったことがあると。あれが十月一日で、その前の晩は、弟と一緒に和歌山のホテルに泊まっていたのですよ」

「あっ……」

竹村は意表を衝《つ》かれた。

（そうか、中嶋洋子が長野に着いたら、主人が警察に捕まっていたと、言ってたじゃないか――）

自分のばかさかげんに腹が立った。そうすると、中嶋洋子は偶然、和歌山から帰ってくる途中の平沼武太郎と彼の次男・武次と乗り合わせたのだ。

「そうでしたか……」

竹村はかろうじて態勢を立て直した。

「それならば問題ありませんねえ。しかし、一応、念のためにお訊きしておきますが、お父さんたちが泊まられたホテルの名前は分かりますか？」

「ああ、たしか、和歌山グランドホテルだったと思いますよ」

竹村は手帳にメモを取って、「ついでに、恐縮ですが、あなたの当夜の行動もお話し願えればありがたいのですが」

「やれやれ、今度はこっちにおはちが回ってくるのですか。まあいいでしょう、九月三十日の夜は、七時から九時まで、松本のホテル浅間で、業者仲間の会合がありまして、私は幹事役を務めていました」

「そうでしたか、いや、どうもありがとうございました。いろいろ失礼を申し上げたことをお詫《わ》びします」

竹村はにこやかに挨拶《あいさつ》したが、目の前が真っ暗になって、木下の待つ車に戻るやいなや、シートに倒れ込んだ。

2

（なんということだ——）

竹村は部下の目の前でも、ショックを隠しきれなかった。「どうかしたのですか？」と心配する木下に、車を出すように命じると、しばらくは口もききたくなかった。

五マイナス四イコール一——。

きわめて簡単明瞭な数式だ。中嶋の電話で四十年前の「分県騒動」のいきさつを知った時、もし前もって、遠山老人の腹の古傷のことを医者から聴いていなければ、竹村にしたって遠山老人と彼の息子を疑ぐってかかったに違いない。とにかく、遠山光次郎は五人の同志の中の唯一の生き残りなのだ。

しかし、遠山は裏切り者であった。だとすれば、牧田、谷口、甘利という「カインの末裔《まつえい》」たちを処刑した犯人は、平沼武太郎を措《お》いて、ほかに考えられない。

平沼武太郎が犯人だとすると、犯行はどのような方法で行なわれたのか。また、彼自身は自殺なのか、他殺なのか？　車を駆使したことや、絞殺という犯行の手段から見て、実際の犯行は共犯者——たとえば武太郎の二人の息子のいずれか、または両方によってなされたと考えるしかあるまい。しかし、正常な社会人——それも、分別のある中年の男が、いくら父親の命令だからといって、そんな愚かな、狂気じみた殺人を、はたして素直に実行するものかどうか、はなはだしく疑問だ。

武太郎には、「復讐《ふくしゅう》」という名分があるけれど、息子たちには、そんなものは遠い過去の亡霊でしかない。ばかげた老人の狂気に付き合う理由など、あろうはずがない。むしろ、そんな暴挙は許さないだろうし、そんな危険な人物は、たとえ父親といえども、それこそしかるべき病院に送り込むというのが、ごくふつうの神経だろう。

しかし、それでも、もし仮に父親に協力して、連続殺人を犯すとするなら、息子たち自身にも、それなりの動機がなければならない。だが、息子であるにしろ、ほかに共犯者がいたにしろ、彼等にいったい、何の動機があり得たというのか。殺人という恐ろしい犯罪を犯すことによって、彼等にどのようなメリットがあり得るというのか？　殺人と並行して、恐喝が行なわれたという事実も、いまのところなさそうだ。

それより何より、そもそも平沼武太郎の「復讐」にしたって、いま、この時期に、なぜとつぜん、犯行に踏み切らねばならなかったのか、その必然性がまったく認められないではないか。

それにまだある。武太郎が自殺しなければならなかった理由は、いったい何なのか？　ほんとうに武太郎の死は自殺と断定してもいいものだろうか？

こう考えてくると、平沼武太郎を連続殺人の元凶とする推論は、砂上の楼閣のように頼りなげな、幻想でしかないようにさえ思えてくる。

だが、どうであろうと、殺人は行なわれた。その事実は動かしようがない。そして、その最大にして唯一の容疑者は平沼武太郎と、その息子たちであるとしか、竹村には考えられなかった。絶対などという言葉はみだりに使うべきではないが、この際は絶対に間違いない――という信念があった。

だからこそ、単身、平沼家に踏み込んで、武太郎亡きあとの、最大のターゲットと目される武一に、まるで匕首《あいくち》を突きつけるような質問を浴びせたのだ。

しかし、竹村の意気込みに反して、その結果は惨憺《さんたん》たるものになった。なんと、平沼武太郎は事件当時、和歌山にいたという。それだけならまだしも、絶対の共犯者と信じた息子二人にも、どうやらアリバイがあるらしい。車による死体運搬や遺棄などは、不可能ということだ。これはいったい、どう考えればいいのか――。

「なんということだ……」

竹村は思わず声に出して言い、重い溜息《ためいき》をついた。

「どうしたのですか？」

木下は道路脇《わき》に車を寄せて、気がかりそうに、後ろを振り返った。「具合が悪いのなら、どこか、病院に寄りますが」

「いや、具合は悪くないよ。悪いのは頭の方だ」

自分で言った冗談にさえ、竹村は腹が立った。あまりに実感が籠《こ》もっていて、洒落《しゃれ》にもならない。

「どうやら、見込み違いだったようですね」

木下は、すべての事情を知っているわけではないけれど、さすがに、竹村の様子から苦境を察して、言った。

「ああ、見込み違いもいいところだ。おれの直感もアテにならないことが、よく分かった。安岡警部の言うとおりだよ」

「なんだかよく分かりませんが、そんなに簡単にシャッポを脱ぐなんて、警部らしくありませんねえ」

「そうだなあ、おれらしくないかもしれないなあ……」

粘りが身上のように、われ人ともに思っていたはずじゃないか——と、竹村は木下の一言が胸にこたえた。

考えてみると、このショックの大きさは異常だ。中嶋洋子が列車の中で、武太郎老人の怒鳴るのを見たという話を、逆に武一に「あんたも知っているじゃないか」と指摘されたことは、完全に竹村の意表を衝いた。それを聴いた瞬間、竹村は頭にカーッと血が上るのが分かった。

たしかに、武一の言うとおりだ。ちゃんと見ていながら何も見ていなかったという、一種の盲点といってもいいだろう。

それにしても、素人の武一に面と向かって嗤《わら》われては、「信濃のコロンボ」も型なしだな——と、竹村はまるでひとりごとのように、茫然《ぼうぜん》と思った。

しかし、飯田《いいだ》署に帰り着く頃には、竹村もようやく平常心を取り戻していた。とにかく、平沼武一の言ったことのウラを取るところから、捜査を進めるしかない。捜査員をそれぞれ二名ずつ、和歌山と松本のホテルの聴き込みに向かわせた。捜査員は九月三十日というのが、どういう日であるのか、むろん知らない。牧田殺害に関するアリバイ捜査だ——などとは言えないので、竹村は何の説明も加えなかった。

その結果は芳しいものではなかった。九月三十日の和歌山のホテルの宿泊者カードには「平沼武次ほか一名」の記載《サイン》のあることが確認されたのである。また、松本のホテルで開かれた、中・南信花卉《かき》業組合の会合には、平沼武一が出席し、七時から九時まで、幹事役として、トイレに行く以外はほとんど会場にいたことが、業者仲間などによって証明された。牧田祐三が殺されたのは午後八時を少し回った時刻と推定されている。平沼武太郎と武次はもちろん、松本にいた武一でも犯行は物理的に言って、無理だ。松本から久米路橋《くめじばし》の現場まで、どんなに急いでも小一時間はかかる。

（捜査は振り出しに戻った――）

客観的に見ればそう思うしかなかった。だが、竹村はそれでもなお、平沼親子以外に犯人はあり得ないという思いを捨てきることができないでいた。それは未練なのかもしれない――と、何度も振り払おうとしてみたが、まるでおんぶおばけのように、しつこくまつわりついて、頭の中から離れない。そうして、「何か忘れてはいませんか？」と囁《ささや》きかけてくるのだった。

牧田の事件はともかく、第二の谷口節男殺害に関しては、まだしも、平沼親子の犯行である可能性はあった。もっとも、可能性といったところで、牧田事件の場合のような、第三者によるアリバイ証明がなされていないというだけの話だ。その日のアリバイが証明できない人間などは、何万といるに違いない。そして、牧田の事件が彼等の犯行であると立証できなければ、竹村の推理そのものが、根底から成立しないのだ。

一連の事件を平沼親子の犯行であるとするためには、まず牧田事件が平沼親子の犯行でなければならないのに、なんと、その事件は竹村の担当ではなく、しかも捜査主任の安岡は、無関係の事件である——と主張しているのだから、やりにくい。

その窮屈な状況で、竹村の苦悩は続いた。

(何かを見過ごしている——)

幾度もスタート時点に思考を戻しては、事件の筋道を辿《たど》ってみる。その過程で、ぼんやりと、そう思う。何かがある——、何かが不自然だ——。それは何か?

仮に、アリバイがなんらかの方法によって偽装されたものであり、この一連の事件が平沼親子の犯行だとした場合、もっとも不自然なことは何だろう?——

第一に、平沼武太郎が四十年の歳月を越えて、復讐を行なったこと。

第二に、息子たちが父親の暴挙に付き合ったこと。

第三に、殺す相手が当時の県議でなく、その子たちであったこと。

(そうだ——)と竹村はもっとも重要なことを、軽視しているのに気付いた。

犯人はなぜ『信濃の国』に歌われた名所に死体遺棄をしたのか?——

つまりそれは、犯行の動機が、四十年前の分県運動にまつわる怨恨《えんこん》であることを宣言することにあったのではないのか? そうだとすると、なぜそんな危険をあえて犯したのか。自分で自分の首を絞めるようなことになってしまうではないか——。

(自分で自分の首を、か——)

竹村は愕然《がくぜん》とした。平沼武太郎老人の死が自殺だとすればまさに老人は自分で自分の首を絞めたのではなかったか。譬喩《ひゆ》ではなく、現実に――。

老人は犯行が「裏切り」に対する制裁であることを宣言したかったのではないか？しかし、それなら遺書という形で宣言すればよさそうなものだ――。第一、牧田殺しが老人の犯行ではないのであれば、やはり論理が一貫しない。

竹村の思索は揺れに揺れた。

（何かを見過ごしている――）

またしても、その感慨が突き上げてくる。べつのことで、もっと重要な意味のあることを忘れているような、ムズムズする気分だ。

いま列挙したこと以外に、何か重要なものを見過ごしているのか？――

竹村は頭脳をフル回転させて、すべての事件をもう一度、洗い直してみた。何万フィートもの映画フィルムを、ひとコマひとコマ思い出しながら、猛烈な勢いで走らせるようなものだ。

牧田と中嶋の口論に始まって、その夜、牧田が殺され、谷口節男、甘利知美と、つぎつぎに凶行が重ねられる。

（待てよ――）

竹村はフィルムにストップをかけた。

(なぜ、甘利知美なのだ?——)

以前にもそう思ったことがある。二人の兄がいるにもかかわらず、犯人は女性である知美を選んだ。苗字も変わっていたし、さぞかし探しにくかっただろうに、なぜ知美でなければならなかったのか?——

遠くに曙光《しょこう》が見えたような気がした。推理が新しい方向に出口を見つける兆候を、竹村は本能的に感じた。だが、曙光が見えているようでいて、出口はなかなか近づいてこない。周囲の捜査員たちの話し声や、出動するパトカーのサイレンなどが、幾層倍にも増幅して聞こえ、竹村の神経を苛立《いらだ》たせる。そのつど、折角見えかけた出口が遠ざかるようだ。

竹村は席を立って、荒々しい足取りで部屋を出た。

玄関ロビーにある公衆電話に、木下が背を屈《かが》めるようにして話しかけている。竹村が通りかかるのにも気付かない。竹村もさりげなく通過しようとして、ギクリと足を止めた。

「……そうです、木下真司ほか一名です。……そうです、一泊です……」

気配に気付いて振り返り、そこに竹村を見て、木下は狼狽《ろうばい》した。「じゃあ、よろしく」と電話を切って、「警部、人が悪いなあ」と赤い顔をした。

「いまのは何だ、ホテルの予約か？」

竹村が怒った顔をしているので、木下も鼻白んだように、口を尖《とが》らせた。

「そうですよ、プライベートな旅行をしようと思って……」

〝プライベート〟を強調している。

「誰と行くんだ？」

「えっ？　いいじゃないですか、誰と行こうと」

「彼女か？」

「さあ、どうでしょうか。そんな訊問《じんもん》には、答える義理はありませんよ」

冗談を言ったつもりだが、竹村のこわい眼にぶつかって、笑いがこわばった。

「まさか、また非番を取り消そうっていうんじゃないでしょうねえ。今度はだめですよ、何があろうと、絶対に休みますから」

「ばか、ふざけている場合じゃない。一緒に行くのは女かと訊いているんだ」

「そうですよ」

竹村の剣幕に、思わず、木下は答えた。

「女と旅行しちゃいけませんか？　結婚の約束をした同士ですからね、不倫の関係というわけじゃ……」

言葉の途中で、竹村警部は身を翻《ひるがえ》して、ふたたび捜査本部へ飛び込んだ。デスクに座るやいなや、受話器を摑《つか》み、更埴《こうしょく》署の捜査本部にいる高杉警部に電話した。高杉が出ると、挨拶もそこそこに言った。

「甘利知美が付き合っていた男の影は、その後、浮かんできましたか？」

「いや、だめですねえ」

高杉は悔しそうに言った。

「高杉さん、ちょっとやってみてほしいのですが、甘利知美の九月三十日の行動を洗ってくれませんか。いや、九月三十日から十月一日にかけてです」

「九月三十日？　何です、それ？」

「牧田の事件です」

「ああ、そうでしたね。……しかし、それと甘利知美が何か？」

「そのことはいずれ説明します。とにかく、大至急、お願いしたいのです」

「分かりました、すぐにやりましょう」

電話を切って、煙草《たばこ》に火をつける。煙を吐いたその向こうに、ドアから覗《のぞ》き込んでいる、木下の顔が見えた。

3

水内《みのち》ダム殺人事件特別捜査本部のある、長野中央署の小会議室は、重苦しい雰囲気に包まれていた。

正面には、宮崎捜査一課長が座り、宮崎を挟んで右に安岡、左に竹村と高杉が、まるで睨《にら》みあうように対座している。

この日の会談は、竹村が宮崎に申し込んだものだ。もはや、一刻も猶予している時ではない、牧田殺害事件をも含めた合同捜査本部を設置、宮崎課長みずからが統括し、平沼武一、武次兄弟への追及に踏み切るべきだ――、というのが竹村の主張だ。

「私も同感だがね、その件は竹村君から安岡君に伝えた方がいいのではないか？」

宮崎は早速、逃げを打った。宮崎はキレ者のくせに、安岡のカミソリのようなタイプの人間を苦手とする。青っぽい議論を吹っ掛けられるのが不得手なのだ。

そういうわけで、この日の会議は表向き、高杉警部まで交えた、三者連絡会みたいな形式になった。

もっとも、安岡はうすうす察しがついているのか、最初から斜《しゃ》に構えている。それぞれの捜査本部の主任捜査官同士が、何のための連絡会か——といった、面白くもなさそうな顔だ。

「単刀直入に言いますが」

しばらく、宮崎が中心になって当たり障りのない話をしていたが、竹村は寸秒も無駄な時間を惜しむように、とつぜん発言した。安岡は（そらきた——）と言わんばかりに、そっぽを向いた。

「私のこれまでの捜査によると、どうしても牧田祐三殺害事件こそが、そもそも、一連の事件のはじまりであると解釈せざるを得ません。そこで、もし、高杉警部と安岡警部に異論がなければ、牧田殺害事件から、碓氷峠《うすい》の青木氏殺害事件に至る五つの事件について、合同特別捜査本部を県警内に設置し、宮崎課長の直接指揮による合同捜査に入るべきだと思うのです」

「なるほど、そんなに確信をもって言えるほど、竹村君の捜査は進んでいるのかね」

宮崎は、はじめて聴くような顔で、芝居気たっぷりに言った。なかなかのタヌキだ。

「捜査が進んでいるのならいいのですが、むしろ停滞しているから、このような提案をするわけでして」

竹村も、宮崎に調子を合わせている。安岡のプライドを傷つけないように、かなりの気の使いようだ。

「そういうことのようだが、どうかね」

宮崎は安岡と高杉を、等分に見た。

「私は異存がありません」

高杉はすぐに応じた。この辺が高杉の正直なところだ。もう少しぐずって見せたり、思案の結果、やむを得ない——といった思い入れをしてくれることを、竹村は望んでいたのだが——。

「自分は異論がありますね」

安岡は反撥《はんぱつ》した。（やっぱり——）と、宮崎課長も竹村も、言い合わせたように下を向いた。

「竹村さんの方は停滞しているということですが、こっちの捜査は現在進行形で、目下、重要参考人と目される人物を二十四時間態勢で張っているところですからね。その結果が出ないうちは、安直に捜査方針を変更するわけにはいきませんよ」

「はあ……」

竹村は力なく言った。

「その人物というのは、この前言っていた、信州毎朝の人ですか？」

「そうです」

「誰なのです？　それは」

「…………」

安岡は例によって、言い渋っている。

「安岡君、もうそろそろオープンにしてもいいだろう」

宮崎が言った。

「はあ、課長がそうおっしゃるなら、あえて隠すつもりはないことですが、しかし、その前にむしろ、竹村警部がどうして牧田殺害事件に執着するのか、その理由を聴かせてもらった方がいいと思うのですが」

「それはそうだな」

宮崎は竹村を見返って、「きみの方の捜査状況を話してみてくれないか。とくに、牧田事件がらみであるという結論に達した理由を、詳しく説明してくれ」

「分かりました」

竹村は姿勢を直した。

「まず、牧田、谷口、甘利、平沼の四人の被害者に、きわめて特殊な共通性があるという点に、私は注目しました。つまり、彼等の父親はいずれもかつて長野県議会議員であったという点です。平沼氏はご本人が県議でした。しかも、その四人の県議は、昭和二十二年の選挙で当選した人々であり、さらに、昭和二十三年に起きた、長野県の分県運動の中心人物でありました。じつは、そのことが重要な意味を持っていると考えるのです。

　分県運動は中・南信選出の議員によって推進が図られたのですが、三十人の中・南信選出議員のうち、とくに五人の議員がいわばその急先鋒《きゅうせんぽう》でした。その五人とは、いまあげた四人と、現在、茅野の病院で療養中の遠山光次郎氏であります。この人たちは、血書によって盟約を結び、それに背反した者は殺されても文句は言わない、と誓いあったのです」

「ほう……」と、宮崎は、ちょっとわざとらしい、感嘆の声を発した。安岡はほとんど無表情だ。

「分県運動は、過半数の賛同者を結成しながら、あえなく廃案になりました。その理由は同志の裏切りによるものだといわれます。じつに驚くべきことですが、この裏切りを招いたのは、なんと、あの『信濃の国』の歌声だったのだそうです」

「ああ、その話なら、ぼくも聴いた記憶があるよ」

宮崎は間《あい》の手を入れた。「議場の外から、群衆が歌いだして、しまいには、議場の中も『信濃の国』の大合唱になったそうだ。演説中の分県推進派議員が、真っ青になって、演説を中断したということだ」

「なかなか、いい話ですねえ」

安岡はしらっとした顔で言った。「それでどうなったのです？」

「だからさ、その『信濃の国』の合唱を聴いて、分県運動が吹っ飛んだっていうことだよ」

「いえ、それは分かりますが、そのことが今度の事件にどう関係するのか、聴かせてもらいたいのです」

「ああそうか。竹村君、続けてくれたまえ」

竹村は肯いた。

「その結果、五人の中心人物の四人までが、分県論を撤回したものと考えられます。そして、ただ一人、残ったのが平沼武太郎氏で、平沼氏は運動が挫折《ざせつ》した直後、同志の首謀者格であった遠山氏を刺し、重傷を負わせました。むろん、傷害事件として警察が取り調べましたが、遠山氏は犯人を告訴しないままに終わりました。そのために、法務局の記録に、犯人の氏名等は残されておりません。しかし、その事件の直後に議員を辞めた事情を勘案すれば、その犯人が平沼氏であったことは、容易に推測できるところです。さらに、辞職した後、平沼氏は、ノイローゼ状態になって療養したということであります。

それからすでに四十年になろうとしているわけで、常識的に考えれば、平沼老人の怨恨《えんこん》が生き続けているなどということは、到底、あり得ないはずです。仮にあったとしても、議員の子供を殺害するほどの憎しみは、これはもう異常というほかはありません。

しかし、一連の事件の異常さを見るならば、犯人の異常な精神状態を思わないわけにはいきません。つまり、平沼老人の怨恨がきわめて異常で病的なものであることを物語っていると考えるのです。単に、かつての裏切り者たちに対する怨恨ばかりでなく、それと同時に、平沼老人は、その裏切り行為のヒキガネとなった、長野県歌『信濃の国』にさえ、強い憎悪を感じていたと思えるフシがあります。今回の事件で、死体遺棄に選ばれた場所が、いずれも『信濃の国』の歌詞に歌われた名所であることにも、その憎悪と執念のほどが窺《うかが》えます。

このような、平沼老人の怨念《おんねん》は、じつは北信地方の人間に対する憎悪の変形でもあるのかもしれません。ことに、牧田氏を殺害した動機——あ、安岡さん、これはあくまでも仮定の話として聴いてください——は、信州毎朝の社説に牧田氏が書いた、中央自動車道長野線の建設推進に関する記事が、直接のきっかけになったとも考えられました。平沼老人の徹底した北信嫌いから、そのように想像したのです。つまり、四十年間眠っていた怨念が、記事に刺激されて、殺意として蘇《よみがえ》ったというふうにです。そして、つぎつぎに、かつての同志の息子や娘を殺した。ただ一人、遠山氏だけは、すでに制裁を受けているので除外されたのだ——と考えました」

「まさか……」

安岡が、いかにも我慢がならない——というように、失笑した。

「竹村さん、いくら異常か何か知らないが、そんなことで人を何人も殺すわけがないでしょう。そんなことを考える方が、よほど異常ですよ。第一、その老人は車の運転はどうなのです」

「運転はできません」

「えっ？　なんてこった、それじゃ、話にも何にもならないじゃないですか」

「いや、もちろん共犯者がいますよ。老人の息子が二人いるのです」

「えっ？　共犯者ですって？……」

いよいよ呆《あき》れた——というように、安岡は首を振った。

「冗談じゃない。そんなばかげた殺人の片棒を担ぐなんて、それじゃ、まるっきり、親子三人、揃《そろ》って異常ということになってしまうじゃないですか」

「安岡さんの言うとおりです。私もそんなばかなことはあり得ないと思いました」

「？……」

安岡は目をパチクリさせた。

「命令されたからって、常識ある人間なら、誰だって、そんな殺人の片棒を担ぐはずがありません。しかも、それによって大金が入るならともかく、一文の得にもならないのですからね」

「そうでしょう、だったら……」

「しかし、それでも片棒を担ぐとしたら、どういう場合でしょうか」

「そんなこと、どんな場合にしたって、あり得ませんよ」

「いや、一つだけあるのです」

「？……」

これには安岡ばかりでなく、宮崎課長も高杉警部も興味を惹《ひ》かれて、竹村に注目した。

「それはですね、父親の尻拭《しりぬぐ》いをせざるを得なかった場合ですよ」

「？……」

「つまり、平沼老人が一人で、さっさと殺人を犯してしまったために、二人の息子が必死になって、尻拭いをする羽目になったということです」

「なるほど、それならあり得るね……」

宮崎が真先に同意した。高杉も肯いたが、安岡は渋い顔をしている。竹村の話の中に、何か不備な点がないか探す目付きだ。竹村は構わず、話を続けた。

「じつは、そう考えて、私は平沼老人の長男・平沼武一を訪ねて、小当たりに当たってみたのです。安岡さんには申し訳ないが、その際、私は牧田事件当時の彼等のアリバイを質問しました。私の推理は、すべての事件のスタートが牧田事件にあるということですから、牧田事件が立証されなければ、すべての事件について、論理が成立しないわけです。

ところが、その第一歩で、私は手痛い打撃を受けました。なんと、事件当時、平沼老人にも二人の息子にも、アリバイがあるというのです」

竹村は平沼武一との会見の様子を話した。宮崎と高杉は狐《きつね》につままれたような、妙な顔をしたが、安岡はがぜん、そら見たことか——と言いたげだ。

「平沼老人と次男の武次は和歌山のホテルにいたし、武一は松本のホテルにいた。このことは、捜査員をやって、確認させました。これでは彼等の犯行はあり得ない。まったくの思い違いか――と、一時は悲観しました。しかし、念のために、くわしく調べてみると、和歌山のホテルの記録には『平沼武次ほか一名』としか記載されておらず、その『ほか一名』が武太郎老人であるかどうかは不明だというのです。つまり、武太郎老人だけは、アリバイが完全ではない。老人が和歌山へ行ったというのは、単に武一たちがそう言っているにすぎないのです」

「では、老人がひとりで牧田氏を殺《や》ったということか？」

宮崎が勢い込んで行った。

「そうです、武太郎老人は牧田氏と人気のない場所で待ち合わせ……」

「待ってくれよ、牧田氏が武太郎氏と知り合いだったという話は聴いてないぞ。どうなのかね、安岡君」

「はあ、おっしゃるとおりです。捜査段階ではそういう事実は出ておりません」

「もちろん、二人はその時が初対面ですよ」と竹村は言った。

「武太郎老人の方が、牧田氏を呼び出したのです」

「しかし、そんな得体の知れない相手から呼び出されて、ノコノコ出掛けるものかね？」

「その点は私も疑問に思いました。そこで、遠山氏の息子さんを使って、実験してみしたのです。電話で、あなたのお父さんの県議時代のスキャンダルについて、ぜひお話ししたいことがある、と言うと、意外に簡単にひっかかってくれました。谷口氏の場合もそうだったのでしょう。そうやって、武太郎老人は牧田氏を誘い出して、牧田氏の車に乗り込み水内ダムまで行き、話しの合間に睡眠薬入りのジュースを飲ませて眠らせ、絞殺したものと思われます。そして、松本のホテルにいる武一に連絡したのでしょう。父親が『いま、人を殺した』と言った時は、武一はさぞかしびっくりしたことでしょう。取るものも取りあえず、現場へ行き、牧田氏の死体を水内ダムに遺棄し、老人を車に乗せてから、必死の想《おも》いで善後策を講じたに違いありません。

幸い、牧田氏の死亡時刻には、自分と弟にはアリバイがある。残るは父親のアリバイさえデッチ上げれば、うまくすると完全犯罪が成立する——。とっさにそう考えた武一は、父親を乗せて名古屋方面へ向かい、その途中のどこかで、和歌山にいる弟に連絡を取りました。弟の武次にことの次第を打ち明け、現在、同宿している人物を、極力、人目につかないようにすることと、翌日、名古屋駅かどこかで父親と落ち合って帰るよう、綿密に指示したのです。そして、父親を名古屋近辺のホテルかモーテルに泊め、武一の方は急ぎ帰宅したのではないかと思われます。塩尻の自宅に帰ったのは、おそらく午前四時頃、ちょっと遅い午前様といったところで、それほど不自然ではありません」

「ちょっと待てよ」

宮崎が手を挙げて訊いた。

「いま、同宿の人物と言ったが、同宿者がいたとすれば、その男の口からバレる危険があるじゃないか」

竹村は苦笑した。課長と同じ錯覚を自分もしていたからだ。

「課長、どうしてその同宿者を男だと思われるのです?」

「ん?　いや、どうしてって、それじゃ、男じゃないのか?」

「そうなのですよ、男ではなかったのです」

竹村は溜息をついた。五人の人間が死んだ連続事件の悲劇の発端は、なんと、和歌山にあったのだ。

4

「分かりました、分かりましたよ」

物静かなはずの高杉が、ふいに大きな声を出した。

「その女が、甘利知美だったのですね？」

「甘利知美？……」

宮崎課長が驚いて、問い返した。「そうです」と竹村が答えた。

「高杉さんに、九月三十日から十一月にかけての、甘利知美の行動を調べてもらったのですが、その日、知美は女子高の時の同級生と、関西方面へ旅行に出掛けていたということでした。しかし、実際は、知美は平沼武次と一緒に和歌山のホテルにいたと考えられるのです」

「じゃあ、甘利知美の浮気の相手が平沼武次だということなのか？」

「まあそういうことでしょうね。じつは、この二人の関係はかなり以前から続いていたらしいのです。むろん、甘利知美の亭主は知らなかったことですが、近所の人や友人の中には、相手が誰かは知らないものの、浮気の事実にはうすうす感づいていた人間も、何人かいたようです。武次も知美も、根は真面目《まじめ》な性格ですから、お互いにのめり込んで、浮気が浮気で済まなくなったことは、十分、考えられます。

平沼武太郎はこのことを察知して、ひそかに武次の相手の身元を調べたのでしょう。武次には二人の子供がいて、武太郎老人はことのほか可愛《かわい》がっていたそうですが、その可愛い孫たちの幸せを破壊する女が、こともあろうに、あの分県騒動の際の裏切り者の一人、宮沢利一の長女だと知って、老人がどのようなショックを受けたか、想像できます。

武次に対して、老人は何度か説得を試みたかもしれません。しかし、武次は知美と別れることができない。その説得と裏切りのくりかえしの過程で、長いあいだ鎮静していた憎悪と怨念がふたたび蘇《よみがえ》り、しだいに、老人を狂気の世界に走らせたとしても、決して不思議でないような気がします。

そういう精神状態のところへ、信州毎朝新聞に、牧田氏の書いた、自動車道用地取得に関する社説が掲載され、長男の武一は、土地を譲渡する方向で動き始めた。老人は、かつての裏切り者どもの亡霊が、その子供たちに乗り移って、自分を愚弄《ぐろう》し、一族に不幸をもたらそうとしているのではないかという錯乱に陥ったのかもしれません。

そして、老人をついに凶行に走らせる、決定的なきっかけとなったのが、武次と知美の和歌山旅行の計画を知った時でしょう。たぶん、それやこれやが重なって、老人は、自分の言うことを聞かなければ、たいへんなことが起きる――と犯行を暗示し、警告を発したと思います。しかし、息子たちは父親の警告を軽視した。そして、ついに武太郎老人は牧田氏を殺すという、破滅的な暴挙を実行したのです。もっとも、武太郎老人にしてみれば、自分や一族を迫害する北の連中や、かつての『同志』の亡霊、それに、憎みてもあまりある『信濃の国』への、当然ともいうべき復讐のつもりだったのかもしれません」

竹村の話が途切《とぎ》れると、聴いている三人は、ふーっ、と息をついた。

「そんなことが、現実にあるものかねえ」

宮崎は、気弱そうに言った。

「あった、と私は信じていますよ」

竹村はそれほど気負いもなく、言った。

「安岡君、そういうことのようだが、きみはどう思う?」

宮崎は、かえって安岡の常識論の方が付き合いやすい――といった口振りで訊いている。

「自分にはなんとも……」

安岡は苦い顔をした。「あんまり突拍子もない話ですからねえ、話としては面白いですが、ちょっと信憑《しんぴょう》性の点でどうも……」

「急には信じられないかもしれませんが、とにかく、せめて牧田事件に関しても、一括して捜査する方向で、検討してもらいたいのですが」

竹村は本論に戻った。「たとえば、牧田氏の車の中に、武太郎老人の髪の毛など、遺留品がなかったか、あらためてチェックしなおすとかですね……」

「うん、そうだな」と宮崎は肯いた。

「しかし、その前に、さっき安岡君に訊こうとした、信州毎朝の問題の人物というのを、聴かせてもらおうじゃないの。どうかね、安岡君」

「はあ、分かりました」

安岡は不承不承、従った。

「その人物というのは、信州毎朝の資料室に勤務している、大林という老人です。この老人は、例の中嶋英俊とも何らかの繋《つな》がりがあるような、不審な動きを見せております。また、青木氏が失踪《しっそう》する直前に、接触した事実を確認しております。したがって、一連の事件について、なんらかの関《かか》わりがあることは、ほぼ間違いないものと思料されるのです」

「しかし安岡さん、中嶋氏の容疑は晴れたのではないのですか？」

竹村はうんざりして、言った。

「いや、完全に真っ白というわけではありませんよ。彼はその後も、捜査員をまいたり、挙動に不審な点があるのです」

（それは、私と会うためですよ）と、よほど言ってやろうかと思ったが、竹村はやめ

て、

「それで、その大林氏には事情聴取をしてみましたか？」

「いや、それはまだですよ」

安岡は仏頂面《ぶっちょうづら》を竹村に向けた。

「不当逮捕だとかなんだとか、いろいろ煩《うるさ》いことを言う人がいますからねえ、十分、慎重を期して、材料を収集しつつあるところです。現在、四六時中、大林の動きを監視しておりますので、まあ、近いうちに動かぬ証拠というやつを摑んでみせますよ」

「逮捕はともかく、事情聴取だけでもしたらどうですか？　不審な動きをするからには、ひょっとすると、大林氏は何かの情報をキャッチしているのかもしれないではありませんか」

「いや、もしそうであれば、警察に通報してくるのが当然でしょう。何やらコソコソ動いている様子は、十分に胡散《うさん》くさいですよ」

「そうかもしれないが、しかし、考えてみると、殺された青木氏がそういう動きをしたわけでしょう？　同じブン屋さんだから、特ダネを狙《ねら》って、ひそかに動いているということもあり得るのではないですか？」

言いながら、竹村の脳裏には「スクープを……」と言っていた中嶋の顔が浮かんだ。

「ははは、大林は現役をとっくに引退した、資料室係の老人ですよ。特ダネだなんて、そんな色気があるものですか」

安岡は笑った。

「しかし……」と竹村が反論しかけた時、ドアをノックする者がいて、応じると、安岡の部下の刑事が顔を覗かせ、安岡を呼んだ。ドアのところで部下から何事かを耳打ちされた安岡の顔は、一瞬緊張し、次にニヤリと笑った目を、こっちへ向けた。

「どうやら、大林が動きだしたようです。ついさっき、大林が平沼武一と落ち合う現場を、うちの捜査員が目撃し、現在、追尾中だそうですよ」

「なんですって？……」

竹村は愕然《がくぜん》として、反射的に壁の時計を見た。午後七時三十二分——。

「危険だ……」

思わず椅子《いす》から立ち上がった。

「場所はどこです？　接触した場所は？」

「松本駅を出たところだそうです。大林は会社を出た足でまっすぐ長野駅へ行き、篠《しの》ノ井《い》線に乗ったということですよ。やっぱり自分の言ったとおり、大林は……」

「安岡警部、そんなことを言っている場合じゃないでしょう」

ますか？」

竹村は怒鳴った。「すぐに平沼を確保した方がいい。尾行している者に連絡は取れ

「もちろんですよ」

安岡は、何を慌てているのか――と言わんばかりだ。

「平沼武一は車ですよ、逃亡の虞《おそ》れがあるじゃないですか」

「しかし……」と反論しようとする安岡を無視して、竹村は部屋の隅にある電話で、飯田署を呼び出した。吉井が出ると、早口で「塩尻に急行して、平沼武次を張るように。そうだ、弟の方だ。もし外出するようなら、その時点で緊急確保しろ」と命令した。


その時、最前の刑事が現れて、ふたたび安岡を呼んだ。安岡がドアへ向かう前に、竹村は「きみ」と呼びかけた。

「まさか、尾行をまかれたのじゃないだろうな？」

「はあ……」

刑事は困惑した顔で、安岡と竹村を交互に見た。

「どうなんだ？」安岡も訊いた。

「はあ、たったいま松本から電話がありまして、大林は平沼の車に便乗、タクシーで

追尾しようとしたものの、見失ったということであります」

「ばかな……」

竹村はドスンと腰を下ろした。

「課長、直ちに検問を実施するよう指示してください。とくに中央自動車道のインターは急がないと……」

宮崎は煽《あお》られたように電話に向かった。

「きみ、平沼の車がどっち方面へ向かったか分からないのか？」

竹村は安岡の部下にきびしい口調で言った。もはや、安岡のことなど、眼中にない。

「はあ、はっきりしたことは分かりませんが、たぶん北の方角ではないかと……」

「北か……」

松本から北へ向かう国道は四本、犀川《さいがわ》沿いに長野方面へ向かう一九号線、大町、白馬を経て糸魚川《いといがわ》へ抜ける一四七号線、松本市街を出るとすぐ、東側の山地へ入り、青木村から上田へ抜ける一四三号線と、丸子方面へ行く二五四号線だ。そのどれを選んだにせよ、塩尻とは逆の方角である。

宮崎は大町署、上田署、丸子署に出動を要請して、国道一四七号、一四三号、二五四号を検問封鎖する一方、長野中央署と更埴署から出た人員で、一九号線と、そこから枝分かれして一八号線へ抜けてくる主要地方道の封鎖に当たらせた。それでも万全ということはあり得ない。各幹線道路からは、たとえば一四七号線についていえば、上高地へ向かう道路、黒部ダムへ登る道路、鬼無里《きなさ》経由戸隠《とがくし》へ向かう道路など、支線が無数にある、その一つ一つを押さえるまでに、かなり時間がかかるだろう。

竹村は長野県の広さを呪《のろ》いたかった。

(間に合わないかもしれない——)

かならずしも、平沼武一は道路を走り続けているとはかぎらないのだ。すでにどこかで車を停《と》め、凶行に及んでいるということも考えられる。

竹村は立った。じっとしていられない心境だ。

「おい、どこへ行く?」

宮崎課長の声に振り向いて、「とにかく、一九号線を走ってみます」

言い残すと、部屋を出た。

刑事課の部屋に待機している木下に、「おい、行くぞ」と声をかけておいて、玄関へ走った。

外はいつのまにか、雪になっていた。車の屋根は真っ白く覆われ、道路をゆく車の中には、チェーンを装着したものもあるらしく、ジャラジャラと賑《にぎ》やかな音が通る。

「スパイクタイヤに換えたばかりですよ」

木下は得意そうに言った。そういう勘のよさも、この男の身上だ。

「飯田ですか？　それとも、奥さんのところですか？」

「ばか、そんな呑気《のんき》なことを言ってる場合じゃないんだ。へたすると、また殺しがあるかもしれない。とにかく一九号線を突っ走ってくれ。途中で平沼武一の車に出会ったら、めっけものだ」

「了解」

木下は屋根の雪を払い除けて、赤色灯を載せた。

5

山脈を越えてきた割には、大粒の雪であった。フロントグラスにひっきりなしに叩《たた》きつけられる雪片で、視界はいちじるしく悪い。

「いまは、どこら辺りですかな？」

大林はしきりに前方を透かして目を凝らすのだが、四辺の風景はもちろん、家並みや標識さえも、闇《やみ》と雪に遮られて定かではない。時折、擦れ違う車のヘッドライトが、見開いた瞳《ひとみ》を刺激しては去っていく。

「まもなく大町です」

平沼武一は答えた。電話であれほど愛想のよかった武一が、素っ気ない口調になっていることに、大林はむろん気付いている。

「大町？　塩尻ではなかったのですか？」

「自宅は塩尻ですが、資料はべつの場所に置いてあるのです」

「ああ、なるほど、そうでしたか」

大林は納得して、シートに背中を凭《もた》せかけた。

通り過ぎる車の数台が、ライトを上向きに合図していった。この先の道路で警察が検問をやっているよ――という、ドライバー同士がよくやる挨拶《あいさつ》だ。

「一斉でもやってるのかな？……」

武一は不吉な予感をそのまま口に出して、呟《つぶや》いた。スピードは法定速度まで落としたが、アルコールのチェックや免許証の提示を求められるのは具合がわるい。

大町市内に入る手前で、武一は左に折れた。農道に毛の生えたような裏道だが、一応、舗装はされている。交通量の多い国道は、それほど雪は積もっていなかったが、裏道には五、六センチの積雪があって、車はスパイクタイヤを装着しているにもかかわらず、多少、横ブレがした。

走りながら右方向に目を凝らすと、国道の一箇所で、検問の赤ランプらしいものが点滅しているのが見えた。

「何かあったのですかねえ？」

大林も気になって、訊《き》いた。

「酔っぱらい運転か何かの、一斉検問じゃないですか」

「はあ……だったら、回り道しなくても、べつにどうってことはないのでは？」

「いや、じつは免許証を忘れてきたものですからね」

「ははあ、それはいけませんねえ」

大林はなんの疑いもなく、笑った。

車は大町市内を大きく迂回《うかい》して、ふたたび国道に戻った。

「その資料があるというのは、どこなのですか？」

「小谷《おたり》です」

「小谷……、ああ、すると、千国《ちくに》の山小屋へ行くのですね？」

「えっ？……」

武一は驚いて、老人の顔をチラッと見た。

「ええ、千国の駅からちょっと入ったところでしたね。むかし、あんたのお父さんと、夜っぴて飲み明かしたものでしたよ。かれこれ四十年にもなりますか」

「そうですか……、知っているのですか」

武一は動揺した。アクセルを踏む足の力が弱まった。

「父とあなたとは、どういう知り合いだったのですか?」

「過激な政治家と過激な新聞記者という関係でしたよ、最初の頃《ころ》はね」

大林は照れくさそうに笑った。

「あんたのお父さんは元気がよすぎて、県議の椅子《いす》を放《ほう》り出した。いや、そう言うと聞こえはいいが、議会から放り出されたというのが真相かな?」

「父は病気で辞めたというふうに聴いていますが」

「そう、病気といえば病気でしょう。それに、病気ということにでもしないと、収まりがつかなかったでしょうしね」

「というと、父が傷害事件を起こしたというのは、本当のことだったのですか?」

「ほう、そうか、あんたは知らなかったのですね。これはまずいことを言いましたかな」

「いや、そのことは、ついこの前、刑事がやってきて、話しましたから」

「刑事が？　妙ですねえ、刑事がそんなことを知っているはずはないのだが。息子さんのあんたでさえ知らないくらい、完璧《かんぺき》に秘密は守られたのですからね」

「知っているというより、推理したようなことを言ってましたよ」

「ふーん……、それにしてもどうして……、もしかすると、その刑事というのは竹村警部のことではありませんか？」

「そうですよ、『信濃のコロンボ』とか、以前、信州毎朝に書いていましたね。その人です」

「やっぱりそうでしたか、彼が動いているのか……」

大林は暗い中で、眉《まゆ》をひそめた。しばらく、車内に沈黙が漂った。雪はいよいよしげく、道路上にもスパイクタイヤだけでは危険なくらい、シャーベット状に積もっている。これから白馬を過ぎると、北の斜面に向かって高度が上がる。道路は凍結し、滑りやすい状態になってくるだろう。

「大林さんは、父と山小屋で語り明かしたと言われましたね」

武一が言った。

「それは、父が議員を辞めてからですか、それとも、辞める前ですか？」

「両方ですよ。辞める前はもちろんだが、辞められてからも、一度、山小屋に泊まりました。そう、あの頃、武太郎さんは孤独で、ずっと長いこと、山小屋に閉じ籠《こ》もっていたのじゃないのかな」

「そうかもしれません」

武一は呟くように言った。

「あの頃、父は家にいないことが多くて、寂しい思いをしたことを憶《おぼ》えているのですが、それにしても、議員を辞めてからは、訪ねてくる人もほとんどなかった……」

「そんなもんですよ。失脚した政治家なんてタダの人だ。ことに武太郎さんは、農地改革で土地は失うわ、選挙で金は使うわ、分県運動の資金づくりで借金はするわで、スッテンテンの状態だったし、それに、例の傷害事件で、むしろ敬遠されたのでしょうからね。もっとも、お父さんの方で、人間嫌いになっていたから、誰《だれ》が来ても会わなかったかもしれません」

「そういう父と、大林さんはどうして親しくしていたのですか?」

「そうですなあ、キザな言い方をすれば、お父さんの生きざまに共鳴したからですか。もっとも、お父さんとの出会いは、もっとずっと前、終戦の年の秋のことでしたがね」

「そんなに前ですか」

「そう、栗《くり》の実る頃でしたよ。そうそう、あの年はね、笹《ささ》の実が生《な》った年で、そういう年には天変地異が起こるという説があるが、原爆は落ちたし、戦争は負けるし、まんざら迷信ともいえませんね。まあ、そんなことはともかく、わたしはある日、ふと思い立って、塩の道を歩いてみることにしたのです」

「塩の道を？」

「そう、大町から入って、できれば、糸魚川まで抜けるつもりでした。当時、わたしは信州毎朝の大町支局に勤めていましたが、紙の不自由な時代でしてね、新聞なんか、ペラペラの一枚きりで、記事は進駐軍の検閲が必要、社員はどんどん復員してくる——といった具合で、仕事もろくすっぽない状態でした。食糧もないが、ひまだけは持て余すぐらいありましたよ。それでそんな気にもなったのでしょう。たった一人で大町から千国街道を歩きだしたというわけです。そして、あなたのお父さんと出会った……」

武一は車を道路脇《わき》に寄せて、停《と》まった。

「ん？　着きましたか？」

大林は話を中断して、外の様子を窺《うかが》った。外は相変わらず雪で、その向うは暗い。

「いや、まだですが、少し休みましょう。それに、大林さんのお話も聞きたいし」

「そうですか、そうしますか」

ヒーターが程よく効いて、車内は快適な気分だ。

「お父さんと会ったというところまででしたね」

大林は少し斜めに座り直して、ゆったりとした表情で語り継いだ。

「あの時代に、よほどの物好きでもないかぎり、古い街道なんかを歩く人間はいませんよ。ところが、その物好きが、わたし以外にもいたのですねえ。リュックサックに飯盒《はんごう》をぶら提げた男が、同じ方向へテクテク歩いているのだから、お互い、気にならないはずがない。歳《とし》格好も似たり寄ったりの、ずいぶん若かったとはいえ、まあ中年といっていいような男同士でしたよ。どちらからともなく話しかけ、名乗りあって、目的が同じようなものだと分かると、一緒に歩こうということになりましてね。それからずいぶんいろいろなことを話しましたよ」

大林は目を閉じて、回想に耽《ふけ》るポーズになった。

「その時、あんたのお父さんが言ったことは、いまでも憶えていますよ。お父さんはこんなことを言った。『この道を行くと、昔に通じているような気がする』とね。それが、わたしが漠然と思っていたことと同じだったから、すっかり驚いてしまったのです。いまでこそ、昔の街道を見直す風潮があるが、その頃は、民主主義だの新生日本だのと、むやみに新しいものの志向の時代でしてね。道路だって、バスも通わないような旧道はどんどん見捨てられ、やがては、そういう不便な場所に住んでいる人や村までが切り捨てられる運命にあるのだから、やはり、二人とも相当な変人だったのかもしれませんな。そして、お父さん・武太郎さんはこうも言った。『古い道には風格がある』と。草鞋《わらじ》の一歩一歩が地面を固め、道になり、峠をつくったというようなことをしきりに言っておられた。野山や森や谷や人間の生活——そういったものすべてが無理なく調和して、自然発生的にできた道には、いのちが感じられる。そして、塩の道・千国街道はその典型的な道といってよかったのでしょうなあ」

ふと言葉を止めて、大林老人は武一の顔を覗《のぞ》き込んだ。

「こんな話はつまりませんか？」

「いや、そんなことはない、もっと聴かせてください。父がそんなことを考えていたなんて、私ら息子はまるっきり知らなかったのですから」

「そうですか、武太郎さんは話さなかったですか。いや、どこの父親も同じですよ。父親は自分の感傷を家族には言わない。だから、子供たちは父親の一面しか見ないで育つのです。そうして、父親には自分と繋《つな》がるものなどないのだ——と諦《あきら》め、反撥《はんぱつ》する。子供に父親の悲しみが見えたら、むやみに失望してグレたり、自殺したりすることもないのでしょうがねえ」

武一はサイドブレーキを外し、ゆっくりとアクセルを踏んだ。車はタイヤをわずかにスリップさせて、かなり厚みを増した雪道を走りだした。

「お父さんに会ったその日に、千国の山小屋に案内されました」

大林は車の揺れに身を任せながら、話を続けた。

「もっとも、お父さんは山小屋と言われたが、その当時としては結構な住まいと言ってよかったでしょう。たしか、長野が空襲にあって、松本近辺も危険になってきたための疎開先に用意したとか言っておられましたな」

「ええ、そうです」

「それ以来、ずいぶん何度も山小屋でお会いして、酒を酌《く》みました。何もない時代だったが、どこで仕入れたのか、アルコールだけはいつでもありましたな。いまならとてもいけそうにない、怪しげな焼酎《しょうちゅう》もどきもありましたがね。そういう酒を飲んでは、信濃の将来について語りあったものです。そして、二十二年に地方選挙が実施される時、わたしが勧めて、県議に立候補させたのです」

「えっ、そうだったのですか……」

武一はまたしても驚かされた。

「ええ、当時のわたしは生意気盛りでしたからね、もちろん表面には出ないけれど、信州毎朝の情報網を背景に、絶対に負けないようにしてみせる——と豪語して、立候補に踏み切らせたのです。もっとも、そんなものがなくても、平沼家は名門だから、その気になりさえすれば、当選は固かったでしょうがね。それで、とにかく当選した。そこまではよかったのだが、それからまもなく長野県庁の火災をきっかけに、分県運動の嵐《あらし》が吹き荒れて、武太郎さんとわたしとは喧嘩《けんか》別れすることになってしまうのです。信州毎朝は分県論に真っ向から反対して、その方向で世論誘導をする、いま風にいうところのキャンペーンを展開した。キャンペーンというとモダンな感じですがね、裏を返せば、かなりきわどいデッチ上げ記事や、推進派のプライベートな部分の暴露記事まで書いた。わたしもその一員でしたよ。武太郎さんとの付き合いを通じて、向う側のことは割と詳しく知っていましたからね。武太郎さんはわたしが友情を裏切ったと思ったかもしれない。いや、そのとおりなのです。もちろん、わたしの心情としては、信濃は一つ——という気持ちがあったことは確かだが、それよりも、社の方針のお先棒を担いでおエラ方に認めてもらうチャンスを摑《つか》もうという、下司《げす》な考え方が頭にあったことは事実なのだから」

大林は自嘲《じちょう》して、声を立てずに笑った。

「そうして、分県論は敗れ、武太郎さんは傷害事件を起こし、失脚した。その半年後ぐらいに、わたしは千国の山小屋に武太郎さんを訪ねて行ったけれど、二人は顔を合わせたまま、ついにひと言も口をきかなかったのですよ。それが最後になって、以来、三十数年、お父さんとは会うことがなかった。ところが、思いがけなく、この十一月二日に、とつぜん、武太郎さんから会いたいという電話が入ったのでした」

「十一月二日といえば、父が殺される直前じゃないですか？」

「そうですよ、長野市内の喫茶店で会うなり、武太郎さんはわたしに、自分を殺してくれないかと頼むのです」

「えっ？……」

武一は思わずブレーキを踏んだ。車は蛇行して左側のガードレール近くまで滑って、ようやく停まった。

「おいおい、気をつけてくださいよ」

大林は笑いを含んだ声で注意した。

「すみません」

武一は気を鎮めて、「どういうことなのですか、それは？」と訊いた。

「言葉どおりですよ。もちろん、わたしは冗談だと思ったが、武太郎さんは大真面目《まじめ》で、首を絞めて殺して、死体を寝覚《ねざめ》ノ床《とこ》に捨ててくれと言うのです」

「なんてことを……」

武一は絶句した。

「なぜそんなことを、と訊くと、『そうしなければ、私の復讐《ふくしゅう》は完成しない』と言って、その理由を聴かせてくれましたよ。それまでの三人の殺人事件については、あんたも知っているのだそうですな」

「ええ……」

武一はようやくの思いで、肯《うなず》いた。

「『信濃の国』の歌に出てくる名所に死体を捨てて、あの歌に復讐する——と聴いて、正直、わたしはゾーッとしましたよ。これは狂気だと思いましてね。もしかすると、殺されるのはわたしかもしれないとも思った。すると、それを見透かしたように、武太郎さんは言いましたよ。『あんたを殺しはしない』とね。『私は息子たちのために殺されるのだが、自殺ではだめなのだ。あくまでも、連続殺人の被害者の一人として殺されるのでなければ、息子たちへの容疑は消せない。あんたなら何の動機もないし、疑われる危険はまったくない。どうか私の自殺に手を貸してくれ』と言って、頭を下げるのです。世にも恐ろしい依頼を受けたものだが、わたしは断れなかった」

「なぜです？　なぜ、断ってくれなかったのですか？」

武一は詰《なじ》るように言った。

「そうですな、つまるところ、わたしには武太郎さんに負目があったということでしょう。何もなければ、すぐにでも警察に報《し》らせますよ。そこは喫茶店で、べつに軟禁されたり、脅されたりしていたわけではないのですからな。だが、それにもかかわらず、わたしは断れなかった。あれほど愛した信州の風物を冒瀆《ぼうとく》しなければならない、武太郎さんの悲しみが、必ずしも狂気のせいばかりだとは思えなかったためかもしれない。言われるままに、寝覚ノ床に眠らせてあげることが、わたしにできる、武太郎さんへのせめてもの償いだと思いましたよ。

とにかく、翌日の夜、わたしはノコノコ、寝覚ノ床へ出掛けて行ったのです。武太郎さんはひと列車前に着いたとかで、すでに現場に立っていました。寒い晩だったが、武太郎さんは、そこであったかいものをたべてきたとか言って、上機嫌でした。『念のために睡眠薬を飲んでおいたよ。この方が他殺らしくていいだろう』と笑ってました。死ぬなんてことが、嘘《うそ》のようでしたが、月明りの道を少し歩いて、崖《がけ》っぷちまで行くと、武太郎さんはドッカと座り、『さあ、やってくれ』と言ってロープを巻いた首を突き出しました。わたしはロープの両端を握って、力いっぱい引いたつもりだったが、武太郎さんは倒れもしなかった。『そんなこっちゃ、死ねない』と、武太郎さんは低い声で叱《しか》りました。『できない』とわたしは泣き言を言いましたよ。殺意がないのに、どうして人が殺せるものか——とね。

武太郎さんはしばらく考えていたが、ロープを外して、首の回りを撫《な》でながら、『相当きつく締まってはいたのだな』と言って、笑いました。それから、ロープをわたしに放って、『では』と言ったかと思うと、いきなり崖の下へ飛び込んだのです。にぶい衝撃音と、続いて水音が谷に響いて、すぐに静かになりました」

6

「山小屋」への道はすでに積雪が二十センチを超え、チェーンを装着しないタイヤでは無理だった。大糸線千国駅前駐車場に車を置いて、二人は緩やかな坂を登って行った。

二人とも短靴である。脚は膝《ひざ》の辺りまで、たちまち雪まみれになった。

山小屋は氷のように冷えきっていた。武一は囲炉裏に火を燃やし、戸棚からウィスキーのボトルとグラスを出してきた。

「どうぞ、親父《おやじ》の酒です」

車を降りてからは、ずっと黙りこくっていた武一が、はじめて口をきいた。そして、大林が飲む前に、まるで毒味をするような素早さで、グラスの液体を一気にあおった。

「大丈夫です。毒は入っていません」

「ははは……」

大林は乾いた笑い方をして、ゆっくりとグラスを傾けた。

「そういう殺し方はしないでしょう?」

「ええ、まあ……」

武一は苦笑した。笑うと、いっそう疲れた顔になった。

「大林さんは、最初から私の魂胆が分かっていたようですね」

「ああ、それは分かっていましたよ」

「それなのに、なぜついて来たんです?」

武一は非難するような口調で、言った。

「あんたにお父さんの話をしておきたかったのと、それに、あんたの思いどおりにさせて上げたかったからですよ」

「……………」

「いまとなっては、あんたは私を殺さなければならない。青木健夫を殺したと同じ理由でね。あんたのお父さんの過去と、殺された人たちの素性を知れば、犯行の動機は自《おの》ずから明らかだった。青木は事件の背景が、四十年近い昔の怨恨《えんこん》であることに気がついた。そこまでは見事だったのだが、彼は犯人を遠山の息子さんだとばかり思い込んで、こともあろうに、あんたのところへ確認に行ってしまった。彼にしてみれば、一世一代のスクープのつもりだったのでしょうなあ。

ところが、あんたは青木が事件の真相について、核心を衝《つ》いていることを知り、周章《あわ》てて青木を殺さざるを得なくなったわけだ。青木が遠山氏の身辺を洗ったり、警察にタレ込んだりすれば、彼の推理が見当違いのものであって、真の犯人が誰であるか警察が知ることになると思ったのでしょう?」

武一は黙って肯いた。

「武太郎さんが三人を殺したことについて、いまさらとやかく言うつもりはないが、青木を殺したあんたの所業は許されるものではない――と私は思う。私はよっぽど、警察にあんたの犯行であることを教えようかと、何度も迷いましたよ。しかし、そうしてみたところで詮《せん》ないことです。誰も救われやしないし、それどころか、あんたの家族たちの不幸が目に見えている。あんた一人が刑に服せば済むというわけにいかないのが、日本の社会の仕組みでしてね。あんたの一族は、未来永劫《えいごう》、狭い世間の中で辛《つら》い差別を受けて生きなければならない。奥さんも子供さんも、たぶん、生まれ育った土地を離れなければならなくなるでしょうな。

ところが、事件の真相が武太郎さんの狂気のなせる業であるとなると、話が違ってくる。逆に、そういう父親を持ったあんたたちの悲劇に、むしろ同情さえ寄せられるというのが、これまた、日本人的な感傷のしからしむるところですからな。そこで、私は方針を変えました。私があんたの代わりになって上げようとね」

「?……」

「私があんたの罪を背負って上げるということですよ」

「どういうことなのでしょう?」

「分からない人だなあ、私があんたの罪を引っ被《かぶ》って、死んで上げると言っているのですよ。何もそんなに驚くことはないでしょう? どうせあんたは私を殺すつもりだったのだから。つまり、その手間を省いて、より効果的に死んで上げるというわけですな」

武一は全身を硬直させ、震えていた。眼は大きく見開かれたままだ。それとは対照的に、大林は穏やかな微笑すら浮かべている。

「そう言ったからって、それほど恩着せがましい話ではないんですがね。もともと、昔の資料のことを聴きに来た時、私も責任があるのです。青木が私のところに、青木をあんな目に遭わせたのには、そういう危険性のあることは分かっていなければならなかった。しかし、私は彼があんたを直撃するとまでは考え及ばなかった。遠山氏のところへ行くか、それとも警察へ行くものとばかり考えていましたからな。そうして、事件の真相が明らかになったらなったで、これはやむを得ないことだという気持ちでした。とはいえ、彼の死について、一端の責任があることは否定できない。それに、正直に言うと、私はそう長くない命なのです。早い話、癌《がん》ですよ、癌。そのことを知ったのは、半月ばかり前ですがね。それ以来、私はどんなふうに生きるか――ではなくて、どんなふうに死ぬのがいいか、そればっかり考えていた。その意味からいうと、天は私にいいチャンスを与えてくれたと思っているのです。

　会社の中嶋という者が、青木とまったく同じことを聴きにやってきた時、私ははっきりそのことを決意した。もはや猶予はならない。中嶋のためにも、あんたのためにも決着をつけるべきだとね。県警の竹村警部が動いているとなると、あんたを救う方法はそれしかないでしょうな。私には武太郎さんを殺す勇気も、あんたを告発する勇気もなかったが、自殺するぐらいのことはできそうだ。もっとも、それは癌のやつに殺される恐怖から逃れたいせいかもしれませんがね」

大林は笑って、話を終えた。

＊

警察が平沼武一の車を発見したのは、翌日の朝になってからである。武一の車は国鉄大糸線の千国駅前駐車場に、新雪に埋もれるようにしてあった。

だが、その車の主は、未明のうちに死体となって発見されている。

平沼武一は千国の「山小屋」で縊《い》死《し》していたのである。武一と大林がそこにいるかもしれない――と、弟の武次が思いついて、警察に教えた。竹村警部以下の面々が急行した時には、すでに武一の体温は低下して、死後二、三時間は経過したものと推測された。

山小屋の中にはウィスキーの壜《びん》とグラスが出されたままになっていて、二人の人間が酒を酌み交わした様子が窺えた。

それ以外は室内は整然としていた。争いがあった気配はない。

テーブルの上に、武一の筆跡による遺書が載っていた。

〔いろいろご迷惑をおかけして申し訳ありません、父のいるところへ参ります。あとのことはよろしく〕

かんたんな遺書で、誰に宛《あ》てたものとも分からない。自殺の動機も、どのようにも受け取れるものである。

「大林氏はどこだ？」

竹村は部下を督励して、付近一帯を捜索させるとともに、県警本部に機動捜査隊の大動員を要請した。

その日、長野県北部地方はこの冬最初の本格的な寒波襲来に伴う大雪で、各地で鉄道や道路が混乱していた。大町以北の国道一四八号線は積雪が三十センチから五十センチに達し、夜明け以後もさらに断続的に降り続いている。

千国駅から山小屋までの道程も雪に覆われ、二人が歩いたはずの足跡も隠されてしまっている。ただ、山小屋からいわゆる塩の道・千国街道に向かう道に、雪がある程度積もってから歩いたものらしい足跡が、その後、かなりの積雪があったにもかかわらず消え残り、かすかな窪《くぼ》みとなって点々と続いていた。

捜索隊はその足跡を辿《たど》った。道はかなりの急勾配《こうばい》をジグザグに登り、国道にほぼ並行している古い千国街道と交叉《こうさ》する。もっとも、「街道」とはいうものの、杣道《そまみち》のように細い道だ。雪が降れば、そこが道であることすら判然としない。

足跡は木々の梢《こずえ》から落ちた雪塊の跡と区別がつかなくなってきた。村の案内人に先導を頼んで、ようやく足跡を辿ることができた。「なんでこの道を歩いたのかな?」と村人は不思議がった。悪路だからというだけでなく、その道は本道とつかず離れずに並行しているからだ。ちょっと斜面を下れば、国道に出ることができる。わざわざこんな道を行かずに、国道を歩いて、目的地に近づいたら、古い道に入ればよさそうなものだ——というのである。

確かに、そう思わせるほど、足跡はどこまでもどこまでも続いた。千国の次の南小谷駅付近からは国道と合流して集落の中に入る。そこでほかの足跡や車のタイヤ跡とごっちゃになって、跡切《とぎ》れた。

ここからどこへ行ったのか、捜索隊は民家の聴き込みを始めた。ここはかつての千国街道の中心的な宿場町だったところで、現在は小谷郷土館などがあり、民家もまとまっている。しかし、大林が通過したのは、まだ夜間で、誰一人として、その姿を見た者はなかった。ただ、二時か三時頃、飼い犬がやけに吠《ほ》える声を聴いたという者があった。

その家は集落の北のはずれにある。

だとすると、大林老人はさらにその先へと進んだのだろうか。

（しかし、何のために？――）

竹村はそう思った。竹村ばかりではない、捜索に加わっている者すべてが、疑問に思った。

集落を出外れるところで、ふたたび古い道が分岐する。しかし、村人が通った足跡が入り乱れ、もはや、雪に埋もれたような足跡を探すのは、事実上、不可能に近かった。

雪はいよいよしげく、夕景が迫ると、まるで緞帳《どんちょう》を下ろしたように見通しが悪くなってきた。

捜索は中断された。

大林の自宅や信州毎朝新聞社など、大林の立回りそうな場所からの連絡も、芳しいものはなかった。昨夜、平沼武一と落ち合うところを目撃されて以来、その足取りはまったく摑めなくなっていた。

一方、平沼武次に対する事情聴取は昨夜から行なわれている。訊問《じんもん》は主として吉井部長刑事があたっていた。

平沼武次と甘利知美が知り合うきっかけは、ちょうど一年前、武次が行きつけの松本市内のカラオケバーに、たまたま、同窓会の流れで友人ときていた知美がいて、客同士、デュエットで歌う羽目になったことだ。もちろん、父親に言われるまで、武次は知美がかつて父親を裏切った人物の娘であるなどとは、つゆ知らなかったそうだ。二人とも、そう若いという年代ではない。知美の方はいつも現状に不満を抱いているようなタイプの女だったから、不倫の恋も納得できるが、武次はどちらかといえばマイホーム型の柔弱な男で、この男がどうして知美と危険な関係をもつにいたったのか、不思議な気さえする。あるいは、そういう性格だけに、知美に強引に迫られると、断りきれない弱さがあったのかもしれない。本気で家や妻子を捨てて、知美との駆け落ちを考えたということであった。

武次自身は、父親の犯行に直接関与してはいないようであった。牧田祐三の場合も、谷口節男の場合も知美の場合も、すべて父親の武太郎が独りで彼等を電話で呼び出し、殺害し、そのあとを武一が車で走り回り、始末したというのが真相らしい。

「青木健夫さんを殺したのは誰だ?」

吉井の質問に対して、武次は「知りません」と答えた。それまでは素直に答えている経過から見て、ほんとうに知らないと考えるしかなさそうだ。

「武一が殺《や》ったのじゃないのか?」と訊いても、「分かりません」という答えだ。しかし、常識的にいえば、武一の犯行であるとして、間違いはないと思われた。

だが、その翌日、事件は意外な展開になった。信州毎朝の中嶋英俊宛《あ》てに、一通の手紙が郵送されてきたのである。

消印は小谷郵便局のもので、十二月十五日の日付。封筒に差し出し人の名前はなく、中の便箋《びんせん》に大林章雄の署名があった。

＊　＊　＊

謹啓　この遺書をきみ宛てに送ることをお許しください。天涯《てんがい》孤独の小生としては、きみ以外の送り先が思い浮かばなかったためであります。その代わりのお礼というべきか否かは分かりませんが、ここに記されたことを特ダネとして公表されようとも、きみの意のままであります。この手紙がきみの手に届く頃、小生は塩の道のどこかで、雪の下に埋もれていることでしょう。春になるまで、静かに眠らせておいてください。

＊　＊　＊

こういう書出しで、牧田事件以後、平沼武太郎の自殺にいたるまでの連続殺人事件の真相を書いている。その概要については、ほぼ平沼武次が述べたことと大差はなかった。武太郎の自殺の部分で、ロープで首を絞めたのが大林であったという点が、意外といえば意外だったが、事件の大筋ということからいえば、竹村警部の推理とさほどの相違はない。

問題は青木健夫殺害が、じつは大林老人の犯行であったという部分である。

＊　＊　＊

青木君が遠山光次郎氏に目をつけたと言って、小生に相談を持ち掛けた時、小生はこれは困ったことになったと思いました。遠山氏のところへ行けば、例の連判状の存在が暴露され、平沼武太郎氏の犯行であることを警察が突き止めるのは間違いない。もちろん、息子さんが死体遺棄を手伝ったという共犯関係も浮かび上がり、まかり間違うと、殺人の実行にまで加わったと疑われかねないと思いました。いや、それどころか、そうでないことを証明するのは、むしろ容易でないかもしれません。それでは、小生が武太郎氏の自殺にまで手を貸そうとした意味もなければ、武太郎氏の負託に応《こた》える、なんの役にも立てなかったことになります。

そこで小生は、気の毒ながら青木君を殺害する決心をするにいたりました。

＊　＊　＊

そう前起きして、大林は青木殺害の一部始終を克明に書いている。殺害の状況、碓氷峠での死体遺棄、琵琶《びわ》湖畔に車を放置し、ナンバープレートを剝《は》がして、それを琵琶湖の中に捨てたこと等が細かく記されてあった。

この手紙が中嶋から警察に提出されて、緊急合同捜査会議の席に持ち込まれた時、それまで悄気《しょげ》きっていた安岡警部が、はじめて喜色を取り戻した。

「やはり、大林がクサいと睨《にら》んだ自分の目に狂いはなかったじゃないですか」

「さあ、どうですかねえ」

竹村は冷淡に言った。

「青木さんの殺害は大林氏だというのは、大林氏がそう主張しているだけで、何らの根拠もありませんよ。第一、大林氏が人を殺せるような人間だと思いますか？　現に、殺してくれと頼まれた、武太郎氏をさえ、どうしても殺せなかったと、嘆いているではありませんか」

「そんなことは分かりませんよ。遺書には殺意がないので殺せなかった――と書いてあるのです。それに、ナンバープレートの捨て場所などは、犯人しか知り得ないような事実なのではありませんか？」

「それはそうです」

「だったら、問題ないじゃないですか」

「なるほど、すると安岡さんは、私がそういう文章を書けば、私を犯人として逮捕するつもりですか？」

「は？　何を言っているのか分からないが、竹村さんがそんなことを知り得るはずがないじゃないですか」

「いや、知ってますよ。いま聴いたばかりですがね」

「………」

「大林氏もそうだったのでしょう。平沼武一からことの真相を聴いて、自分のこととして書いたに過ぎませんよ。遺書の中で、その部分だけが嘘《うそ》と考えていいでしょう」

「しかし、なぜそんなことをしたのです？　武一に強要されたのですか？」

「そうではないと思いますよ。大林氏自身、進んでそうしたのではないでしょうか」

「そんなばかな……、なぜですか？　自分が罪を着ることになるような、そんなばかなことを、どうして？……」

「それは、確かなことは分かりません。想像するしかないが、遺書にもあるように、平沼武太郎の負託に応えるつもりだったのかもしれませんね。そうすることで——自分が犠牲になることで、武太郎の息子や孫たちの将来に、禍根を残さないようにしてやりたかったという、言ってみれば崇高な精神から出た行為だと思いますよ」

「そんなことがあり得ますかねえ……」

安岡はしきりに首を振った。「もしそうだとしたら、武一はなぜ死んだのです？　死ぬことはなかったじゃないですか」

「それも想像するほかはないが、武一にしても、大林氏の義に感じたということなのでしょう。この封筒は南小谷駅前のポストに、昨夜から今朝までのあいだに投函《とうかん》されている。大林氏は裏の千国街道を歩き、いったん集落に出て手紙をポストに入れ、また街道をさらに奥へと行ったのでしょう。便箋も封筒も山小屋にあったものを使用しており、彼等が山小屋に到着した後に書いたことだけははっきりしています。大林氏はこの遺書を書き、これですべてうまくいくから、幸せに暮らすように——と、武一を説得して、雪の中へ出て行ったのではないでしょうか。それを見ながら、平然と頬《ほお》かむりできるほど、武一は根っからの悪ではなかったのですよ。それに、いくら大林氏が大丈夫だからと言っても、警察に追及されればいずれは真相がバレると覚悟を決めたのかもしれませんね」

「しかし、それだって、竹村さんの想像でしかない。真実は分かりませんよ」

「そう、真実は分かりませんね」

竹村はおうむ返しに言った。「ただ、はっきりしているのは、われわれが殺人犯として起訴すべき人間は、ひとりもいなくなったということです」

重苦しい疲労感が、竹村の顔に滲《にじ》み出ていた。

エピローグ

『信濃の国』連続殺人事件は、明快な解決がなされないまま、三箇所の特別捜査本部は看板を下ろした。牧田、谷口、甘利の事件については、一応、「平沼武太郎ノ被害妄想ニヨル心神耗弱《しんしんこうじゃく》状態下ニオケル殺人事件――」と結論づけ、発表したが、青木健夫の事件については、大林章雄の犯行とみなされる――といった、あいまいな表現で終結宣言を出した。平沼武一の共犯関係や青木殺害が武一の犯行である可能性が強い点などは、公式発表の中には盛り込まれていない。関係者で唯一、残った平沼武次は不起訴ということになった。すべて武太郎、大林の二老人の思惑どおりに決着したといってもいい。

信州毎朝の記事がきわめて控えめなものになったのは、もちろん、事件当事者の中に自社の人間がいたためであるが、他社の取り扱いも、それほどセンセーショナルなものにはならなかった。それでも、いくら被害妄想だったとはいえ、四十年近い昔の怨念《おんねん》が、いまだに生き続けていたという部分は、南北信濃の対立を浮き彫りにするものとして、各方面に衝撃を浴びせた。

折から開催中の県議会では、この事件を契機に、国道一九号線の整備をはじめ、高速道路建設の促進、北陸新幹線の着工促進などが緊急上程され、満場一致で決議し、知事と議会の代表が政府に陳情することになった。


十二月二十八日、竹村岩男は中嶋英俊・洋子夫妻を訪れている。

竹村にとって、今回の事件ほど、事件解決の満足感の希薄なケースは、かつてなかった。それは、これほどの大事件でありながら、ただの一人として逮捕者がいないという事実に、象徴されている。

「疲れましたよ」

竹村は中嶋にそう述懐した。この男としては珍しいことだ。

「救いがなさすぎますからねえ。ことに、青木さんが死んだことが、やりきれない」

「はあ……」

中嶋もその想《おも》いは竹村以上に強い。青木をムザムザと殺させないで済むチャンスを、自分が握っていたのではないか——という悔いが尾を引いている。

「いい青年だったのに……」

竹村は、言っても詮《せん》ない愚痴を言った。

「大林さんが、青木のご両親に自分の遺産を提供したこと、知ってますか？」

中嶋が言った。

「いや、初耳です。そうだったのですか」

「昨日、青木の親父《おやじ》さんが社にきて、社長にその事実を伝えたそうです」

「ほう、そうでしたか、それはよかったですね」

「しかし、青木の親父さんは、それを辞退したのだそうですよ」

「なるほど、それはそうかもしれませんね、息子を殺した犯人から、ものを貰《もら》うわけにはいかないでしょうから」

「いや、それが、そういう理由からではないらしいのです」

「違うのですか。すると、どういう？」

「分かりません」

「？……」

「社長が訊《き》いても、親父さんは理由を言わなかったということです」

「なぜだろう？……」

「なぜでしょうかねえ……」

二人とも、それぞれの想像をめぐらせて、しばらくのあいだ沈黙した。

「父親というのは、損な役回りかもしれませんねえ」

竹村はポツンと言った。「私がそうだから言うわけじゃないが、子供なんてものは、ない方がいいのかもしれない」

「はあ、そうでしょうか……」

中嶋は困ったように、後ろでお茶をいれている洋子を振り返った。洋子が顔を赧《あか》らめたので、竹村はすぐに気付いた。

「あ、奥さん、おめでたですか？」

「ええ、まあ……」

「ははは、こりゃ、まずいこと言っちまった。いや、子供は必要ですよ」

竹村は照れて、大いに笑った。

「あす、これの両親が大阪から来ることになっているのです。子供ができて、ぼくたちの結婚もようやく市民権を得たというわけですよ」

背を反らせた中嶋に、どことなく風格が備わったように、竹村は思った。

（来年のいま頃《ごろ》は、この男もいっぱしの父親として、損な役回りを引き受けることになるのか――）

竹村は思わず、ニヤリと笑ってしまった。

参考資料＝『県歌・「信濃の国」』市川健夫・小林英一編（銀河書房）

文庫版あとがき

内田康夫

長野県に戸隠という山がある。奇岩怪石を屏風《びょうぶ》のように連ねた、見るからに「霊山」のおもむきを感じさせる山だ。

神代のころ高天原で、弟スサノオの乱暴狼藉《ろうぜき》に耐え兼ねた天照大神《あまてらすおおみかみ》が、天岩屋に隠れて世界が真っ暗になったとき、アメノウズメがハダカ踊りをしたりして、神々が陽気に騒いだ。天照大神があまりの賑《にぎ》やかさに、何ごとか――と顔を覗《のぞ》かせた瞬間、待機していた手力男命《たぢからおのみこと》が天岩戸を放《ほう》り投げた。その天岩戸が落ちて出来たのが、この戸隠山だという伝説がある。

戸隠はその名が示すとおり伝説の宝庫で、その中には謡曲「紅葉狩」で有名な鬼女伝説もある。それをテーマにした「戸隠伝説殺人事件」を執筆してまもなく、僕は戸隠山麓《さんろく》にある越水ロッジで記念講演の真似《まね》ごとみたいなことをやった。その夜、僕はロッジの蔵書の中に一冊の本を見つけた。本の題名は『信濃の国』（信濃教育会出版部)、ソフトカバーのこぢんまりした本だったような、かすかな記憶がある。昭和二十二、三年頃《ごろ》、長野県に吹き荒れた「分県運動」の嵐《あらし》と、それが鎮静するまでの大騒動の顚末《てんまつ》を描いたドキュメンタリーであった。

その本を読んだのがきっかけで、僕は本書『「信濃の国」殺人事件』を書いた。本書のプロローグで紹介した、当時の様子を伝えるエピソードの大半はその際に仕入れた知識で、僕はひどく感動したことを、いまでもはっきりと憶《おぼ》えている。

『「信濃の国」殺人事件』の初版は一九八五年七月三十一日だから、当時と現在とでは、とくに交通事情などかなり変化している部分がある。諏訪湖から北へ延びる高速「長野道」は当時は着工が緒《ちょ》についたばかりだったが、いまは松本市を越え、長野市近くまで達しようとしている。しかし、長野県をめぐるさまざまな状況——ことに県民性のようなものは、それほど大きく変化しているとは思えない。北、中、東、南信と分かれる信州の四つのブロックは経済・文化両面で独自のものを持っているし、それぞれのあいだには、そそり立つ山脈ほどの壁が厳として存在してもいる。それを狭量と見ることも出来るし、面白さを感じ取ることも可能だ。

もちろん、この作品は一長野県の読者を対象に書いたものではない。長野県や県民におもねる気もなかったし、かといって、不当に貶《おとし》めるつもりもなかった。しかし、そうはいっても、僕は長野県出身の父親を持ち、現に長野県民の一人であるせいか、随所に長野県やそこに住む人たちにエールを送っている自分があるのを認めないわけにいかないようだ。

『「信濃の国」殺人事件』では信濃のコロンボこと竹村岩男警部が活躍する。いまでこそ、僕の探偵は「浅見光彦」が主流だが、当時はむしろ警視庁の岡部和雄警部とこの竹村が僕の大事な「名探偵」であった。いや、現在でも、本格派志向の読者の中には、竹村・岡部物の執筆を注文される方が少なくない。僕自身としても竹村は好きなキャラクターだし、『死者の木霊《こだま》』でデビューした時からの長い付き合いでもある。この好漢を存分に働かせた作品をものしたい気持ちも強く、その証拠にこの作品の二年後に出したトクマノベルズ『北国街道殺人事件』では、やはり竹村警部の活躍が見られる。

『「信濃の国」殺人事件』ではちょっとしたいたずらをしている。長野県警本部長の名前に当時の本部長である「保良《やすら》警視監」をそのまま使った。あとで問題になるかな――とひそかに恐れていたら、案の定、数日後電話が入った。「県警本部長の保良です」とご本人からの電話だった。こいつはいけないと思ったので、機先を制して「逮捕しに来ませんか？」とやった。「いいでしょう、行きましょう」と、それから何日か経《た》って、本部長はワインをぶら下げてやって来た。豪放磊落《ごうほうらいらく》な面白い人物だったが、その一年半後の異動で長野県を去った。ところが不思議な縁というのか、保良氏とは後日談があって、『江田島殺人事件』を書く際、取材で広島県の江田島へ行ったとき、現地でバッタリ再会した。不思議といえば、保良氏の名前が浅見探偵と同じ「光彦」であったのも、不思議な符合ではあった。

作品中に知人の名前を借用するというのはよくあるテだが、この作品でも何人かの「被害者」を出した。その一人、新聞記者の「中嶋英俊」は、僕のカミさんの友人の息子さんで、当時、盛岡の中学生だった。若い読者の少ない僕の将来を託すべきファンの卵にする思惑で名前を使った。ところが彼は盛岡一高に入ってまもなく、盛岡在住の高橋克彦氏とNHKテレビで対談、以来高橋氏のファンに変節してしまった。どうも事実は小説よりも奇で、思ったとおりにはいかないらしい。

『「信濃の国」殺人事件』は僕の長編第十九作で、直前に『白鳥殺人事件』（カッパノベルス）を、直後に『天城峠殺人事件』（光文社文庫）を発表している。その頃《ころ》は、いまと較《くら》べて、肩に力の入った力投型の作品が目立つのだが、その中で、『「信濃の国」殺人事件』は僕の好きな作品の一つだ。謎《なぞ》めいた事件が次々に発生するという、僕のもっとも得意とするパターンの本格推理であるということもさりながら、さまざまな登場人物が複雑に絡みあい、いささかしつこすぎるほどの怨念《おんねん》や因縁の世界を描いた。それらはやはり背景が信州という特別な風土であることによって、はじめて整合性《ごうせい》を持ちうるような気がする。

『「信濃の国」殺人事件』の執筆でもっとも腐心したのは、どのような結末にするか――である。信州に住み信州を愛している人間としては、あまりえげつない終わり方にしたくないし、ましてや、村八分でも食らったらたまったものではない。どの土地も、誰《だれ》も傷つけずに、しかも納得できる爽《さわ》やかな読後感を残したいというのが、僕の願望であった。

そして、この作品ではついに一人の逮捕者も出ないという、世にも奇妙な結末になったのである。これは日航機墜落事故の不起訴処分に匹敵する怪挙（？）かもしれない。僕の作品の多くで、犯人の罰し方が曖昧《あいまい》なのは、この作品の前後から現れた傾向といってよく、『隅田川殺人事件』（トクマノベルズ）では、浅見光彦が隅田川に落ちたところで終わっている。読者の中には、「浅見は死んだのか生きているのか、犯人は捕まったのか」と問い合わせてくる人もいるらしい。しかし、ちょっと推理を働かせていただければ、分かりそうなものなのだ。それでこそ「推理小説」というものではある。

一九九〇年初秋

あなおもしろき「信濃《しなの》の国《くに》」

一九五二年頃《ころ》の夏——信州戸隠高原《しんしゅうとがくし》で兄や友人たちとキャンプを楽しんだことがある。そのとき一緒だった中に「雪江《ゆきえ》未亡人」の息子さんがいたような気がするのだが、記憶がはっきりしない。雪江未亡人については『ミステリー紀行第1集』（光文社文庫）その他に詳しく書いているので、それを参照していただくとして、雪江さんの息子さんだからといって、刑事局長でもルポライターでもない。某中堅印刷会社の重役さんである。

戸隠高原は『戸隠伝説殺人事件』の戸隠山《とがくしやま》の麓《ふもと》に広がる高原で、『死者の木霊《こだま》』で管理人夫婦の首吊《くびつ》り死体が発見された「鳥居川《とりいがわ》」と、「戸隠神社奥社《とがくしじんじゃおくしゃ》」の参道に挟まれた辺りがキャンプ場になっている。秋の紅葉のすばらしいところだ。戦後まもない頃まで、ラジオの朝番組が始まる前に鳥の声を流していたことがあるけれど、それは戸隠高原で収録されたものであった。

先年、ＪＲ東日本《ひがしにほん》の主催する「ミステリアス信州戸隠紀行」なるツアーに浅見光彦《あさみみつひこ》倶楽部《くらぶ》が協賛した際、僕もノコノコついて行って、奥社の長い参道を歩いたが、半世紀近い昔とさほど変わっていなかった。春先にはミズバショウが咲き乱れ、秋にはキノコ採りのメッカになる。山奥のこととて、食べ物は山菜《さんさい》料理程度だが、僕の経験では、蕎麦《そば》は戸隠が日本一だと思う。日本中いろいろいいところはあるけれど、戸隠三神社を含む戸隠高原はおすすめできる観光スポットの一つであることは確かだ。

さて、キャンプ場は若者たちで賑《にぎ》わっていた。まだ若者以前だった僕たちは色気もなく、戸隠山を縦走《じゅうそう》したり鳥居川で釣りをしたりと、ただむやみに歩き回った。夜ともなるとキャンプファイヤーが燃え、若者たちの合唱が始まる。歌われる曲目は「静かな湖畔」の輪唱《りんしょう》だとか、ロシア民謡といったものが当時の定番で、労働歌ふうのものも多かった。

労働歌なんて言っても、近頃の若い人には分からないかもしれない。「戦争を知らない子供たち」というのがあったが、いまや戦争どころか労働運動も知らない若者がふつうの時代だ。その頃は戦争の記憶も生々《なまなま》しかったし、働いてメシが食えることが、生きている上で、きわめて重要なテーマであった。

当時の人々は国に裏切られたという意識が強く、祖国愛が芽生《めば》えるにはまだほど遠い時期だ。その一方で「国破れて山河あり」の想《おも》いもあった。戦い敗れて郷里に帰り、緑濃い日本の自然の恩恵を再認識したことだろう。日本人の郷土意識の根深さは、草原や砂漠地帯に生きる民族には理解しがたいものがあるにちがいない。

労働歌がやんで、朗々《ろうろう》としたメロディが流れてきた。聞いたことはないが、応援歌か校歌のような勇壮《ゆうそう》なひびきの中に、どこか哀愁《あいしゅう》を感じさせるものがある。

歌詞の内容は信濃の風物を歌ったものらしい。

「信濃の国は十州《じっしゅう》に　境連《さかいつら》ぬる国にして……」

文語体の美文調の歌詞である。

「松本《まつもと》　伊那《いな》　佐久《さく》　善光寺《ぜんこうじ》　四つの平《たいら》は肥沃《ひよく》の地……」

「四方《よも》にそびゆる山々は　御嶽《おんたけ》　乗鞍《のりくら》　駒ケ岳《こまがたけ》　浅間《あさま》は殊《こと》に活火山……」

「流れ淀《よど》まず　ゆく水は　北に犀川《さいがわ》　千曲川《ちくまがわ》　南に木曾川　天竜川《てんりゅうがわ》……」

分かりやすく、地図と対照すればイメージは彷彿《ほうふつ》と湧《わ》いてくる。

これが長野県歌《ながののけんか》「信濃の国」との最初の出会いであった。「信濃の国」はいまからおよそ一世紀むかしの明治三十二（一八九九）年に歌詞が、翌年に曲が制作された。

軍歌と労働歌と童謡が主流の中で育ってきた僕にとって、「信濃の国」の古風な歌詞、古風なメロディは、むしろ新鮮なものに聞こえた。

歌詞は六番まであって、全体的に行進曲か応援歌ふうのメロディとリズムだが、そのうち第四番だけは、メロディラインもリズムも調子が変わり、哀々切々《あいあいせつせつ》と叙情豊かに歌う。

「尋ねまほしき園原《そのはら》や　旅のやどりの寝覚ノ床　木曾ノ桟《かけはし》かけし世も　心してゆけ久米路橋《くめじばし》　くる人多き筑摩《つかま》の湯　月の名にたつ姨捨山《おばすてやま》　しるき名所と風雅士《みやびお》が　詩歌《しいか》に詠《よみ》てぞ伝えたる」

園原は有名な歌枕《うたまくら》で、下伊那《しもいな》郡阿智《あち》村というところにある。近寄ると見えなくなる帚《ほうき》のような木の伝説で知られる。寝覚ノ床は謡曲《ようきょく》「寝覚」にも歌われたが、浦島《うらしま》太郎《たろう》伝説のほうが知られているかもしれない。木曾の桟も西行《さいぎょう》の『山家集《さんかしゅう》』の中に歌がある歌枕だが、芭蕉《ばしょう》の「桟やいのちをからむ蔦《つた》かつら」の句が名高い。久米路橋は上水内郡《かみみのち》信州新町《しんしゅうしんまち》を流れる犀川に架《か》かる橋で、ここも『拾遺集《しゅういしゅう》』などで歌われている。筑摩の湯は『日本書紀《にほんしょき》』の記事に出てくるが、現在の浅間温泉《あさまおんせん》（松本《まつもと》市）とも美《うつくし》ヶ原《がはら》温泉とも言われる。姨捨山は棄老《きろう》伝説で有名なところだが、「田毎《たごと》の月《つき》」の長楽寺は、古今の文人が訪れ、芭蕉の「俤《おもかげ》や姨《をば》ひとりなく月の友」などがある。

こうしてみると、信州は単に風光明媚《ふうこうめいび》であるばかりでなく、古来、なかなかに文化的な土壌が培《つちか》われていたことが分かる。ひと頃は長野県は教育県——などと言われたが、偏差値《へんさち》重視教育が主流をなす現代では、残念ながら都道府県の中で下から数えたほうが早い。もっとも、偏差値をもって教育程度を計るというのはどうかと思う。山野に遊び土に親しみ自然に学ぶことは、教科上の偏差値には換算できない、重要な教育である。

僕の住んでいる軽井沢《かるいざわ》の学校では、春先になると学校あげてフキを採《と》りにゆく。スーパーなどに売って図書費にするのだそうだ。都会ではまずこういうことはしない。そんな時間があったら塾にでも行けというにちがいない。しかしこの無駄とも思える「作業」が情操《じょうそう》教育の糧《かて》にならないはずがない。偏差値は上がらないかもしれないが精神は豊かになる。NHKの学校ラジオコンクールや合唱コンクールで、長野県の小中学校や高校が優秀な成績を収めているのは、このような恵まれた風土と無関係ではないだろう。

戸隠高原でのキャンプから幾星霜《いくせいそう》——一九八三年の秋、僕は『戸隠伝説殺人事件』の刊行にちなんだ講演か何かで戸隠を訪れ、越水《こしみず》ロッジというところに泊まった。そこの図書室で「信濃の国」（信濃教育会《しなのきょういくかい》出版部）を見つけて読んだのが『「信濃の国」殺人事件』執筆のきっかけとなった。

一九四七、八年頃、長野県には分県運動の嵐《あらし》が吹き荒れた。山岳地帯の長野県は、地勢の関係で経済・文化圏が北、東、中、南と四地域に分かれるのだが、長野《ながの》市を中心とする北、東信地区と松本市を中心とする中、南信地区とは、歴史的な経緯もあって、とかく反目《はんもく》しがちであった。分県問題では、古くはすでに明治期に暴動騒ぎまであったのが、軍国主義・戦時体制下で抑え込まれていた。それが戦後の民主化・自由化の風潮に乗って、一気に噴出した。この際、長野県を北と南に分割しようじゃないか——という騒ぎである。

言い出しっぺは松本に代表される中・南信側で、県議会議員の半数、三〇名が賛同する。対する北・東信側は議長を出している関係で、二九名、数の上では劣勢だ。このままでは分県は必至《ひっし》か——と見られた議会の最終日、議場周辺は北・東信地区の人々で埋め尽くされた。そうして、自然発生的に「信濃の国」の大合唱が始まったのである。やがて議場内でも、議員の中からも合唱に加わる声が起こった。涙を流して歌う議員も少なくなかったという。

長野県の分県はこの「信濃の国」によって回避《かいひ》された——という話は、多少の脚色はあるにしても、この歌を知る者には「さもありなん」と、妙に納得させるものがある。僕もそのエピソードを読んで感動した。その感動が冷《さ》めやらぬときに徳間書店《とくましょてん》から注文があった。瞬間的に、「信濃の国」をモチーフにしたストーリーが脳裏《のうり》に浮かんだ。

『「信濃の国」殺人事件』はこの「いい話」を枕にして、分県問題のしこりをいまだに残したままでいる、長野県民の愛憎《あいぞう》を描いた作品である。郷土愛とその裏返しのような地域エゴというのは、全国どこへ行ってもぶつかる共通のテーマだが、それを象徴的集約的に描いたと考えることもできる。

余談だが、最近、北陸《ほくりく》新幹線の駅名をどうするかで、地元が揉《も》めている。東京から下ってきた新幹線は、軽井沢町《かるいざわまち》を出ると、佐久《さく》市を通って、上田《うえだ》市へ向かう。「軽井《かるい》沢《ざわ》駅」と「上田《うえだ》駅」はすんなり決まるのだが、佐久市に出来る新駅の駅名が問題になった。当初は当然のことながら「佐久《さく》駅」になるはずだったところへ、隣りの小諸《こもろ》市からクレームがついた。「佐久小諸《さくこもろ》駅」にしろというのである。これに対して佐久市側は「いまさら何を言うか」と猛反発した。

これには前段がある。地図で見るとよく分かるのだが、軽井沢から上田まで直線を引くと、その線上にちゃんと小諸が重なる。在来線の信越《しんえつ》本線もそのルートを走っている。にもかかわらず、新幹線は軽井沢からいったん南西へ向きを変え、わざわざ千曲川の向こうへ渡って、佐久市に新駅を作り、さらに北西へ針路《しんろ》を変えて上田へ向かう。なぜこんな無駄なことをしたかというと、小諸市が新幹線に冷淡だったからである。詳しいことは知らないが、たぶん誘致《ゆうち》反対運動があったのだろう。その意味からいえば、佐久市側にとってはタナボタだったわけだ。

ところが完成間近になって、小諸市側からJRに対して、前述のように「駅名は佐久小諸に」と注文がつけられた。客観的に見れば誰が考えてもひどい横車《よこぐるま》だが、まあ、そういう感情論は抜きにしても、佐久市にある駅をいかにも小諸にあるかのごとく命名するのは、利用者にとってとんだ迷惑だ。

「佐久」というのは、もともと「信濃の国佐久郡《さくごおり》」といわれたむかしは、一つの地方を漠然《ばくぜん》とさす名称で、小諸のように限られた特定の地名ではなかった。たとえばJRの小海線《こうみせん》に「佐久広瀬《さくひろせ》」という駅名がある。「佐久地方の広瀬」を意味する使い方だ。したがって「佐久小諸」と命名したのでは、あたかもそこが「佐久地方の小諸」であるかのごとき印象を与え、肝心《かんじん》の佐久市は主体性がぼやけてしまう。しかも実際の小諸はそこから五キロも離れたところにあるのだから、利用者は混乱するに決まっている。「佐久駅」の誕生はこの地が佐久市であることを全国的にアピールする絶好の機会でもある。

こんな分かりきったことで、すったもんだの大騒ぎをするのは、小諸市と佐久市の長年の確執《かくしつ》があるためだそうだ。これを長野県全域に敷衍《ふえん》すると、「分県問題」の騒動がまことに理解しやすい。

ことのついでに紹介すると、佐久市のすぐ近くに「佐久町《さくまち》」があるのもまぎらわしい。諏訪《すわ》市と下諏訪町《しもすわまち》と岡谷《おかや》市は諏訪《すわ》湖の東・北側に並んでいて、車で走っていてもどこが境界線か分からない。さっさと合併すればよさそうなものだが、合併話はあるものの、さっぱり進捗《しんちょく》しないのだそうだ。こういった融通《ゆうずう》のきかないところが長野県民の長所でもあり欠点でもある。僕の父親は長野市の善光寺に近いところで生まれたが、信州人らしくない、いい加減な人間だった。その血をまともに受け継いだ僕の目には、信州人気質《かたぎ》がとてもユニークで面白く映《うつ》る。

それはそれとして、小説のほうは長野県民のこういう気質が背景にあって、はじめて成立したといってもいいかもしれない。

いっぽう、物語は「信濃の国」に歌われた土地をふんだんに織り込んで、旅情豊かに展開される。長野県が誇《ほこ》る名所旧跡を舞台に、連続殺人事件が発生するという、推理小説得意のパターンだ。長野県民は不愉快かもしれないが、余所者《よそもの》には面白く読める。大阪の女性が地元紙の記者のところに嫁《とつ》いで来たその日に、亭主が殺人容疑で警察に捕まるという出だしも悪くない。この夫婦愛がけっこう感激ものであったりもするのだ。

第一の事件は前述した久米路橋で起きる。第二の事件は中央《ちゅうおう》自動車道の恵那山《えなさん》トンネル付近である。第三の事件は長楽寺。そして第四の殺人は寝覚ノ床――とくると、主人公たちもさすがに「信濃の国」との関連に思い到る。恵那山トンネル近くには園原があることにも気づく。これは何なのだ？――ということになる。

長野県は観光資源だらけである。この作品に登場する土地を訪ねて歩けば、あなたは必ずや充実した信濃の旅を楽しむことができるにちがいない。少なくとも死体が転がっていないことだけは保証できる。

この作品は1990年10月に刊行された徳間文庫の新装版です。『あなおもしろき「信濃の国」』は光文社文庫『浅見光彦のミステリー紀行 番外編2』より再録しました。なお、本作品はフィクションであり実在の個人・団体などとは一切関係がありません。

徳間文庫

「信濃《しなの》の国《くに》」殺人《さつじん》事件《じけん》

〈新装版〉

2016年2月15日 初刷

著者 内《うち》田《だ》康《やす》夫《お》
発行者 平野健一
発行所 東京都港区芝大門二―二―二〒105―8055 株式会社徳間書店
電話 編集〇三(五四〇三)四三四九 販売〇四八(四五一)五九六〇
振替 〇〇一四〇―〇―四四三九二
印刷 図書印刷株式会社
製本 ナショナル製本協同組合

ISBN978-4-19-894065-2 (乱丁、落丁本はお取りかえいたします)